有爱的青春陪伴者

"请柠柠批准，如果你愿意，
我想为你营业一辈子。"

啾一口甜的她

慕义/著

Jiu Yikou

Tian de Ta

河北出版传媒集团

花山文艺出版社

河北·石家庄

图书在版编目（ＣＩＰ）数据

啾一口甜的她 / 慕义著. -- 石家庄 ： 花山文艺出
版社，2020.9
ISBN 978-7-5511-0232-2

Ⅰ．①啾… Ⅱ．①慕… Ⅲ．①长篇小说－中国－当代
Ⅳ．①I247.5

中国版本图书馆CIP数据核字(2020)第156920号

书　　名：啾一口甜的她
　　　　　JIUYIKOUTIANDETA
著　　者：慕　义
统筹策划：张采鑫
特约编辑：周丽萍
责任编辑：董　舸
美术编辑：胡彤亮
责任校对：卢水淹
装帧设计：蔡　璨
封面绘制：小石头
出版发行：花山文艺出版社（邮政编码：050061）
　　　　　（河北省石家庄市友谊北大街330号）
销售热线：0311-88643221/29/35/26
传　　真：0311-88643225
印　　刷：长沙鸿发印务实业有限公司
经　　销：新华书店
开　　本：880×1230　1/32
印　　张：9
字　　数：255千字
版　　次：2020年9月第1版
　　　　　2020年9月第1次印刷
书　　号：ISBN 978-7-5511-0232-2
定　　价：36.80元

目 录

目录

第一章

你竟然对外卖小哥犯花痴？

傍晚，天色渐暗，一场瓢泼大雨正在逼近。

手机"叮咚"了一声，上面显示——"您的外卖已被商家接单"。

简柠看了眼亮起的屏幕，手撑着脑袋，继续手头上未完成的画稿。线条轻轻一勾勒，一只可爱的树袋熊和小狐狸就跃然于画板上。

简柠今年刚毕业，是一个漫画家。这部漫画是她创作的第三部作品，是一个特别暖心的故事。

突然，窗外闪过一道白光，"轰隆"一声，吓得她一个激灵，差点儿下巴磕在了桌面上。

此时天色骤暗，乌云翻滚，雨点从天空中落下，卷席着风，重重地砸向地面。

简柠喘了口气，放下铅笔，起身。

她打开书房的灯，又走到窗边，把窗户关上。她一低头，就看到小区楼下几个没带伞的大爷大妈正在狂奔。

九月份的安城，天气依旧燥热。偶尔的一场雷阵雨倒是可以降降温，但总来得猝不及防。

她无奈地摇摇头，回到书房。她坐在椅子上，抬头看着墙壁上各式各样的摄影相片，用铅笔点着下巴思考着，过一会儿又开始奋战。

一个小时过去了，外卖仍然没有送到。此时已超出预计送达时间十几分钟了。

简柠的肚子"咕咕"叫了一声，她伸手去摸手机，想打个电话催单，但犹豫了一下还是算了。

估计外卖小哥正在赶来的路上呢，外面还下着这么大的雨，干哪行都不容易，还是体谅一下吧。

何况"饭逅"这家店是本市餐饮业新秀，点餐也需要排队，很多东西都是限量供应的。虽然价格不便宜，但是看这外卖上的图片还是挺精致的。

正想着，门铃就响了。

简柠抿唇一笑，步伐轻快地朝门小跑过去，应该是餐送到了。

她开门，就看到楼道内白色的灯光柔和地打在站在门口的男人身上。

他身材匀称、精瘦，个子估计足有一米八五，身着橙色上衣，黑裤包裹下的腿笔直而修长。

他背着光，脸上一片阴影，但依稀可见他脸庞分明的轮廓，挺鼻、薄唇，还有那双乌黑的眸子好像被水雾弥漫着，却熠熠生辉。

要不是看到他胸前印着"饭逅外卖"四个大字，和他手里提着的两个餐盒，简柠都无法想象他是来送外卖的。

她感觉他把外卖服穿出了矜贵的气质，通身给人一种清冷的感觉。

她虽说比较花痴，总爱在点外卖的时候开玩笑备注上一句"要最帅的外卖小哥送～"，可是这等外卖小哥的颜值她还是第一次见。

这是哪儿来的美男子？简柠激动得一时间忘了说话，只听见男人缓缓开口："简小姐吗？"他的声音和人一样清淡又冰冷。

简柠回过神来，连忙点头。

男人把手里的一个餐盒递了过来，说道："你的海鲜焗饭。"

"哦，好，谢谢。"她从他骨节分明的手上接过外卖。

简柠注意到，男人的衣服被雨水打湿，紧实的手臂上都是雨水，刘海也滴着水，整张脸都氤氲在水汽中。

她心下一动，叫住了正要转身的男人："你等一下……"

简柠没给他反应的机会，立马转身走进旁边的卫生间，然后一阵窸窸窣窣的声音，过了十秒，她拿着一条毛巾走了出来。

女生把手里的干毛巾递给他，软声软语地说："你要不要擦一下……"

女生个子娇小，一袭淡蓝色牛仔长裙显得她皮肤更加白皙，她黑色的直发及腰，瓷白的小脸上浅棕色的眸子清澈干净，滴溜溜地转着。

见男子没有反应，她又急忙补充了一句："是干净的，还没有用过……"

她的声音好似糯米糍粑一样，软软糯糯的，望向他的眸子带着一丝怯意，脸颊也有些泛红，好像水蜜桃一般。

谁知，男人冰冷的面容没有带上一丝温度，他掀起眼皮再次看了她一眼，然后后退一步，留下一句"不用了"就转身离开，干脆利落。

简柠立马抽回僵在半空中的手，她看着空无一人的楼道，心情有些郁闷。

现在的外卖小哥都这么……高冷的吗？果然是高档餐厅，连请来的人都这么高大上。

回想起刚才自己"热脸贴冷屁股"的行为，她感到有些羞赧。

简柠把毛巾放回卫生间，又走出来关门，手刚碰到门把，就听到外面传来一阵清晰的骂声。

应该是同一楼层住在拐角处的一户人家，骂人的是个男的，声音粗重雄厚。

她留心听，就听到那人在骂："你这个人怎么回事啊？我什么时候点的外卖了你这时候才给我送来？你个垃圾，干什么吃的？我要给你差评！"

简柠心里"咯噔"了一下，她鬼使神差地走出去，就看到那户人家的门口站着一个中年胖大叔，光着膀子，穿着花色大裤衩，嘴里叼着一根烟。

而在他面前，被他骂的是刚才给她送外卖的那个男人。

男人背影挺拔如白杨树一般，却未发一言，没有道歉，只任由对方责骂，看过去寡冷又清傲。

被侮辱了，他难道一点反应都没有吗？

胖大叔言语粗鲁，骂完最后一句后，立马从男人手里抢过外卖。

简柠看到这一幕，忍无可忍，站出来为男人说话："喂，这位大叔，你说话怎么这么难听？你没看到外面下着大雨吗？送外卖的多不容易啊，体谅一下不行吗？"

她站在电梯前，怒目圆瞪，义正词严，原本软绵绵的声音也带上了怒意，就好像炸毛的猫一般，有点凶。

话音刚落，男人转过头来看她，依旧静默不语。

胖大叔更生气了："你算个屁啊在这里说话。我点的外卖，我骂他怎么了，哪儿来的小丫头片子！"

"你……你也太过分了！"简柠气得腮帮子鼓鼓的，可是她不会爆粗口，半天憋出这句话来，只是气势上毫不输他。

"你个多管闲事的！"胖大叔把目光移向男人，"行了，老子以后不点你们家的行了吧！"

简柠立马自作主张地替男人回怼过去："不点就不点！"

胖大叔瞪了他们两人一眼，直接摔门，楼道瞬间恢复了安静。

简柠还沉浸在"帮人出了口气"的欣喜中，就和男人的视线在空中交汇。

灯光下，她看清了男人的面容，果然很帅，五官标准又立体。他好整以暇地站在原地，看着她。

她平复情绪后，逐渐恢复理智，才知道自己好像好心办了坏事。

不管怎么说，这是人家的外卖啊。虽然她刚才逞一时口快了，可最后的苦果还是由外卖小哥和这家店来吃。这家"饭逅"是新店，胖大叔要是给了差评，不仅对店口碑不好，还可能让外卖小哥丢了饭碗。

自己真的是爱多管闲事啊！她真想把自己捶到地里了。

她心想，估计这外卖小哥现在是想要骂她吧……

因着男人的目光和她内心的愧疚，简柠的脸上爬上一层明显的红晕。

她手指抓着衣服，绞在一起，浅棕色的眸子水亮亮的，怯生生地望向男人，语气轻软："抱歉……我刚才不是故意的。我就是看那人太过分了，他要是给了差评，你就和老板说是我的原因……"虽然这么说，但她依旧感觉很愧疚。

她糯着嗓音的话就像小猫的爪子一般，轻轻在他心上挠了一下。

男人没有察觉到心里细微的变化，只是冷淡地回了句："没事。"

简柠好像习惯了他的态度，心里反倒长舒一口气。

然而下一秒，她就呆愣在原地。

男人迈开长腿，信步朝她走来。敲打在鼓膜上的脚步声很均匀，她的心跳却乱了。

她看着男人越走越近，随后站定在她面前。

她一米六的个子，却只到他的胸膛，她似乎还可以闻到男人身上的凛冽清香。

啊啊啊，他这是要干吗啊？

她咬着唇，心跳如小拨浪鼓一般。

她眉头微拧，眼神慌乱得不知如何安放，脸上感觉要烧得着火了，浑身僵硬。

只见男人微微侧身，长臂绕过她。

他离她更近了。

"你……"她羞得还未说完一句话，就听到电梯"叮"的一声。

原来是她挡着电梯按钮了……

电梯门打开后，男人直接越过她，走了进去。

简柠依旧那样站着，一动不动，不敢转过身看他，只想把头埋进地里。

丢死人了……

男人站在电梯里，看着女生显得略微有些僵硬的背影，眼底闪过一瞬的笑意，又迅速恢复如常。

昨天的那场雷雨冲刷掉了些许安城的闷热。可当第二天的太阳缓缓升起，再次投下一片片浅金色的光时，气温又逐渐回升。

阳光落在玻璃幕墙上，在鳞次栉比的高楼大厦中穿梭。

其中一辆黑色的玛莎拉蒂疾驰而过，通往 WTG 投资集团的地下停车场。

车子停好后，何亦寻从车上下来，拎着公文包往电梯走去。

他穿着量身定制的白衬衫，领口微微敞开，袖口被整齐地挽起，露出名贵的腕表。黑西裤熨烫得平整，显出修长的双腿。

简单干净却透着成熟男性的魅力。

他进了电梯，按了顶层的数字。

"叮咚"一声，他走出电梯。许多工作人员看到他，纷纷低头鞠躬问好："何总好。"

何亦寻只是微微颔首，脸色紧绷，脚下的步伐没停。可身后许多女职员就开始各种赞叹了："感觉今天何总又帅了……"

何亦寻刚进办公室，有个男人紧随其后："何亦寻……"

男人话还未说完，被他叫到名字的人手机就响了。男人耸耸肩，示意何亦寻先接电话。

何亦寻放下公文包，接起电话，就听到电话那头传来清脆的女声："哥……"

"什么事？"何亦寻脸色如常，问道。

"没有啦，就是想给你打个电话。昨天辛苦你了，下雨天还帮我送外卖……"

何亦寻像是想起昨天的经历，脸色冷若冰霜。他拉开椅子坐下来，掀起眼皮看着电脑上的股市曲线图，慢慢说道："愿赌服输而已。"

女生笑了几声，继续说道："哥，我最喜欢你这种讲诚信的人了。"

"直接讲重点，我这边很忙。"何亦寻用鼠标操作着电脑。

"哎呀，别不开心嘛……你今天要不要再来一趟，帮我再送几单？"

女生拿出撒娇的本事，恳求着。

电话那端的人沉默了三秒，随后吐出冰窖般寒冷的决绝声音："想得美。"

"哥——"

"有事，挂了。"

何亦寻放下手机，就看到谢舟挑眉淡笑。

"又是千金大小姐啊，一大早就给人家那样的态度多不好啊。"

何亦寻没有抬头看他。

谢舟不调侃了，说起正事："前两天给天腾的投资条款清单，今早他们把一些想要商议的事项发到我们邮箱了，你记得查看一下。"

"嗯。"

"对了，你昨天傍晚去哪儿了啊？本来想和你还有沈寒一起去吃日料的，你又不在。"谢舟和沈寒，还有何亦寻，是 WTG 投资集团的三大合伙人。

闻言，何亦寻翻着材料的手顿了一下，心里突然就冒出昨天在云之阁小区遇到的那个女生。他回过神，神色淡然："昨天临时有点事。"

"所以说，你昨天遇到了一个送外卖的帅哥？俗称外卖界中的帅咖，帅咖中的战斗机？"

简柠白了一眼手机视频中的女生，嘴里嘟囔："后面那句话可是你自己加的。"她再次回想起昨天遇见的那个外卖小哥，心神荡漾。她捧着自己肉嘟嘟的脸，笑得眼睛眯成了一条缝，"不过真的超级帅。"如果忽略了过程中的尴尬……

好在后来，她还特意给了好评，点赞了外卖小哥，希望他不会面临被炒鱿鱼的危险。

作为她高中同桌兼多年闺蜜的乔婳，对她公然犯花痴的行为嗤之以鼻："够了你啊，你能不能别这么傻啊，一个送外卖的都能让你神魂颠倒。"

简柠哼了一声，站起身："你等等，我去拿杯酸奶。"

乔婳透过视频，能看见简柠走去厨房。她突然皱眉说道："喂，你放在桌面上的是什么啊？"

"就……早上买的排骨啊。"简柠拿着袋子在手上晃了晃。

"这么热的天，你不放到冰箱里，马上就馊了！"

"啊……好好好。"简柠顺便拿了杯酸奶出来。

乔婳又突然提高音量说道："冰箱门！没关紧！"

简柠捂脸，关好后，回到手机前，然后就听到乔婳劈头盖脸的"指责"："你说你，整天脑袋晕乎乎的，就你这个生活小白还和父母闹脾气，搬出来一个人住。"

简柠吸了一口酸奶，舔舔唇，转着浅棕色的眼珠子，一脸不服气："我就这样了怎么啦，是他们不让我当漫画家的。"

简柠今年大学刚毕业，父母本想送她出国深造或者读研，奈何她对她的专业自始至终没兴趣，于是拒绝了父母的安排。

她被逼着读不喜欢的工商管理，但是从大学开始就在网络上连载漫画，到现在，已经是小有名气的画手。她希望将来从事和画画有关的职业，可是父母始终不同意，她一气之下，只好搬出来住，以示对父母的反抗。

乔婳说："要不是你姐姐私下里给你生活费，你个千金大小姐能养活自己啊？"简柠出生于富贵家庭，父亲是珠宝大亨。她有个姐姐，比她大七岁，现在经管家族企业。虽说她花钱不是大手大脚，但偶尔也会奢侈一下，还好姐姐私下里会接济她。

乔婳不容她插嘴，接着说："你说你，没有安全意识，还总爱热心肠、瞎管闲事，你姐姐都和我说了好几次劝你回家。你一个女孩子住在外面真的不安全，就说那个送外卖的，要是个坏人怎么办？三下五除二就把你解决了。"

简柠噘起嘴弱弱地反驳："昨天那个外卖小哥看上去不是坏人……"

"我发几个新闻给你，你自己看。"

简柠点开，就看到了醒目的标题——"深夜，外卖人员入室猥亵少女""因

给差评，客户遭到外卖小哥尾随跟踪殴打"等等。

她看到这些新闻，也有些毛骨悚然，后背发凉——昨晚要是遇到的真是坏人……

"你要有点警惕性，现在这社会，坏人不少。帅有什么用，帅就代表他不是坏人了？小心点啦。"乔婳担忧地看着她。

简柠点点头，心里被敲了警钟："好啦，我会留心的。"

傍晚，何亦寻刚下班，再次收到了何亦夕的短信："哥，我来找你一起吃饭了，我在你公司楼下等你。"

何亦寻到楼下，就看到坐在前厅的何亦夕飞快朝他冲来，然后挽住他的胳膊，甜甜地喊了句"哥"，随后转头向他身后的两个男人打招呼："寒哥，舟哥。"

何家颜值都高，妹妹身高有一米六五，穿着明丽的职业装，身材窈窕。她个性活泼爱闹，和何亦寻的冰山性格完全不同。

谢舟耸肩一笑:"行了，沈寒，我们走吧，不打扰他们兄妹相处的时光了。"

两人离开后，何亦寻看了眼何亦夕挽着自己的手，无奈地说："多大了，还像个小孩子一样。"

"走吧，我们去吃饭。"她语笑嫣然。

到了公司附近的一家中餐厅，何亦寻坐下来，把菜单推给对面的人，何亦夕毫不客气地开始点。

何亦寻把衬衫的袖子别到手臂中间，露出线条流畅的小臂，修长的手指交叉着，可见手背上青色的静脉起伏。

他望向窗外，看着落日和来来往往的行人。

何亦夕点完菜，抬头就看到何亦寻的侧脸，夕阳下光霭变化，折射在他脸上，让他的脸如打了蜡一般。

"哥，我发觉，你实在太帅了。"何亦夕笑眯眯地说。

何亦寻眦了她一眼。

何亦夕拿出手机，打开外卖软件，点开自家店的评价，推到他面前："哥，你看，昨天有好多人给我们店好评了。有人还特地表扬了你的颜值呢，你看这条——"

【大雨天，虽然外卖送迟了，但还是给卖家和外卖小哥点个赞，味道好分量足。另外，再悄咪咪说声外卖小哥太帅了，希望下次还是他送！】

何亦寻看完，立马把手机还给她，面色冰冷不为所动。

她接着说："这是昨天点海鲜焗饭的那个人，不知道你还有没有印象，估计是个女孩子吧。"

昨天点这份餐的，何亦寻清楚记得，只有那个女生。

何亦夕接着说："我估计你给我送餐的两个月里，这样的评价还会出现，你可别不开心。"

其实何亦寻帮忙送外卖，完全是一个和妹妹的赌约。

何家一家人都不支持何亦夕在外创业，毕竟真的很辛苦，而且家里条件本来就不差，不缺这点钱。后来妹妹和他打赌，说半年之内，如果她真的能在本市开一家餐厅的话，就让哥哥给她送两个月的外卖。而何亦寻，当时也答应了。

现在看来，何亦寻确实输了。

"哥，感不感兴趣投资一下我的餐饮品牌啊，反正你这个投资大佬不缺钱，支持一下我嘛……改天来我店里视察一下，顺便再送个外卖……"

何亦寻看向妹妹，淡声开口："等你做出更好的成绩再说。"

两天后的晚上。

简柠窝在家里，依旧点了"饭逅"的外卖。这家店的饭菜很合她的胃口，上次点完，她就觉得值得再来一单。

三十分钟后，她放下笔，看向窗外已经乌黑一片的夜色，思绪也轻飘飘的。

最近天黑得越来越早了。

她站起来，想要舒展一下筋骨，谁知椅子刚推开，视线骤黑，房间瞬间漆黑一片。她怔得保持原来的动作三秒，才眨了眨眼睛，这是停电了？

她立马摸向手机，打开手电筒。

偌大的房子里，安静得只剩下时钟滴滴答答的声音，她用手电筒照了照周围，确认没有什么异常。

空调才刚刚停，她后背却开始渗出点点汗来。

她胆子小，最怕黑，特别是一个人待着的时候。

她紧张地坐在椅子上一动不动，突然之间，就听到一阵门铃声。

她神经本来就紧绷着，这突如其来的声音把她吓得差点从椅子上蹦起来。

她知道，应该是送外卖的来了。

送外卖……

她立马回想起乔婳给她发的可怕新闻，然后开始脑补各种画面，弄得她汗毛直立，脚步都有些颤。

她挪到门口，透过猫眼，就看到外面站着的男人。

对方低着头，戴着鸭舌帽，身穿橙色的衣服，和上次看到的那种外卖服并没有什么不同。

但是，她现在哪敢开门啊？

"你就把外卖……放到门口就好。"她对着门外的人喊道。

等了十秒钟，外面没有了声音。

她又看了一眼猫眼，却正对上男人抬头的目光。

他帽檐虽然压得很低，但黑眸深邃幽暗，简柠一眼就认出这是上次那个外卖小哥！

但简柠心中的恐惧没有放下，见他没有走的意思，她只好硬着头皮，慢慢地把门打开。

何亦寻看到，女孩慢慢地把门拉开了一条缝，小心地露出她白皙的脸颊和澄澈的眸子。她抬头望向他，表情微妙，眼神里透露出防备和怯意，和上次完全不同。

随后，他就看到她身后黑漆漆的房间。

大晚上不开灯？

他伸手握住门把，往里推，想要把外卖递给她，谁知感受到一股阻力。

可是他再一用力，门就被他硬生生推开，而女孩吓得跟跄着往后退了一步。

他再次和她四目相对。

何亦寻看见她如受惊的小动物一般，用湿漉漉的眸子看着他。

他往前一步，谁知她往后退，轻颤着声音阻止他："你……你别过来。"她声音本来就很软，轻飘飘的一句警告毫无威慑力，可是带着点鼻音，像是要哭了一般。

他微微有些愣住。

房间一片漆黑，何亦寻看不到她眼圈已经有点红了。

简柠手指紧紧绞在一起，心紧紧纠成一小团。

何亦寻好像明白了她这样反应的原因，他后退一步，站到门外，然后把餐盒放到旁边的鞋柜上。

女孩所表现出来的恐惧，就像毫无防御能力的小动物一样弱小，需要人保护。

"抱歉，我只是想把外卖拿给你。"

简柠听到他沉闷的声音，抬头看他。他退到了安全距离之外，看着她的眼神里并没别的意味。

她突然知道应该是自己反应过度了。

"没事……"她窘迫地摇摇头，心里紧绷的弦才慢慢松开。

何亦寻扫了眼房间，问道："不开灯？"

简柠摇头，慢慢吐出三个字："不是……停电了。"

然后，她看到何亦寻指了指对面灯火通明的那栋楼……

012

简柠："……"

她尴尬得还未说出一句话，何亦寻转头看向电闸，随后伸手一拉，房间的灯就亮了起来，空调"嘀"的一声，恢复运作。

视线恢复光明，简柠懵然地看向何亦寻，随后反应过来了停电的原因。

简直丢人丢到外婆家了。

她轻咬了咬嫣红的下嘴唇，面露歉意。

她上前一步，对何亦寻说道："谢谢你，我刚才……以为……所以才会有那样的反应……"

她真的不想陈述这个理由。

难道每次在帅哥面前，她的智商都会不在线吗？

何亦寻看着她傻乎乎的模样，听着她软糯的声调，心里却没有愠意。

他转头看向外卖，没有什么表情，随后薄唇吐出淡淡的四个字："饭要凉了。"

还未等简柠说话，他就转身离开了。

她关上门，看着外卖，回想起刚才发生的一切，心跳还没有办法恢复正常。

估计那个小哥，现在看她如同看傻子一样了……

这个乔婳，让她差点误会了外卖小哥，还在他面前出了这么大的丑，下次见面一定要"揍"得乔婳找不到姥姥家！

何亦寻送完外卖后下楼，拿出手机，看到现在已经七点多了。他晚饭还没来得及吃，公司还有很多事务等着他回去处理，他来不及换衣服，直接去了公司。

到了公司，他步履匆匆往办公室走去，刚好经过谢舟待着的地方。

谢舟边吃饭，边和员工们讨论着条款清单上的问题，余光瞥到了一个穿着外卖服的男人从他身边走过。

谢舟头也不转，直接用手比画了一下："外卖放旁边那张桌子就好，谢谢啊。"

何亦寻停下脚步，转头看了谢舟一眼，面色清冷，继续往前走。

谢舟往嘴里塞了一口饭，抬头看着前面"外卖小哥"的背影，急忙叫住他："哎，和你说话呢大哥，你这是去哪儿啊？那边走不了，你原路返回，直接坐电梯下去。"

这外卖大哥真搞笑，直接奔着总裁办公室去了。

听到谢舟的声音，许多员工都抬起头来，看向那个穿着外卖服的人。大家奇怪，怎么觉得这个背影有些熟悉……

何亦寻再次停下，他深呼吸一下，慢慢转过身来。

"噗——"谢舟一口饭喷了出来，毫无形象。他被呛得脸色通红，同时上下打量着何亦寻的新装扮，狂憋着笑。

周围的员工也是一脸蒙地盯着何亦寻看。

今天何总是怎么了？

何亦寻看向谢舟，同时面无表情地扫了大家一眼，随后"高岭之花"终于开口："都很闲？今晚想加班到几点？"

话音刚落，众人立马埋头，可又想笑又好奇。

何亦寻刚走进办公室，谢舟就哈哈大笑了起来，旁边的人问他："何总这是什么骚操作？"

谢舟笑得眼泪都快流出来了："我咋知道我们公司什么时候有这种新员工服了，何总简直太给我惊喜了。哎，不许去问啊，小心何总不放过你们。"

旁边的女职员捂嘴笑了："虽然何总穿着外卖服，但还是好帅啊。果然颜值撑起一切。"

谢舟不屑地"嘁"了一声："能不能有点理智啊你们。"

他起身，往何亦寻办公室走去，就看到何亦寻已经换上了寻常穿的衬衫，正扣着胸前最后一粒扣子。

谢舟倚着门笑："何亦寻，你今天好潮啊，我都不知道你能驾驭得了外卖服这种风格。"

何亦寻也不觉得有什么，反而淡然回怼："你无不无聊。"

"到底什么情况啊，你怎么会穿外卖服，刚才去做外卖员体验生活了？"

何亦寻不想和谢舟废话，没有说出实情。

见何亦寻闭口不谈，谢舟也只得讪讪作罢。

周末。

简柠收到了乔婳的邀请，让她到一个绘画培训机构帮忙带小朋友去写生。

乔婳是正儿八经学美术的，家里也是不缺钱，不过她父母开明，让她从事自己喜欢的职业。乔婳就在安城某个绘画培训机构里工作，虽然工资不算很高，但是她喜欢，也比较轻松。

于是周六下午，简柠他们就到了市区里的枫叶公园。

今天太阳也懒洋洋的，躲在云层后面不愿意出来，天气不算热。

简柠和乔婳，还有另外一个在读大学的女生带着小朋友们摆好画板。

他们今天画的是油画，简柠看见小朋友哪里画得不好，就亲自上阵指导，让同来的女生刮目相看："简柠姐，你也是学美术的吗？"

"没有，我就是喜欢这个。"简柠弯了弯眼角。

"那你太厉害了，我们专业四年学出来都不一定有你画得好。"

简柠吐吐舌头，她心里可不这么想，她怎么可能只依靠兴趣就学好美术呢？大学四年的每个周末和寒暑假，她都会去专门的机构学习，课是没少上。

下午三四个小时的时光过去了，傍晚的时候，简柠见小朋友的画基本完成得差不多了，就想出去买点水，解解渴。

她出了公园，走去附近的一家小超市，刚准备过马路，就看到一抹橙色的身影缓缓向她靠近。

何亦寻今天被何亦夕抓过来送外卖，刚才第一波已经结束了，他往回骑，快到店里，就看到街边站着一个女生。

她穿着枣红色的 T 恤，搭配着淡蓝色牛仔阔腿裤，背着英伦风的斜挎包，高高扎起马尾辫，露出纤长的脖颈和光滑细腻的脸蛋。

他和她的目光恰巧撞在一起，于是就看到她嘴角牵起明显的笑容。

她向他挥手打招呼："外卖大哥！"

他在她身边停下。

简柠看着他依旧没有什么表情的脸，也不觉得不舒服。她笑道："外卖大哥，你还记得我吗？"

然而等了两秒，何亦寻依旧……面无表情地看着她。

有点尴尬……

简柠摸摸脑袋，自己解释："就是在云之阁小区，你给我送过外卖的。"

然而，他依旧给她一副"不好意思，我认识你吗"的表情。

"就我家还停电了，然后你给我修好……"她还没有说完，脸就红了，为什么她要主动提起这件丢人的事情啊！

何亦寻了然，"嗯"了声，目光突然停在她的脸上。

他的眼睛特别好看，炯炯有神，如宝石一般。可他看着她的目光，让她感觉带着火一般灼烧着她的皮肤。

她心跳得有些乱，他怎么回事？为什么要一直盯着她看？难道是他觉得……她今天很美吗？

这么想着，她脸又红了。

她立马转移话题："我刚好要去对面的小超市买水，我请你吧？上次在我家，你帮了我的忙，我还误会了你，就当我赔个不是。"

等了两秒，简柠终于见他慢慢点了头。她顿时笑意染上了眉梢，睫毛像两把细密的刷子一样扑闪着。

何亦寻把电动车开到对面，简柠跟在他后头。

许是顶着烈日送外卖的缘故，她发觉他的肤色加深了，手臂上肌肉紧实又不夸张。

唔……太帅了……他完全可以去当男模的，何必苦哈哈地送外卖呢。

走进小超市，何亦寻跟在简柠后头。

她走去冰柜，想要拿冰镇的茉莉绿茶，但手刚碰到冰柜门，她就呆住了。

她清楚地看到，冰柜玻璃门中反射出来的自己的脸颊上——有一块明显的绿色！

呜呜呜，这是什么时候不小心沾上去的颜料啊？她立马侧身，不让何亦寻发现。可是她反应过来，刚才人家肯定都看到了啊！

难怪他刚才盯着她的脸看，果然是自己自恋了！

他怎么不提醒她一声啊？

她微微转身，瞄到何亦寻在看其他的方向，她立马伸手用力把脸上的颜料擦掉。

然而何亦寻一转头，就看到她的小动作——她皱着秀眉，表情羞赧又痛苦，用指腹在脸上搓弄。

他被她这副模样差点逗笑，他把手放到嘴边，握拳咳嗽了一下。

简柠听到声音，受了惊，立马转头看他。

她生怕他发现她的异常，一只手都不知道放在何处，只好揪着斜挎包的带子，另一只手则捂着脸。

此时的气氛，既尴尬又微妙，简柠感觉此生难得几次的丢脸时刻都被他看到了。

何亦寻依稀可以看到，她白嫩的脸上，颜料并没有完全被擦拭干净，反倒因为刚才她用力过度，泛红了一片。

他垂眸转身，伸手拿了一包湿纸巾，递到她面前。

简柠看着他修长的手和他手里的湿纸巾，虽然庆幸他没有嘲笑自己，但还是感觉很尴尬……

果然还是被发现了。

她接过纸巾，低头不好意思再看他的眼睛，轻声嗫嚅了一句："谢谢……"

她的样子，让他感觉她跟只小奶猫一样。

两人拿完饮料走去收银台，简柠本想付钱，何亦寻却早她一步付了钱。

走出超市，简柠问他："不是说好我来请吗？"

"没事。"

简柠晃了晃手里的茉莉绿茶，笑道："那……谢谢你呀。"她想着快点回去把水拿给乔婳和同行的老师，于是就向何亦寻道了别。

简柠回到公园。乔婳大老远看见她，就开始说她："怎么去这么久？给你打电话都不接，都渴死我了。"

简柠把水递给乔婳和另外一个女生，没有理乔婳的话。

乔婳见简柠嘴角始终挂着微笑，也不说话，她弹了一下简柠的脑门："又犯傻了？"

"去你的。"简柠打开了她的手。

简柠仰头灌了一口水，还是忍不住分享刚才的事。她转头对乔婳说："婳婳，你猜我刚才去买水的时候遇到谁了？"

乔婳坐在她旁边，看着手机，半留神听她说话："谁啊？"

简柠脑子里忍不住浮现出何亦寻帅气的面容，她笑得腼腆："嘿嘿，就是上次我和你说过的外卖小哥。"

乔婳转头，像看智障一样看着她："就是你说的那帅哥？看来你们还挺有缘分啊。"

简柠没听出来乔婳的反语，反而傻兮兮地点头："是呀是呀，我也这么觉得。"

乔婳送给她一个大大的白眼："我不是都跟你讲了，叫你小心点，防人之心不可无。你都能对一个送外卖的犯花痴，是不是真傻？"

"他其实是好人啦，我们的饮料还是他请的。而且上次家里跳闸了也是他弄好的。要是真想对我做点什么，他早就做了。"

乔婳突然凑近她，微眯着眼，慢慢挑起她的下巴轻飘飘地说："哦……

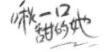
018

我知道了，他这是放长线钓大鱼啊。搞不好，他是要泡你这个小妹妹啊。"

简柠被她说的话吓了一跳，忙推开她，小脸气得鼓鼓的，不知是因为生气还是害羞，脸又红了。

"你闭嘴，不许乱说，才没有的事呢。"

在乔婳心里，简柠虽然性格甜软，但是挑选男朋友的眼光很高，大学里很多人追她，她都拒绝了。乔婳可不想她这个娇美人最后莫名其妙被一个送外卖的大哥追到手，那不是印证了那句俗话……

乔婳给她打预防针："没有最好，别傻乎乎的，都这么大的人了。"

"哦。"简柠撇撇嘴。

周日傍晚，简柠收到乔婳的通知，让她来方圆会馆，刚好几个玩得好的高中同学这几天都在安城，大家就约着晚上一起出来聚一聚。

方圆会馆是安城消费档次最高的休闲场所，清新淡雅，以中国风为主，走进走出的人都是非富即贵。

简柠今天特地穿了一条淡墨色的雪纺连衣裙，印在上面的是一幅荷叶图，给人一种"水面清圆，一一风荷举"的天然意境，是在手工店里专门定制的。

到了方圆会馆后，有专门的人领她前往包厢。

简柠跟在穿着旗袍的服务员后面，踩着柔软的地毯，随意看着周围墙壁上的水墨画。

到了地方，她走进包厢，就看到里面几张熟悉的面孔。

"哇，简大小姐啊，欢迎欢迎。"其中一个男生站起来，走到她面前，作势要和她握手。

简柠嗔他一句："曹遇，你够了啊。"

曹遇是简柠高中时候的后座，和简柠、乔婳是铁三角。他最皮了，鬼点子也多。

在包厢的还有曹遇的几个朋友，也是高中时候玩在一起的。

简柠坐到乔婳旁边，乔婳笑着捏了捏她的脸："今天这身不错。"

大家点了菜，边吃边聊。

突然，有人八卦起简柠的感情生活："简柠，你现在还是单身吗？"

"嗯。"她专心致志地挑着鱼刺，跟个小孩子一样。

"哎，你说你条件这么好，怎么就没人追呢。"

乔婳睨了眼说话的人："我们简柠是看不上那些大猪蹄子好不好。"

简柠忍不住笑了。

饭后，简柠出了包厢去洗手间，拐了三四个弯才到。

她从洗手间出来后，就往回走，也拐了三四个弯，然后直直地推开包厢门。

包厢里讲话的声音戛然而止。

里面坐着清一色西装笔挺的男人，齐齐看向门口的简柠。

简柠吃惊，她刚才忘了抬头看房间号了……

她顿时感觉自己脸颊充血，连耳根子都染红了。

还来不及定睛看包厢里的人，她立马低头道歉，然后退了出来。

坐在里面圆桌最中央的男人依旧将目光停留在门口，几秒后，就听旁边的人说："何总？"

何亦寻淡然收回目光，继续看着手里的文件。

旁边的人笑着解释："应该是小姑娘走错了。"

何亦寻脑子里还停留着刚才简柠的样子，她穿着一袭长裙，清丽淡雅，如同出水芙蓉，只是每次他们见面……这个女孩总会发生点窘迫的事。

"何总，这里……有什么问题吗？"旁边的人指了指合同那页，想起刚才何亦寻嘴角微微勾起的弧度，心里有些……瘆得慌。

何亦寻把心思收回来，恢复冰山脸："没问题。"

简柠回到包厢。她刚坐下，就听到乔婳激动的声音："女人，你知道吗，你的竹马哥哥又出新专辑了。"

"啊？真的吗？"简柠笑了。

"瞧瞧你，还不如我关心他。"

简柠有个从小玩到大的竹马，是当红人气偶像。只是他最近很忙，她也不好意思打扰他。不过在朋友圈，还是能关注到他的动态。

简柠拿过乔婳的手机，看着他专辑里的宣传照片，点点头："宇珩哥还是这么帅。"听说他现在被封为"国民哥哥"，只因为前段时间他演了一部青春偶像剧里的男二，在剧中饰演女主的哥哥。

虽然和季宇珩很熟，但是简柠一直对他们之间的关系保密。除了乔婳，其他人都不知道。

晚上九点多，简柠说要早点回去完成今天的画稿，乔婳喝了点酒，就只好坐她的车回去。

到了停车场，简柠把车开出来。她慢慢开着，到了一个拐角处，随意一转头，就看到了一个穿着白衬衫的男人。

他站在一辆车旁，和另一个男人说着话。他眉若刀裁，鼻梁挺拔，薄唇一启一合。

简柠觉得眼熟，想要细看，奈何那男人拉开车门坐了进去。

"婳婳，我好像看到了那个外卖小哥……"刚才那一眼，她虽然看得不太真切，但是总觉得气质有些像。

"在哪儿呢？"乔婳问。

"就红色大众旁边的那辆，我看到他上车了。"简柠指了指。

乔婳看清那辆黑色车子的牌子，一脸不相信："别傻了好吗？那辆车多贵你不知道啊？还外卖小哥，我看你是想他想疯了。"

"我没有……"

刚好那辆车子一个拐弯，彻底消失在她们视野中。

简柠也觉得应该是自己看错了，怎么可能在这里看到他呢……

第二章

"小兔子，别哭。"

　　周一早上，简柠在家吃过早餐之后，打算出门去拍照取景。她不仅是个职业漫画家，还是个摄影爱好者，平时喜欢研究一下摄影技巧，拍些照片，也会去报名参加摄影展。

　　她拿着单反相机出了门，想找一家有格调的咖啡馆，拍些甜品。

　　一个早晨就在悠闲的时光中度过了。中午出了咖啡馆之后，她沿着街道随意走着，刚好看到一处很美的街景，她顺手就拿着相机拍了下来。

　　她边看着相机里的照片，边往前走，谁知脚下突然出现了一块石头，她被绊了一下，膝盖就直接磕到地上。

　　还好她走路速度慢，手里的相机没有事。她站起来，就看到膝盖被磨得出了血。

　　"嘶……"她倒吸一口气，立马站起来。她窘迫地往四周看看，还好这条街没什么人，没人看到她刚才的模样……

　　她穿的是牛仔短裤，露出白皙纤长的两条腿，冒出的红血丝格外明显。她拿饮用水冲了冲伤口，然后继续往前走。

　　而另一边，何亦寻回到"饭逅"门口，他刚刚送完第一趟外卖。

他下了车，正往店里走，侧目一转，就看到一个女孩朝他这个方向走来。

她身穿白色短袖，搭配牛仔短裤，戴着一顶浅灰色的鸭舌帽，脖子上挂着一个相机。

他看着简柠慢慢走近，便注意到她走路姿态有些怪异，视线便慢慢往下移，看到了她膝盖上的伤口。

他目光顿了一下。

简柠走着走着，也注意到了站在前方的那个男人。

等她走近，看清楚男人的面容，她不禁莞尔："嘿，外卖大哥，好巧啊在这儿遇到你！"

然后她抬头，看到他们所站店门口的招牌后，才知道这里是他平时工作的店……巧什么啊。

何亦寻比她高了很多，他看到她鸭舌帽下面是健康的粉红肤色，鼻尖点着几滴汗珠，樱桃小唇抹着淡淡的口红。

"挺巧的。"停了几秒后，他开口附和她。

"原来你们店在这里，那我以后有空了，也可以约几个朋友到这里来。你们店的味道很好。"

她习惯性地舔舔唇，好像是想起了什么美味一般，一副小馋猫的样子。

他随口问："出来拍照的？"

简柠看了眼身前的相机，点了点头："嗯，我平时就喜欢随便拍拍。"

"佳能的这款相机挺好的。"他说。

"咦？"她骤然抬头看他，惊讶地问，"你对这个也有了解吗？"

他淡淡点头："一点点兴趣。"

她粲然一笑，仿佛找到了知音。她不会介意他外卖员的身份，反而为他有着相同的兴趣而感到开心。

"那我们还挺有缘的呢。"

话音刚落，她心里就感觉有些微妙的变化。

她抬头和他沉沉的眸光撞上，他眼眸平静如深湖，倒映出她微红的脸来。

她立马伸手摸了摸脸上，应该没什么脏东西吧……

何亦寻抿了抿快要上扬的嘴角，他沉着声音问："吃饭了吗？"

"还没……"

既然"饭逅"在眼前，她就想干脆在这里点好了："要不然我直接打包一份带走吧。"到人家店门口了，还是要支持一下人家的生意嘛。

何亦寻没说什么，直接和她进店。

这是简柠第一次到"饭逅"，店里装修以地中海风格为主。鲜明的蓝白色和随处可见的小盆栽，增添了不少情调。

她走到点餐处，就听到点餐员热情地说："您好，可以看看我们的新菜单哦，这是我们最近新上的菜品，还有健康沙拉系列。"

她浏览着菜单，手指点着下巴，轻轻咬唇，觉得菜单上的每个都好美味，眼睛滴溜溜地转着。

点餐员看到身后的何亦寻，笑得如花般灿烂："何哥，回来啦？累不累，坐下休息一会儿。"

简柠听到这句话，心里高兴了一下。看来何亦寻不仅没有面临炒鱿鱼，而且工作待遇还是挺不错的。

何亦寻摇头，走到简柠旁边，低头看着她。

她有点圆鼓鼓的脸上表情纠结，眼睛亮亮的，上下扫着菜单，像是小孩子在挑糖果一般。

点餐员看到何亦寻的目光，随即有些惊讶地看着面前的女孩。

点餐员心里还没有多想，就听到何亦寻醇厚低沉的声音，他问简柠："纠结这么久？"

这女孩是谁啊？认识何哥？

简柠有些慌乱地抬头，就看到他含着点点笑意的目光。她红着脸，嘴里吐出软软的一句话："我在想是选套餐 A 还是套餐 C……都感觉很不错。那……

那就 A 吧……"

她选择恐惧症一直都很严重。

听小姑娘这语气，估计内心最后还是很纠结。

简柠算完钱后，何亦寻指了指旁边的椅子："坐那儿等吧。"

"好。"

何亦寻看了眼她受伤的膝盖，细皮嫩肉的皮肤上一片鲜红。他似漫不经心地问："膝盖……还 OK 吗？"

简柠笑笑，眼睛弯成月牙："没事，就是小伤。"

何亦寻不再说什么，直接去了厨房，就看到何亦夕在忙碌，她经常亲自过来监督。

"哥，你回来啦？没事了，刚才的一波我让小李去送了，你回公司吧。"何亦夕说道。

"蔬菜沙拉套餐 A 开始做了吗？"他问。

"开始了，是你点的？"

"嗯……你再帮我做份套餐 C，然后再来杯柠檬汁。"

何亦夕做了一个"OK"的手势："哥，你真能吃。"

何亦寻嘴角扬起弧度，他盯着沙拉的目光慢慢失了焦，薄唇微启："不是我，是兔子。"

何亦夕：他在说啥？

何亦寻走了出来，就看到简柠坐在位置上，手撑着脑袋随意看着店里的装饰，两条腿摆动着，上面的伤口晃眼。

简柠等了十分钟，就看到何亦寻从厨房出来，手里拎着两份餐，还有一杯饮料。

他放到她面前，简柠立马站起来："这……怎么这么多？"

"套餐 C 和柠檬水是老板送你的。"

"送我？"她浅棕色的眼珠子扫着这些东西，小脑袋瓜一时没反应过来。

"我们今天店里有搞沙拉买一送一活动，柠檬水是本来就送的。"

这么实惠的吗？

老板这么做生意不赚钱吗？

不过，不管了。看着丰盛的食物，她暗地里搓了搓手，感觉口腔里的味蕾复苏了。她竟然情不自禁地吞咽了一下口水。

这一幕被何亦寻捕捉到，他轻轻咳了咳。简柠立马抬头看他，巧笑倩兮："你们老板人实在太好了，祝你们店生意兴隆！一定会有更多人来吃的！"

何亦寻看着她傻乎乎的模样，想起了放在收银台那边的……招财猫。

简柠提着食物离开了，刚好何亦夕从厨房走了出来，她愣愣地看着她哥："你吃得这么快……"

这时何亦寻接到沈寒的电话，两人说了几句后，何亦寻就转头对何亦夕说："我先走了，回公司。"

"那你的衣服？"

"没事，我回公司再换。"时间有点赶。

他走后，何亦夕就问点餐员："妹啊，你看到我哥刚才吃饭了吗？"

"没有啊。"

"那他从厨房提出来的两份沙拉呢？"

点餐员想起来了："他给一个女孩子了。不过那沙拉不是他点的，是他带来的那个女孩子点的。等等，不对啊，那女孩子只点了一份啊！"

"女孩子？"何亦夕没在乎沙拉到底点了几份，倒是捕捉到了更重要的信息。

"对啊，我以为你认识……一个小个子女孩子，看上去有点呆里呆气的，年龄不大。"

何亦夕发誓，她真的不知道她哥身边会有女孩子存在……还是个有点呆的女孩子。

她感觉信息量有些大，脑壳有点疼。

简柠回到家，立马在沙发前坐下，她的胃已经等不及了！

她激动地打开装餐盒的塑料袋。

然而，她手往袋子里一摸，就拿出来一包小小的东西。

她看着那包防水创可贴，眨了眨眼睛。

老板这么贴心的吗？

她转念一想，立马拍了拍脑袋。这和老板应该没关系，注意她膝盖受伤的，只有那个外卖小哥吧！

她不敢这么确定，可是怎么想都应该是这样。

她摩挲着创可贴的包装，顿时心生温暖，嘴角露出了甜甜的笑容。

WTG 大楼顶层。

此时沈寒、谢舟和员工们刚吃完饭，大家等着何亦寻回来开会。

大家在会议室闲聊着，谢舟就开玩笑地问："你们信不信，等会儿何总回来，一定是穿着那件亮眼的橙色外卖服！"

有人笑了："赌不赌，我赌个一块钱，肯定穿！"

"喊，小气鬼……"

过了一会儿，他们就听到了一阵均匀的脚步声。

大家齐刷刷转向会议室门口，屏息倒数五秒。

五，四，三，二，一……

果然，门口路过了一个穿着橙色外卖服的气宇轩昂的男人。

会议室里的同事们努力憋笑，刚开始还憋着声音不让何亦寻听见，但一等他走远，大家就忍不住哄笑成一团。

"完了完了，何总以后成为我饭后一乐怎么办，哈哈哈……我刚吃饱，肚子会痛啊！"谢舟拍着桌子。他和何亦寻是大学室友，开得起玩笑，但同事们还是要收敛点，就只顾着笑了。

几分钟后，何亦寻来到会议室。

有人就忍不住问："何总……你最近都在干吗啊，整天穿着外卖服？"

何亦寻慢慢掀起眼皮看向问话的人，云淡风轻地开口："帮我妹店里送外卖。"并没有提及赌约的事。

众人震惊。

搞半天大家七猜八猜的，原来是因为妹妹的缘故啊！

大家心里立马给他竖起大拇指。虽说何亦寻看上去冰冷冷的，但是对待自家妹妹果然不一般，实力宠妹！

沈寒笑道："千金小姐倒是能使唤得上你了。"

何亦寻没有接话，直接切入会议主题："那三个项目的投资评估做好了吗？"

一个女生点头："我们分析了他们的商业计划书，对他们团队的财务状况、投资收益和风险管理有了细致的了解，然后又让漫知会计事务所去调查了数据真实情况，最后能通过我们标准的只有 FC 集团。我们已经把相应结果发给各项目负责人了。"

"等会儿把具体的报告打印出来给我，然后还有 FC 的公司估值方案，也尽快做出来。"何亦寻说。

"好的，没问题。"

晚上八点多，简柠洗了个澡，她擦着湿答答的头发从浴室走出来，就看到沙发上坐着一个人！

她吓得差点跳了起来。

等到看清那人是谁后，她大喘气，拍着胸脯说："姐，你吓死我了！怎么进来都没声音的？"

坐在沙发上的，就是她亲爱的老姐，简好。

简好先是瞪她一眼，然后招呼她过来："给你买了最爱吃的水果，快来吃。"

简柠立马跑过去蹦上沙发，抱住简好，像考拉抱着树一样，咯咯笑。

简好无奈地点点她的鼻尖："怎么老跟个小孩子一样。"

简柠没有反驳，往嘴里塞了一口冰镇西瓜，甜丝丝的味道让她忍不住眯了眼睛。

简好推开她，让她坐好，问道："最近在这里怎么样？一切都还安全吧？有没有遇到坏人，有没有生病什么的？"

简母性格强势，对简柠多以命令态度相处，所以简柠和简母关系不太好。好在姐姐年纪比她大一些，更加成熟，经常体贴和关心简柠，倒是给简柠一种母爱的感觉。

"放心放心，都好着呢，没看我吃得白白胖胖吗？"简柠捏了捏自己的脸，都是胶原蛋白。

"你哪里胖了。对了，什么时候回去吃饭，爸妈可一直都念叨着你呢。"

简柠嘟起嘴说道："妈会惦记我？还是算了吧，她巴不得我不在家呢。"

"谁叫你非要当什么漫画家，这不是白读了四年书，妈妈还不是希望你能更有出息点儿，将来没那么辛苦。"

简柠最不喜欢听这套言论："哼，当漫画家怎么就没出息了。"她往嘴里塞了一大口西瓜，狠狠地嚼碎着，以示不满。

简好看妹妹不开心了，也不再说什么。她在这个家充当和事佬，还是想让母亲和妹妹关系好一些。

两人又聊了一会儿，简好就说要早点回去，明天约她吃饭。

第二天中午，简好开车来接简柠。

到了地方，正在停车的时候，简柠探出脑袋，就看到了前面的餐馆。

"饭逅？"简柠问。

"怎么了，不是你前段时间一直强烈推荐我的店吗？不喜欢？"

简柠摇摇头，笑嘻嘻道："我以为你要带我吃什么更高级的山珍海味呢。"

"下次吧，我今天中午没多少时间，随便吃一点。"简妤解开安全带，然后看向简柠，欲言又止。

简柠注意到了她的异样，眨着眼睛问："怎么了？"

简妤刚想说什么，手机振动了一下。她看了眼弹出来的微信消息，然后吞吞吐吐地说："嗯……柠柠啊，今天中午和我们一起吃饭的还有一个男的。"

"男的？"

简妤面露难为情的样子，说出真相："其实中午是给你安排的一次相亲。对方人很好，是个精英男士，年纪只比你大三岁，也是你们学校毕业的。"

简柠脸上的笑容消失，她皱起了秀眉，生气地质问："是妈妈安排的吧？她怎么老这样啊？姐，你怎么也瞒我？"

简母每天不是为小女儿的职业担忧，就是为小女儿的婚姻操心，知道自己拿小女儿没办法，就让大女儿简妤当挡箭牌。

"哎呀，妈也是为了你好。人家都到了，你就进去吃个饭。乖乖乖，你体谅一下我的辛苦。"

最后，简柠还是心软妥协了："我就只是吃个饭而已，其他的……你别想！"

她们走进店里，简妤看到了那名男士，就领着简柠过去。

男人穿着西装打着领带，戴着一副眼镜，有些书生气。他长相一般般，身材也不算好，稍微有些小肚子，一看就知平时不锻炼的。

他站起来，和简妤握了手，又主动和简柠打了招呼，见简柠态度不冷不热，他也不觉得尴尬。

男人很健谈，简柠坐在对面，听着简妤和他聊天，知道了他名叫"乔望"。虽然简柠知道对方不是自己喜欢的类型，但对方文质彬彬，也算有礼貌，于是她态度也温和了一些。

点完菜之后，简柠四处张望了一下，并没有看到外卖小哥的身影。

出去送外卖了？

吃完饭，简好离开，说是留给两个年轻人单独相处的时间。简柠暗地里死命拽住简好，但是简好去意坚决，简柠欲哭无泪……

饭桌上只剩下两个人，简柠尴尬得不知道说什么。她虽然是个话痨，但是也分对象。对于这种只想见一次面的人，好像……没啥可聊的。

乔望坐在对面再次打量着她。她今天穿着一身碎花裙，头发自然垂下，长得还算可爱，性格也蛮恬静。

他转着手里的精致腕表，开口："简小姐，对于将来的婚姻，你有什么看法？你能接受以后当一个全职太太吗？"

简柠愣了两秒，心想，我们这是进行到可以聊婚姻的地步了？

但她还是表达了自己的观点："我应该还会坚持自己的职业，毕竟女孩子经济独立也是挺好的。"全职太太虽然平日悠闲，但是让她不工作，生活也太没意思了。

乔望嗤笑了一下，随即勾起嘴角，说道："有这种想法的女孩还是挺多见的。不过我挺不理解，明明可以依靠老公，为何自己那么辛苦？你们女人依附于我们男人不是挺好的？只需要在家相夫教子就好了。"

天哪，这都什么年代了还有这种极度大男子主义的想法？

"我不这么认为啊，毕竟人各有志嘛。"简柠不想和他废话太多，毕竟这种观念不是说一两句就能和他解释清楚的。

她侧首，目光突然就被走进店里的那抹身影吸引住了。

何亦寻身姿挺拔，步履平稳，缓缓走进店里。他脸部轮廓干净利落，英俊中又带着清冷。

然而他没有注意到她。

简柠正出神呢，就听到对面的人在说："简小姐，我们刚才也相互了解一番了，我提提我的要求吧，时间不多，我下午还有事。"

提要求？

简柠连忙笑笑制止他："嗯……还是算啦，以后我们有机会再联系吧。"

乔望听到这句话，皱起了眉头："简小姐是对我不满意？"

"我是觉得……我们不合适。"

"简小姐，我觉得我们可以再谈谈。错过我，是你的损失。"

简柠心想，你算哪块小饼干啊？还损失……

她站起来，露出好看的笑容："不好意思，我先走了，拜拜。"

她刚准备转身离开，手腕突然被乔望握住。她被他冒犯的行为吓了一跳，连忙甩开了他的手，谁知碰倒了桌上的柳橙汁，杯子落地的清脆声，惹得周围的人都转过头来看他们。

简柠往后退了一步，但已经晚了，果汁弄脏了她的帆布鞋。

她带着窘迫的目光扫视着周围，刚好就看到站在收银台旁的何亦寻，他和她四目相对。他面色清淡，好似漠不关心、隔岸观火的样子。

似乎，不认识她。

简柠感觉难堪，脸上如被火烧了一般滚烫。

乔望依旧坐在椅子上，漫不经心地说："抱歉，你还好吗？"

听到他的语气，简柠咬牙。在公众场合，她还是不想骂人，她立马蹲下去擦拭着鞋子，她看着泛黄的一块污渍，心情就像一张纸一样被人揉得皱巴巴的。

今天何亦寻送完外卖之后，回到店里，刚好何亦夕要出去一趟，就让他在店里照看一下。

他正打算坐着休息，就听到了一阵玻璃碎裂的声音。他顺着声音来源，就看到了简柠。

她站着，而另一个男人坐在一旁，果汁洒在地上，一片狼藉。

恰巧，她转头，和他的目光相撞。他看到她脸上的表情窘迫又慌乱，像极了停电那晚的模样。

何亦寻看到，坐着的那个男人在她蹲下擦鞋的时候笑了。那是一种事不关己的取笑,凉薄又难看。

这时,店里的服务员急忙拿着拖把,从他身边走过去。

何亦寻拦住了服务员,从对方手里拿过拖把。

下一秒,他就往简柠的方向走去。

服务员一脸蒙。

简柠正擦着鞋子,面前突然出现一个拖把,她目光顺着拖把杆往上移,就看到何亦寻清隽的脸。

她连忙低头,不让他看到自己的样子。她内心百般煎熬,就想赶快逃离这个地方。

啊,丢人,每次都这么丢人!

她刚起身,就听到乔望叫了一声:"你会不会拖地啊,弄脏我鞋了!"

简柠看到,何亦寻稍稍弯腰,慢慢把拖把从乔望脚边拖了回来,淡淡说道:"抱歉,没看到。"

简柠立马侧头,憋笑。

也好,也让乔望尝一尝鞋子被人弄脏的滋味。

然而,乔望并不满意何亦寻的态度,他站起来,指着何亦寻:"你,赶快向我认真道歉,我这鞋子多贵你不知道吧?"他扫了眼何亦寻的穿着,"也对,你一个服务员懂什么?我也不要你赔,不然你赔得起吗?"

乔望的话吸引了周围的顾客,大家把目光定在何亦寻身上。

何亦寻刚想说话,手臂就传来柔软的触感。他低头,就看到手臂被一只纤纤细手握住。

简柠抓着他的手臂一拉,让他站到自己身后。她面对乔望,一字一句地说:"你凭什么这么说别人?你不是人吗?以为自己比别人高贵?"

何亦寻看不见她的脸,只能听到她的声音,虽然软,但是不失坚毅。

乔望吃惊,似乎完全不明白自己说错了什么:"你帮一个服务员说话?他三个月的工资都买不了我一双鞋。顾客是上帝,就得为我们服务,知道吗?"

简柠气结，拳头紧紧攥在一起："你闭嘴，不就一双破鞋吗？多少钱，我给！"

这时，店里的负责人走了过来，安抚乔望的情绪。

乔望愤愤然，看了看表，不想耽误下去，就匆匆离开了。

简柠被他的态度气得够呛，她转头，看着何亦寻，问道："你……你没事吧？"

她素白的手指绞在一起，低头咬唇，向他道歉："抱歉啊，都是因为我。那个人都是乱说的，你别信。"要不是因为她，就不会发生这些事了，何亦寻也不至于被当众羞辱。

何亦寻听见她像棉花糖一般软软的语气，以及对他而言莫名的道歉，一时间不知道该说些什么。

她耷拉着小脑袋，浓密的睫毛微颤着，像是蝴蝶停留在上方。她眼圈红红的，就像是小白兔一样。

明明刚才还很凶，转眼之间就变了样。

简柠没有听到何亦寻的声音，眼前却突然出现了一张纸巾。她蓦然掀起眼皮，就看到何亦寻望着她的眼如银河般发出深邃又璀璨的光芒。

他低沉悦耳的声音传入她的耳朵——

"别哭。"

刹那间，她感觉心跳就和小鹿乱撞一样。她伸手，接过他手里的纸巾，手指却不小心碰到了他微热的指尖，顿时就感觉小心脏被人轻轻戳了一下，痒痒的。

他似乎没有生她的气，反而还在关心她。

这种想法，让她羞赧又心生温暖，让她感觉像是踩在云朵上一样。

简柠吸了吸鼻子，对上他的眼睛，轻声说道："我没哭啊……"

她可不想让别人觉得自己是个小哭包。

何亦寻虚握拳头，轻轻咳了一声，指了指她的鞋："回去洗一洗。"

"嗯……"

周围几个服务员过来打扫,简柠站在一旁,发觉他们在时不时偷瞄自己,她以为是自己惹事遭了嫌弃,就赶快和何亦寻道别离开店里了。

可她哪儿知道,大家看她的原因,完全是因为他们看到——何亦寻竟然给一个陌生女生递纸巾。

这完全不符合何哥的高冷人设啊!

下午,何亦寻回到公司。

WTG 总裁办公室里,何亦寻搅拌着咖啡,倚在办公桌上,看着挂在他桌子前墙壁上的那幅摄影作品。

照片是在一座高耸入云的山顶上拍摄的,当时阳光投射在山上,一阵微风经过,围绕在对面那座山顶的云朵被慢慢吹开,朦朦胧胧,好似少女打开了遮在脸上的丝巾。

摄影师名叫初木之宁。关于摄影师的信息不多,只知道是一名女摄影师。

这是一年前他买下的,也是他最喜欢的一幅摄影作品。当时的 WTG 正面临一个小型经济危机,当他看到这幅作品的时候,顿时有种心安之感,仿佛预兆着公司一定会柳暗花明,就莫名地喜欢上了。

咖啡的热气蒸腾而上,氤氲了他的侧脸。他呷了一口咖啡,然后就听到了敲门声。

"进来。"

助理踩着高跟鞋走了进来,她微微鞠躬,对何亦寻说道:"何总,雅安公司的财务副总找您。他人在外面。"

何亦寻眉头一蹙,又恢复正常:"昨天不是已经回绝了他们的合作吗?"

"是的,可是这次他们的副总来了,带着一些全新的材料,说是希望您再给他们一次机会。"

何亦寻坐回办公椅上,面色清冷:"告诉他,没什么好谈的,该说的昨天已经在邮件上表达清楚了。"

"可是何总……他说只耽误您十分钟时间。"

"等会儿和天腾的视频会议什么时候开始？"

"二十分钟后。"

何亦寻把手上的文件一合："让他进来吧。"

过了三十秒，何亦寻就听到门口的助理说了声："乔先生，请进。"

何亦寻看着股市曲线图的眼眸顿了一下，然后微微一抬，看着走进来的西装革履的男人，面色如夜水般凉薄。

走进来的乔望，看到坐在办公室正中央的男人，顿时呆愣在原地。

乔望揉搓了一下眼睛，却发觉这一切都是真实的——眼前的男人，怎么那么像今天中午吃饭的店里那个服务员？

他敛了敛情绪，走过去，把手伸到何亦寻面前，声音有些微颤："何……何总？"

何亦寻看了眼他有些泛白的脸色，不苟言笑地说道："有什么事开门见山，我等会儿还有个会议。"

乔望讪讪地收回手，拼命暗示是自己想太多了，两个人顶多就是长得像而已。总裁和服务员，天差地别好不好！

乔望坐下来，把新的商业计划书拿给何亦寻："何总，我们这边做了进一步修改，希望贵公司回心转意，我们非常希望能与 WTG 合作。"

见何亦寻重新审阅计划书，乔望感觉成功了一半，他开始斗志昂扬地描绘公司未来的宏伟蓝图。

但何亦寻只听了一分钟，就把商业计划书合上，打断乔望的话："抱歉，贵公司还是另寻高明吧。"

乔望握紧拳头，极力说服："何总，您还没有听我说完，怎么可以先下定论。错过我们公司，是 WTG 的损失！"

何亦寻闻言，淡然一笑，进而语气更加冰冷："我没有看到贵公司的诚

意。在你们之前给的计划书中，你们虚构了投诉清单，该产品上市阶段，每个月平均至少有两次的产品投诉。还有，贵公司普通员工的平均薪资没有办法比上同等区域的其他竞争者。而这些，都是你们商业计划书上模棱两可的。即使你给我补充了很多丰厚的条件，有一点我们不满意，WTG都不会接受。"

何亦寻慢慢地看向乔望，眼神如汪洋般幽深，他薄唇轻吐出一句话："而且，听乔先生说话的语气，我觉得您在现实生活中也是一个目中无人、喜欢骄傲自夸的人，WTG也不会和这样的人合作。"

"何总，您这是无端指责！您有什么根据这么说？"

"我一个三个月工资买不起您鞋的人好像确实没什么根据。"

闻言，乔望仿佛看到了鬼一样，呆在原地："你……你是中午……"果然没有看错，他是中午的服务员！可是他怎么会出现在这里，他怎么变成了WTG的总裁？

何亦寻打断乔望，做了一个"请"的手势："我还有事，乔先生慢走。"

乔望脑壳一阵一阵地疼，他拿着商业计划书，愤恨地走出了办公室。

几天后的一个晚上，简柠收到了一封来自全省一年一度高级摄影展的邮件，邮件中说到她的一幅名为"万物归"的摄影作品参展了。本次的摄影展为期三天，就在市中心的某个机构举办，举办方还给她送了两张票。

简柠看到信息，高兴得在软床上蹦蹦跳跳的。她眯着眼手拿着柚子，咬了一大口。

她激动地发了条微博"炫耀"一下，不到十分钟，底下就一大串评论。

【什么？我家大大还是喜欢摄影的？抱住就是亲一口！】

【想知道摄影展坐标，然后偶遇傻柠！】

【难道大大不放个作品上来秀一下吗？】

简柠的笔名叫"初柠"，微博粉丝有十五万，是因为她大学时代的两部漫画。最近她在更新着第三部，是讲一只树袋熊和一只小狐狸的暖心故事，正在某个漫画平台连载。

她趴在床上，翻着评论，突然就收到了来电。

看着屏幕上"季宇珩"的名字，她笑眯眯地接起电话。

"宇珩哥。"

她软萌萌的声音传了过去，惹得电话那头的人会心一笑，他让助理和化妆师先出去，给他安静的空间。

"在家里吗？"他问。

"对呀。你呢，还在片场？"

"嗯，等会儿还有一场戏。看到你的微博了，就抽空给你打个电话，我家柠柠果然很棒。"他声音清澈又温柔。

"你消息这么灵通啊，哈哈哈……话说都好久没联系你了，最近还很忙吗？"

季宇珩抱歉地说："还好。明天有休息，明天早上约你出来好不好？上次一直答应请你吃饭，老是我食言。"

简柠惊讶："你在安城吗？"

"嗯，今晚十一点多的飞机会到。"

"那好呀，那我们明天约。我明天也有空。"简柠笑了。

两人又聊了一会儿，季宇珩就说有事，简柠只好挂断了电话。

助理看着季宇珩嘴角噙着的那抹明显的笑意，问道："是简柠姐吧？"

"嗯。"

助理打趣说："好像也就她能让宇珩哥笑得这么开心了。"

季宇珩低头，没有说话，眉角的笑意却更甚了。

一大早，季宇珩就到简柠家楼下来接她。

简柠下楼，就看到季宇珩戴着口罩，穿着浅灰色衬衣，身材笔挺地站着。

她小跑过去，笑着和他打招呼："宇珩哥！"

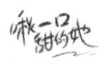

季宇珩看到她粉琢玉雕的笑脸，心情也跟着好了起来，他抬手揉了揉她的脑袋："上车吧，带你先去我的摄影棚。"

上了商务车后，季宇珩把早餐递给她："还没吃早饭吧？"

"因为猜到你会给我带呀。"简柠咬破鲜肉灌汤包，吮着汤汁，开心地晃了晃腿，"每次你都会给我带这家的灌汤包，超好吃。"

"喜欢就好，慢点吃。"

季宇珩看着她，挑眉问："最近怎么样？还和阿姨闹别扭呢？"

"嗯……"她点点头，"她上周还擅自给我安排相亲了，气死我了。"

季宇珩拿着豆浆的手顿了一下，转眸看她："那男人如何？满不满意？"

"不咋的……"

季宇珩弯唇笑了，安慰她："这事是阿姨做得不对，以后我和她说说。"季宇珩和简父简母关系很好，如一家人一样。

简柠郑重地点了点头，完全表示赞同。

到了摄影棚后，简柠先是跟着季宇珩去化妆间。

简柠低头玩着手机，助理就拿了点饼干和果茶过来："简柠姐，吃点饼干，是宇珩哥上次去国外带回来的，知道你喜欢甜食，今早还提醒我别忘记拿来。"

她转头看着季宇珩，却发现他也在含笑看着她："我猜你喜欢。"

"嘿嘿——"她塞了一口饼干到嘴里，"嗯，好吃。"

季宇珩吩咐助理把果茶都分一杯给工作人员。他性格好，情商高，很受大家的欢迎。

过了一会儿，他接了个电话，站起身出去一趟。

简柠想去洗洗手，她往外走到门口的时候，因为没看见，不小心冲撞到了一个女人。女人身着黑色裙子，化着淡淡的妆容，眉目清秀，长发散落，她拿着果茶也正走进来，里面的茶水不小心溢了出来，滴了几滴到她衣服上，也溅到了简柠身上。

女人轻轻叫了一声。

简柠连忙道歉，从旁边的桌子上抽了纸巾给她："对不起，对不起，你衣服还好吗？抱歉……"

对方抬头看了一眼简柠愧疚的模样，随即笑了："没事，黑衣服不显，你还好吗？"

简柠摇摇头，回报以笑容："我没事。"

这时，季宇珩回到房间，简柠才知道眼前这个女人的身份。她叫蒋安安，是季宇珩所在公司最近新空降的高管，今天刚好过来视察工作。很年轻、干练，又有姿色。

简柠坐在季宇珩旁边，手肘撑在桌面上托腮问道："宇珩哥，这周六，你要不要和我一起去'星光·浩瀚'摄影展？我有一张多余的票。"

季宇珩摇头，可惜地说："这周六我不在安城，你要不要约乔姗去？"

"她没空，我问过了。"简柠说。

简柠叹了口气，其实和她玩得好的朋友也没有很多，真要到这种时候，还约不出来一个人。

后来，季宇珩到室外拍广告，简柠就跟了过去，季宇珩让她坐在他的休息椅上。

中途休息的时候，他回来，坐在简柠旁边和她聊天。

"宇珩哥，你刚才做那些动作好傻啊，哈哈哈！"简柠开玩笑地说。拍广告的时候，季宇珩要迫不得已做一些比较搞怪的动作。

季宇珩看着她俏皮可爱的样子，抬手轻弹了弹她的脑门："你敢取笑我。"

蒋安安闻言，不自觉地转头看了简柠一眼，目光里带着吃惊和好奇。

感觉季宇珩和她关系不一般啊……

"不敢不敢。"简柠把果茶递给他，"喝点吧。"

"我过去继续忙，你在这儿等我，有什么事叫助理。"

"好啦，去吧。"

季宇珩刚走，简柠就听到一个声音："简小姐……"

她抬头一看，是蒋安安在叫她。

"刚才听你说，你有一张多余的摄影展的票对吗？我在想……你可以卖给我吗？你出价。"

简柠一愣，反应过来："你是没买到票吗？"

"对啊，这个票前段时间就售罄了。我在想，如果你刚好有多余的话，可以给我吗？要是不可以，也没关系的。"

"没关系，那……我直接把这票送你吧，反正我留着也是浪费。"

"那……太谢谢你了！"蒋安安表现得很激动。

简柠也跟着笑了起来："没事啦。"

于是，简柠和蒋安安加了微信，简柠把电子票发给了她。

早上的拍摄顺利结束，简柠和季宇珩往停车场走去。

蒋安安走在他们后面，身边跟着助理，这时手机突然响了。

她看到手机屏幕上的名字，脸上顿时浮现出笑容，她接起电话："亦寻，你到了吗？"

"抱歉，我公司临时有点事，车到半路又必须赶回去。"何亦寻带着歉意的声音传来。

蒋安安叹了一口气，无奈地笑了："没事啦，和我还道歉。我自己回去也是一样的。对了，你不是和我说，你买不到'星光·浩瀚'摄影展的票吗？我这边刚好有一张，你要吗？"

"真的？"何亦寻语气中的惊喜明显。

"骗你干吗，我等会儿发到你手机上。改天记得请我吃饭。"

"好，没问题。那你回家注意安全。"

蒋安安挂了电话，握着手机的手贴近胸口，咬唇笑了。

周六。

中午简柠吃完饭，就打算出门去摄影展。举办方给她的票是今天下午的场次。

午后斑驳的光影在地上随着微风起舞，把闷热的气息吹散了些，天气还算凉爽。

她到了目的地，就看到摄影展所在那栋建筑前的露天停车场停了许多车，看来今天来的人不少。"星空·浩瀚"摄影展在这里承办多年，虽然不是对公众免费开放，但是能来的，绝对都是对摄影感兴趣的，因此对待参展作品的质量要求也不低。

她的《万物归》是去年在游玩某个边境小镇的时候拍摄的，后来抱着试一试的态度投了邮箱，意外入选了。

停好车，简柠走到门口。此次摄影展设在二楼大厅，她直接走上去。

今天她穿着一条浅灰色的网纱连衣裙，裙摆到膝盖，裙子上点缀着小花，看过去很仙。她踩着一双银色的细高跟，闪亮亮的。

她走着，想低头从小包里掏出手机，却不料，脚下突然一个踩空，她失去重心，身子往后倒去。

这时，她纤细的手臂被人握住，把她拉了回来。

她的心就跟坐过山车一样，还蒙得没有反应过来，转头就看到了站在旁边的何亦寻。

他身着白色T恤，黑色紧身裤，整个人身姿挺拔、俊朗隽然。他面色依旧清冷，眉目干净，望着她的双眸里好似点缀着光。

他和她并肩站着，靠得很近，她还能依稀闻到男人身上的淡香。

这还是第一次……她没有看他穿外卖服。

简柠被他的打扮震惊得哑然，心跳也开始乱了起来。

何亦寻慢慢收回目光，松开握着她手臂的手。女孩冰肌玉骨，软软的，就跟果冻一样，即使松开了在手上还能回忆起那种触觉。

"外卖大哥……你……"她微微瞪着那双杏眼，眸子水灵。

他怎么会出现在这里？

第三章
神秘的杜果千层

何亦寻轻咳一声，往上走。女孩子跟了上来，从旁边冒出脑袋问："好巧，你也是过来看摄影展的吧？"

"嗯，很意外？"他看了看她。

简柠脸颊微红，突然意识到了他话中的意思。

外卖大哥是不是觉得，她看不起他，认为以他的身份不应该出现在这个地方？可是她完全不这么觉得。相反，她认为，即使在生活水平一般般的情况下，他却依旧有自己的兴趣爱好。在简柠心里，她觉得他很有魅力。

她自以为地会错意，连忙摇头："没有，我知道你很喜欢摄影，这里的票……挺难买到的，不过来一场很值。"

何亦寻说："这票还是别人给我的。"

这样啊……

简柠慢慢点头，继而想起了什么，她转头问他："对了，我该怎么称呼你？"总不能在这种场合，她还叫他外卖大哥吧，这被别人听到了多尴尬啊。

"我姓何。"

简柠嘴角扬起，眼睛弯成月牙的形状："那我以后叫你……何大哥吧？

我叫简柠，简单的简，柠檬的柠，你直接叫我名字就好。"

何亦寻微微点了点头。

简柠又抬头偷偷扫了眼他今天的穿着，心里又开始犯花痴了。她悄咪咪凑近他，小声来了一句赞美之词："何大哥，我发觉你今天这样穿，好帅呀。"

她很早就说过，何大哥的颜值撑得起所有衣服，不当男模可惜了。

女孩软声软语，"何大哥"三个字叫得轻飘飘的，就跟猫爪子一样，挠人心。

何亦寻虚握拳放在嘴边，移开了视线，没有接简柠的话，但耳根子……竟然红了。

简柠跟在何亦寻身边，他只要一转头，就能看到她仰着脑袋专注地看着摄影作品，他没有说话，任由她在身边待着。

两个人安静地走着，偶尔遇到一件喜欢的作品，简柠就会小声和何亦寻分享自己的看法。大多数时候，是简柠在说，何亦寻在听。

他好像也不嫌烦。

两人往前走着，就看到了简柠的参展作品。

简柠就随意看了看，却不料，何亦寻停住了脚步，站在她的作品面前。

简柠抬头，就看到何亦寻眼神专注，深邃如湖水，让人难以探到底。

《万物归》拍摄于一个傍晚，作品中是一个老人坐在石板椅上，望着远方，夕阳金灿灿打在石头路上。

这幅作品的名字，灵感来源于诗人王维的《渭川田家》中"野老念牧童，倚杖候荆扉"。诗中那种淡淡的禅意，让人感觉有种万物皆归而诗人未归的意境。

简柠随口发问："你很喜欢这部作品吗？"

半晌后，她才听到何亦寻的回答："嗯，很美。"

简柠莞尔，心里也甜丝丝的："是吗……"

何亦寻一本正经地给出评价："初木之宁的作品，有一种魅力，让人看着心就能安定下来。"

简柠："……"突然好开心怎么办哪？

何亦寻转头，就发觉简柠顶着一张红扑扑的小脸，笑得温婉。

她看到他在看她，忙收敛了表情，点点头，肯定他说的话："嗯，我也觉得她拍得很好。"她羞得就想捂住自己的脸，"你之前有看过她的其他作品？"

"《烟雨之念》，还有《红绵冷》。"

简柠惊讶："看来你关注她挺久的了，这是她早两三年拍的。"

"嗯，你也有关注？"

"对啊……"

何亦寻听她这么说，也突然觉得两个人还有点共同话题，加上之前她对于一些作品的看法，都让他觉得，她是真的对摄影感兴趣，且有自己独到的见解。

两个人逛着，她就说要去趟洗手间，让何亦寻先看。

何亦寻走着，身边突然冒出来一个有点微胖的男士。

男士看到何亦寻，连忙激动地伸出手："何总，好巧啊，在这儿遇到你。"

"你好，周董。"何亦寻回握住对方的手。

"原来何总对这也感兴趣，今天一个人来的吗？"

"嗯……"

男士有些疑惑地摸摸头，明明刚才还看到有个女的走在何亦寻身边……

"这样啊，那我就不打扰你了，改天我们再约。"

简柠出来后，她小跑到何亦寻身边，说道："我们继续看吧。"

何亦寻把手里刚买的矿泉水递给她。

"咦？"

简柠刚才顺口提了一句口渴，没想到何亦寻记住了。

"我看到楼下有台自动零售机，就随便买了两瓶。"

简柠接过道谢，心里对他再次增添了好感。她以为刚才在他耳边絮絮叨叨了好多，他都没认真听，却不料他把她随口一提的话都给记住了。

045

她喝完水，就看到何亦寻也在喝水，喉结滚动，下巴的线条明朗好看。

果然长得帅做什么都好看。

傍晚，简柠和何亦寻一起出去。

"何大哥，你现在怎么回去？我有开车，可以送你一程。"简柠热心地说。

今天何亦寻的车送去保养了，但他还是回绝了："不用了，等会儿有人来接我。"

"那好吧。"

两人并肩走到室外，简柠继续说："以后要是有其他的摄影展，我们……可以一起去。有个人做伴，一起聊聊，感觉蛮好的。"

简柠十指交叉在身前垂放着，何亦寻转头刚好就看到她的腼腆一笑，淡淡的霞光映衬得她面目柔和。

何亦寻嘴角轻微勾起，"嗯"了一声。

蒋安安今晚约何亦寻一起吃饭，她估摸着他看展快结束了，就早点到门口等他，接他去吃饭。她停好车往摄影展所在的那栋建筑走着，就看到何亦寻走了出来，而他旁边竟然跟着一个女孩。

两人看上去很熟稔。蒋安安不曾见过他和异性这样相处过。

是刚好碰面的工作伙伴？还是什么人？

然而，待她看清他身旁女孩的面容时，顿时愣住了。

怎么会是她？

恰巧蒋安安已经走到他们面前，她和何亦寻打招呼："亦寻。"然后转头看向简柠，有些吃惊，"简小姐？"

简柠也呆在原地："嗨……"

何亦寻也有些惊讶。

"你们两个人认识？"蒋安安问。

简柠还未点头，就听到了何亦寻承认的声音。

蒋安安眨了眨眼睛，有些意外："太巧了。你知道吗，我给你的这张票，其实是简小姐给我的。"

简柠对上何亦寻略微有些惊讶的目光，随即不好意思地笑道："我也没想到，票最后会落在何大哥手里。"

"谢谢。"何亦寻诚恳地说。

"哎，客气了……那我就先走啦。"简柠向他们道别。

何亦寻上了蒋安安的车，他边系安全带，边听到她说："我们晚上吃什么？要不然就去亦夕那边吧，我也好久没见她了。"

"都行。"

蒋安安慢慢把车开了出去，她看着路况，嘴里不经意地问："你和简小姐是朋友？"

何亦寻划着手机屏幕的手停了一下："怎么了？"

"没有，就感觉世界挺小的。我是在工作的时候刚好遇见她的，那天我刚好听说她有多余的票，我想向她买来着，谁知道她直接送我。"蒋安安笑了，"很善良的小姑娘。"

何亦寻破天荒地点头，淡笑："嗯，挺善良的。"

蒋安安忍不住转头看他，心里吃惊于他所说的话，但没有表现出来。

过了一会儿，蒋安安又说："这次回到安城，我估计短时间都不会离开了。卓遥公司我还挺满意的。"卓遥是一家娱乐公司，这些年捧红的明星不少，季宇珩就是其中一个。

"平时要是无聊了，可以去找亦夕。"

"好。不过估计她现在自己当了老板，可忙了。想当初小时候，她可是开玩笑说将来要当公主不赚钱的。"蒋安安笑着摇头。

何亦寻也笑了。

蒋安安突然回想起小时候的事。她和何家兄妹是一起长大的，她比何亦寻小三岁，是邻居。何亦寻从小性格就比较冷，不太和人亲近，大多数的时候都是她和何亦夕一起玩。他对何亦夕和她都很好，记得小时候她被欺负了，何亦寻还会保护她。

"要是能回到小时候就好了……"她小声说了一句。

周一，何亦寻到了公司。

谢舟走进何亦寻的办公室，就闻到一股浓郁芳香的咖啡味。他把一份文件放到何亦寻办公桌上："FC 公司的项目估值方案，昨天沈寒又把关了一次，你最后再看看。"

何亦寻拿着咖啡杯坐了下来，抿了一口，翻着文件。

"喂，何亦寻，我听蒋安安说你昨天去看摄影展了？"谢舟感兴趣地问。

"你消息还挺灵通。"何亦寻说。

谢舟拉开椅子坐了下来，满脸八卦地看着他，开始旁敲侧击："昨天安安说了，看到你和一个陌生的女孩子走在一起……那女孩是谁啊？"

何亦寻蹙眉，面色冰冷："你问这么多干吗？"

"不是，我就问问啊，还不是因为好奇？我都不知道除了安安之外你还有什么其他的女性朋友。"在谢舟印象中，何亦寻不近女色，大学四年没和哪个异性有过绯闻，蒋安安因为是他邻家妹妹，两人关系好一些。

然而，何亦寻没接他的话茬。

谢舟又说："听安安说，你这票是那女孩子给的？"

"嗯。"

"那你都不打算做点什么表示感谢吗？就这样随便收了别人的东西？我记得你从来不无缘无故占人便宜的。"

何亦寻这才抬头看着谢舟，薄唇里慢慢吐出几个字："今早这么闲？"

谢舟撇撇嘴，站了起来："行了，我走了，我就是过来看个八卦早报。"

"……"

谢舟出去后，何亦寻半靠着椅子，视线逐渐定格在咖啡杯上。他手指摩挲着手机屏幕，在思考着什么。

几分钟后，他有了想法。

中午的时候，简柠在家吃完饭，就在房间里走着消消食，顺便想想接下来的画稿。

这时传来一阵门铃声，她疑惑地走去开门。

这个点儿谁会来啊？

她看了猫眼，发现站在外面的是个陌生男人。她一开门，对方就问道："是简小姐吧？"

"对……"

男人把手里的盒子递了过来："这是你点的杧果千层。"

"我没点啊。"她没有接，"你是不是送错了？"

"是中午有位男士在我们店点的，留下了你的地址。你不是简小姐吗？"

"男士？他有留名字吗？"

"不知道，我只负责送。"

简柠只好接过蛋糕盒子，向外卖员道谢后，走进屋内。

刚好这时候，手机铃声就响了，她接起电话，问道："婳婳，怎么了？"

乔婳笑嘻嘻的声音传了过来："明天要不要来我工作的地方？明天有活动，很多小孩子，刚好我的小伙伴请假了，我一个人忙不过来，你过来帮我个忙？"这个绘画培训机构的负责人其实和简柠的姐姐认识，所以也认识简柠，平时如果简柠要过来，负责人也是允许的。

简柠毫不犹豫地答应："好啊，没问题。"

乔婳许是刚吃完饭，打了一个饱嗝。简柠听到，忍不住笑了，继而又说："婳婳……你知道吗，刚才我莫名其妙收到一份杧果千层。"

"什么？"

"好像是个男的送的，不知道是谁，店名是……"她拿起来一看，"Sweet Star。"

乔姗说："蛋糕店倒是挺出名的，你老实交代是不是有人在追你啊？"

"你想太多了……"

"那我就不知道了，好啦先不和你说了，我这边有点事。"

简柠听到电话那头有人在叫乔姗。

"好。"

简柠看着桌上的蛋糕，手撑着脑袋开始猜测是谁。可是想了半天，也猜不到。最有可能是季宇珩，可是他这几天又怎么会在安城？

如果不是他……那又会是谁呢？

第二天，简柠到了乔姗工作的机构。

整个绘画机构以天蓝色调为主进行设计，墙壁上有些卡通的涂鸦，以蓝天白云为主，甚至有些地方是他们自己用颜料装饰的。

一走进去，她就能听到许多小朋友嬉戏玩闹的声音。她看到乔姗带着他们，一个个跟小大人一样，并然有序地在洗颜料盘。

简柠走过去。

乔姗看到了她，然后低头对小朋友说："你们看柠檬姐姐来了！"小孩子们都叫简柠"柠檬姐姐"。

简柠抱住跑过来的孩子，听到他们亲切地叫她，她也开心地摸了摸他们的小脸蛋："真乖啊。"

简柠陪着他们洗着颜料盘，又陪他们画画，一整天忙下来虽然很累但是很快乐。

下午四点多的时候，陆续有家长过来接孩子。

简柠正坐在一个小男孩旁边，陪他画画。

这时，一个女人走过来，嘴里喊着小男孩的名字："海海——"海海就

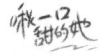

是小男孩的名字。

简柠抬头，看到那女人非常漂亮。

对方面目清秀，素面朝天，巧笑倩兮地走了过来。

海海的妈妈不会这么年轻吧？

下一秒，简柠的猜测就被打破了——海海牵住了女人的手，笑得甜甜的：
"堂姐……"

就说嘛。

简柠抬头和女人对视了两秒，简柠微笑，而女人点头向她问好："老师好。"

"我……我不是老师，我就是过来帮忙照看一下小孩子的。"她也不太
懂该称自己什么好，临时工？

海海对女人说："堂姐，柠檬姐姐画画可好了，我以后要像她一样，成
为一个漫画家。"

简柠腼腆地笑了。

"哇，这么厉害！那海海要向老师学习，以后跟老师一样厉害。"女人
摸摸他的头。

简柠说："海海很有天赋，而且很努力。"

晚上五点多，乔婳要去开会，简柠就只好一个人回家。天色渐暗，乌云
慢慢压过来。看着天气，估摸着等会儿要下雨。

简柠头有点痛，今天出门她没有带伞，而且没有开车过来，她只好走去
公交车站。

她边刷微博，边等车，然后听到两声喇叭，她抬眸，就看到一辆车停在面前。

车窗降下，里面的小孩子朝她挥手："柠檬姐姐！"

是海海。驾驶座上，他的堂姐也朝简柠挥手："简小姐，你去哪儿？我
送你一程吧？"

简柠笑着摆手，谢绝："不用啦，谢谢，我家在安阳区，离这儿挺远的。

051

而且公交车应该快到了。"

"刚好我也是去安阳区，顺路。上车吧，我不能在这里停太久，而且你看，等会儿下雨了就麻烦了。"

简柠想了想，就干脆利落地上车了。她坐在后排，对前面的女人道谢后又说："对了，我怎么称呼你？"

"我叫何亦夕。我比你大，你叫我亦夕或者亦夕姐都行。"何亦夕笑看着后视镜里的简柠，不知为什么，虽然和简柠是第一次见面，但她对于简柠有种莫名的好感，总觉得简柠很可爱，性格也挺好的。

简柠扬起嘴角："谢谢你啊，亦夕姐。"

"太客气了。不过等会儿我可能要拐去我店里一下，你方便等我一下吗？我去拿个东西，也在安阳区。"

"嗯，我没关系的。"

二十分钟过后，车子停在"饭逅"门口。何亦夕下了车，让海海和简柠在车上等着。

何亦夕一走到店里，就看到何亦寻也在。

"哥，你今天这么早下班？"

何亦寻坐在位置上，随手翻着杂志，随口说道："店里这么忙，你倒是跑去接海海了。"

何亦夕笑了笑："妈不是叫我帮忙嘛……"海海的妈妈这几天去欧洲旅游了，而何母又很喜欢海海，就把海海接过来住。

这时，有几个员工过来找何亦夕说了几件事，何亦夕连忙放下包，着急地对何亦寻说道："哥，我这边采购部临时出了点状况，你能不能先送海海回去，他还在车上等着。"

何亦寻站了起来，拿过西装外套，往外走。

何亦夕又对他喊道："对了对了，车上还有一个女孩，是海海的小老师，

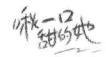

你也送一下她……"

许是何亦寻步伐太快，何亦夕并没有听到他回应的声音。

简柠坐在车上，身子微倾，把脑袋探到前排，和海海聊天。这时，驾驶座的车门被拉开，随即一个男人坐了进来。

简柠吓得把头立马缩了回来，待她看清男人的面容时，忍不住道："何大哥？"

清脆的声音让何亦寻拉着安全带的手顿住，他转过头，看到后排的女孩，也愣住了。

只见，女孩的瓷白小脸上，浅棕色的眸子微瞪着，一眨不眨地看向他。

还未等简柠反应过来，就听到海海叫了何亦寻一声"堂哥"。

何亦寻嘴角挂上淡淡的笑容，他摸了摸海海的头。

简柠脑子一时间感觉转不过来。

何大哥是何亦夕的哥哥？

这时候，简柠的车窗被人敲了一下，她忙降下车窗，就看到了何亦夕的脸。

"简小姐，我店里临时有事，就让我哥哥送你回去，不好意思啊。哥，你可记得，把人安全送到家啊。"

简柠偷偷瞥了眼何亦寻清冷的侧脸，感觉脸颊有些热。她说不出话来，只能紧紧握住手机。

何亦寻发动车子，简柠向何亦夕挥了挥手，然后关上了车窗。

一时间，车内有些安静。就连爱说话的海海也不知道为什么都不讲话了。

简柠的脑子飞速转动，理清思路。

原来这家"饭迟"是何大哥妹妹的店……

这也不算奇怪，妹妹搞事业，哥哥在店里帮一些力所能及的，说不定两人还是合伙人，一起经营一家店。

见何亦寻在开车，她把目光大大方方落在他的身上。他放在方向盘上的手骨节分明，手背上的脉络起伏好看，袖口挽起，让人感觉很精致。

她视线慢慢往上移，就看到何亦寻的侧脸，他脸部轮廓清晰立体，偏黄的肤色正好。

　　突然，她看到何亦寻的脸微侧，看向后视镜，而她鬼使神差一般也看向后视镜，就和何亦寻四目相对……

　　偷窥被发现了。

　　她慌忙别开视线，整张脸都红透了。她又感觉到空气有些闷热，微张了张嘴，均匀吐气吸气。

　　何亦寻看到简柠脸蛋红扑扑的，剪水般的双瞳眨着，睫毛起落如刷子一般。他压下嘴角的笑意，移开目光。

　　经过一个红灯，车子停了下来。

　　海海坐在位置上，看到前面那家 Sweet Star 甜品店，他眼睛冒光，手舞足蹈地说："堂哥，堂哥，我想吃那家的巧克力！"

　　何亦寻放在方向盘的手指轻点着，说道："我记得你妈妈说，饭前不能吃东西。"

　　海海激动："我已经好了，堂哥求你了——"

　　何亦寻不为所动的样子，让海海的声音都带了哭腔，他转头对后排的简柠求救："柠檬姐姐，你帮我和我堂哥说一下好不好，你跟他说我今天表现很乖，我保证饭吃完再吃的呜呜呜……"

　　见状，简柠心里软软的，可是让她向何大哥求情……这怎么说啊？

　　想了想，她还是豁了出去，她嗓音软糯，为海海求情："何大哥，你看海海都快哭了，就给他买吧……海海很乖的。而且……这家店的甜品味道很好的……"

　　话音刚落，简柠就想掐自己一把，最后一句话她说的是啥？

　　何亦寻听到旁边一大一小的声音，摁了摁太阳穴，依旧没给出他最后的决定。简柠最后放弃了，改为安慰海海，毕竟何大哥的"冷酷无情"她不是不知道……

绿灯亮了，车子开了出去。

简柠就看到，何亦寻最后慢慢把车子停在了 Sweet Star 门口。

瞬间，海海发出欢呼的尖叫，简柠也跟着笑了。

何亦寻解开安全带，转头对她说："一起进去？"

简柠即使想吃，也觉得不好意思。

她拒绝："不了不了，我就坐在车上等着。"

何亦寻没说什么，领着蹦蹦跳跳的海海进店。

简柠透过车窗，望向橱窗里的甜品，吞咽了一下口水。

上次那个柠果千层，味道太好了，本来不想吃的，觉得有点不太放心，可是最后还是忍不住……

五分钟后，何亦寻和海海回来了，两人手里一人提着一个盒子，何亦寻把手里的盒子递给简柠。

"不用……不用了。"简柠怎么好意思收下。

"是海海要给你的，拿着吧。"何亦寻看着她，沉着嗓音说道。

简柠不经意间抿了抿嘴角。她眼睛逐渐亮了起来，仿佛两颗澄澈乌黑的宝石，她在心里说服了自己，还是接过了甜品。

然而，甜品刚拿过来，就听到海海俏皮的声音："堂哥撒谎，明明是……"

何亦寻立马把视线移到海海脸上，冷声截断了他的话。

"海海。"他低沉又略显沙哑的声音以及冷下来的气场完全镇住了海海，海海立马抿紧嘴巴。

简柠：撒谎？

还未等简柠想明白，车子就启动了，她听到何亦寻的声音："这里离海海家更近，先送他回去。"

"好。"

车子驶进了一个别墅群，何亦寻停在一栋别墅前，然后带着海海进去了。

简柠看了看周围幽美又安静的环境，猜想这里应该是海海的家。

何亦寻走进家门，就看到蒋安安和何母在沙发上聊天。

蒋安安看到何亦寻回来了，立马站起来："亦寻，海海！"

何母笑道："回来啦？准备洗手吃饭。"

何亦寻站在门口没有进来，他推了一把海海，让海海进去，然后对屋里的人说："我还有点事，出去一趟，过会儿就回来。"

"这么着急？吃完饭再弄不行啊？马上下雨了。"何母想要让他留下来。

"挺急的，妈，你和安安先吃吧，别等我。"何亦寻关上门，离开。

此时灰蒙蒙的天空中已经飘了点毛毛细雨，何亦寻上了车，就看到简柠只是乖乖坐着，安安静静地等着他。

简柠看到何亦寻，笑了一下，酒窝淡淡。

车子开出了别墅群，简柠问："你知道我家怎么走吗，在云之阁小区。"

"知道。"

也对，人家送外卖都送过几次了。

到了一个地方，何亦寻突然停在路边，他看着后视镜里同样也在看他的简柠，说道："帮我去药店里买盒胃药，行吗？"

"你胃痛吗？你等等……我快去快回。"简柠看着他的目光带着急切的关心意味，她立马下车，跑去买了胃药。

她快步回到车边，想要拉开后座的门，哎，怎么锁了？

她又拉了两下，可是雨势开始加大，她只好去拉副驾驶的门，发现可以开。

她坐了进去，把药递给何亦寻："你没事吧？我也不知道什么药好，就随便买了点。"

"没事，就是备用的。"他把药放好。

简柠松了一口气，她把安全带系好，又理了理有些凌乱的头发，把刘海别在耳后。

何亦寻只要微微侧身，就能更清晰地看清她的脸颊。她容易脸红，在白皙的肤色上格外明显，茸毛细嫩，吹弹可破。

简柠垂着眼帘，发现车没有启动，她转头，就看见何亦寻正在看着她。

何亦寻自然而然收回了目光，启动了车子，可刚才那一眼，却让简柠乱了心跳节拍。

车子开出去，简柠心绪也慢慢平复了。她转头问旁边的人："何大哥，原来你是亦夕的哥哥，'饭逅'是你们的店。"

"我妹妹的，和我没关系。"

"这样啊……那你现在和你妹妹合伙开饭店吗？你也在你妹妹店里工作？"简柠眨着眼睛问。

"嗯……"

原来如此啊，就说感觉何大哥的衣着品位不太像是外卖小哥……

路上，简柠看着窗外雨幕下的风景，偶尔和何亦寻说几句话，虽然他沉默寡言，但都会回答她。

到了小区，简柠死活不让他开进去了，她担心他进去一趟又耽误他太多时间，他也不再坚持。

简柠刚解开安全带，何亦寻的身子却突然向她这边倾，他的手臂朝她伸过来。

简柠僵着身体，就看到何亦寻把她前面的收纳箱打开，从里面掏出一把伞，递给她，一副不容拒绝的语气："拿着吧。"

她接过，软声说："谢谢，我改天还到店里。"

何亦寻微微起身，把后座的甜品拿了过来，放到她怀里。

简柠才意识到差点儿忘了这宝贝。

"不知道你喜不喜欢杧果千层。"何亦寻说。

杧果千层……

"喜欢喜欢——"

话音刚落，她就羞赧地低下头，自己即使超级喜欢这个也不要表现得太贪吃了吧……

何亦寻看她耳垂开始变成红色，软软的，又薄薄的。

他好整以暇地看着她，默不作声。

简柠感觉实在羞得待不下去了，转头对他说："何大哥，我走啦，谢谢你。"

"嗯。"

她打开伞，下了车，朝车里的人挥挥手，目送着车子离开。

她提溜着甜品盒子往家走去，突然看了看手里的东西。

上次收到的那个杧果千层……不会是何大哥送的吧？

她仔细想了想，还是否定了这种想法，何大哥会做这种事？不可能不可能，这不符合他的高冷性格啊……

她立马掐断了这种想法。

第二天早上，简柠接到了简好的电话，让她中午回家吃饭。简柠想着也确实有段时间没有回家了，还是回去一趟好了。

虽然和妈妈闹得不愉快，但是她知道，妈妈还是很爱她的。

简柠回到家，刚进门就听到了熟悉的声音。

"宇珩哥——"

她走进去，果然看到季宇珩和简父简母坐在一起聊天。

估计在她还没有出现之前，气氛还很不错呢。

季宇珩含笑看着她走过来。

"爸……妈。"简柠礼貌地叫了声。

简母看着她，还是严肃着一张脸，倒是简父笑得开心。

简柠无视简母的黑脸，坐在了季宇珩的旁边，忙拉着他问："宇珩哥，你怎么突然回来了？不是说这几天不在安城的吗？"

季宇珩摸摸她毛茸茸的脑袋，解释道："我妈这两天身体不太好，我赶回来看看。"

"阿姨她还好吗？没什么大事吧？"

"没事，就是身子骨不太好，脊椎有点问题。"

"那中午吃完饭你陪我去看看阿姨？"简柠说。

季宇珩点头："柠柠越来越乖了。"

简柠还没接话，就听到简母的声音："她哪儿乖了？整天没个正行。"

简柠小脸瞬间气得鼓鼓的，她委屈巴巴地找简父求助："爸，你看嘛，一回来妈就骂我。"

简父揽过简母的肩膀，在当中说好话："好啦老婆，你就饶柠柠一次吧。女儿好不容易回家一趟，到时候把她吓跑了。"

简母考虑到季宇珩在，也不好当着外人的面老说简柠，不过有件事她不得不说："上次给你安排的那个相亲的人，怎么后来又不满意？"

"你说起这个我还生气呢。"简柠一副有理的样子，"那个人目中无人，还大男子主义，我说了不喜欢他了，他还要死缠烂打，害得我那天出了好大的糗……"

季宇珩听到这话，表情也不太好。他沉着嗓音说："阿姨，柠柠也大了，感情这种事急不得，而且柠柠条件这么好，还怕没人喜欢吗？"

简母没有说话，许是也觉得这相亲男不太靠谱。

简柠不想再坐在这儿，就拉着季宇珩回房间。

他们前脚刚离开，简母就叹了一口气。

简父拍拍她的肩膀，安慰她："别担心，儿孙自有儿孙福，别看柠柠整天傻傻的，关键时候脑袋机灵着呢。你以为她不着急自己的终身大事？"

"你不知道我在担心什么，"简母忧心忡忡，"你也看出来……珩珩喜欢柠柠了吧？他们俩要在一起……我是不喜欢珩珩的工作的，可是我知道柠柠对他没意思，可珩珩又一心一意等她。我怕到时候，要让他伤心了。"

"感情的事，本来就没办法。你就别操心了。"简父把简母揽着。

简柠和季宇珩到了简柠的房间，他俩在沙发上坐下来。

季宇珩撑着脑袋看她，一副饶有兴趣的样子。

"宇珩哥……你看我干吗啊？"简柠抬手在他眼前晃了晃。

季宇珩轻轻握住了她的手，笑道："我在看柠柠越来越漂亮了。"

简柠神色僵了一下，立马把手抽回来，腼腆地笑笑："你又拿我开玩笑。"

季宇珩看到她的反应，眸子里的光逐渐暗淡下来。

他看着她浅棕色的眸子，问道："告诉宇珩哥，最近有没有遇到喜欢的男孩子？"

"喜欢……"简柠立马否认，"没有。"

"可能是和你工作有关，你平时接触到的男性不多吧？"

"对啊，就是整天宅在家里，没什么社交活动。我以后怕是要孤独终老了吧，哈哈哈……"

漫画家、作家等等这些注重个人创作的职业，平时独处的时光很多，甚至久了还会出现社交恐惧症。

季宇珩摇摇头："你要是孤独终老，我就陪着你一起。"

简柠心里"咯噔"了一下，她连忙打了一下季宇珩的手："胡说八道，这种事有什么好陪的。"

季宇珩笑看着她，没有说话。

晚上吃完饭，季宇珩主动提出去简柠所住的公寓看看，看看周围的环境和她家里缺点什么。

两个人在小区停好车。

夜色微凉，路灯和天空的星光交相辉映，简柠漫步走着，向季宇珩介绍着周围的景色。

他戴着口罩，还好是晚上，没有人能认得出来，和街上的普通人没啥区别。

简柠到了楼下，指了指对面的公园，说道："我告诉你，那边有个非常大的秋千，可好玩了。"

季宇珩忍不住笑了："你怎么还是和小孩子一样。"

"喊。"简柠微噘着一张嘴，表情不爽。

季宇珩心头一动，抬手刮了刮她的鼻子，然后推着她上楼："好啦，等会儿下来，带你去荡秋千。"

"好啊……"

晚上，何亦寻来到了云之阁小区送外卖。

他送完最后一份，下了楼，就看到对面楼下站着一对男女。

女孩脸上带着明显的笑容，指了指公园的方向，有说有笑，眼眸亮亮的。

何亦寻随后看清了女孩的模样。

只见旁边的男人刮了刮她的鼻子。

不知道为什么，即使是隔着口罩，何亦寻也能感觉到那个男人在笑。

两个人之间姿态亲密，随后就一起上了楼。

何亦寻不想去探究他们两个人的关系，但还是不受控制地在心里分析了一番。

他启动了电瓶车，风慢慢吹拂在脸上。

他脑子里越来越清醒，然后加快了电瓶车的速度……

第四章
偷翻了醋坛子的他

"饭逅"店里。

何亦夕看到了回来的何亦寻，连忙拉住他，笑笑说："老哥，辛苦了！我刚刚让后厨做了一份晚餐，过来吃一点，味道保证你喜欢。"

何亦夕越说到后面，越感觉到何亦寻周围的低气压。

她抬头看了眼哥哥冷冰冰的脸色，心想自己没做错什么吧？

果然，何亦寻没答应："我不吃了，先回公司。"

"哥——不吃晚饭，你又不要你的胃了吗？"何亦夕皱着眉头。

何亦寻转头看了她一眼，表情柔和了一些，开口："没事。"

他径直拿了自己的西装外套走了出去。

何亦夕转头就和周围的员工抱怨说："谁又惹我们家大少爷了？"

点餐员小姐姐安慰她："亦夕姐，何哥不是一直……都这样吗？"冷冰冰的，不爱说话。

何亦夕坐了下来，摇头："我对我哥还是了解的，他不开心了，我能看得出来。"就像刚才，如果何亦寻没有不开心，只是日常高冷，他根本不会对她说那句"没事"，他就是知道自己的情绪影响到了她，才试着安抚她一下，

让她知道他不是因为她而不开心。

算了算了，哥的心，海底针。

晚上，简柠送走季宇珩后回到家，才看到了放在鞋柜上的伞。

对啊，亦夕姐的伞还没有还她！

她拍了拍脑袋，怎么把这事给忘了。

明天刚好是周末，她也没什么事，可以送过去。

第二天，一大早，简柠拿出前几天在网上买的做曲奇饼干的食材和模具。上次在季宇珩工作的地方吃过曲奇之后，她的嘴瘾又上来了，想着自己 DIY 一下，更有乐趣。

于是，她看着教程，忙了一个上午。

然而当她最后从烤箱里拿出一盘发黑的饼干时，她知道自己再一次没有辜负"生活小白"的称号……

怎么会这样啊，都是按教程做的啊！

简柠看着这盘废品，欲哭无泪。

本想着做一点给亦夕姐送去的，但是现在……这怎么拿得出手啊。

简柠放下饼干，苦恼叹气，最后打算还是先去对付自己的胃，然后再去"饭逅"还伞吧。

吃完饭后，简柠到了"饭逅"。

此时已经不是饭点了，店里的客人少了很多。简柠刚进店，就看到何亦夕一个人坐着，应该在休息。

"亦夕姐——"她甜甜地叫了一声。

"嗨，简小姐。"何亦夕站起来，嘴角扬起弧度。

"你别叫我简小姐啦，叫我简柠就好。"简柠把包里的伞拿出来，还给她，"谢谢，昨天忘记还给你了。"

"没事，你饭吃了吗？要不要吃一点？"何亦夕让简柠坐在对面。

"不用，我吃过了，你们现在不怎么忙？"

"嗯，饭点过了，就还好。"何亦夕招呼旁边的员工去倒一杯饮料过来。

简柠看着何亦夕刚好有空，想了想，还是找她寻求帮助："对了，亦夕姐……想问你一些问题。"

"怎么了你说？"何亦夕把员工拿过来的柠檬水推到简柠面前。

"就是，你知道怎么做曲奇饼干吗？我今早试了一下，失败了……我想你是开餐厅的，会不会知道……"

何亦夕撑着脑袋，咬唇思考着："这个我还真不会，不过……"她突然灵机一动，拍了拍桌子，"你可以问我哥，我哥会做这个！"

高中的时候，何亦寻有一段时间很喜欢做各式各样的饼干蛋糕什么的，虽然这个爱好有点……小女生，但他的手艺真的很好。不过现在他忙，也就不再做了。

"何大哥？"简柠惊讶。

"对啊，我哥做这个可厉害了。你等等，"何亦寻看了看表，"他说等会儿会到店里一趟呢。"刚才何亦寻给她打电话说何母给她炖了点红枣黑豆鲤鱼汤，他给她送来。

简柠摇了摇头，不好意思地说："不用啦，挺麻烦何大哥的……"

"不麻烦，我和你说……我哥——"何亦夕话说到一半，就精准捕捉到了走进店里的那抹身影，她激动地朝他招手，让他过来。

何亦寻一眼就看到了自家妹妹和坐在她对面的女孩。

简柠呆呆地看着他，似乎有些惊讶于他的出现。紧接着，她眉梢慢慢扬起，眼睛仿佛被点亮。

何亦寻的步伐稍停了一下，还是走了过去，把装着汤的保温壶放到何亦夕面前，然后转头看了一眼简柠，云淡风轻。

他今天穿着一身休闲服，简单又阳光。

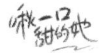

简柠不好意思老盯着他看，于是低下头来，抿了一口柠檬水，可是心情却如店里的音乐一般开始轻快起来。

何亦夕说正事："哥，你不是会做曲奇吗？刚好简柠问我怎么做，你教教她步骤？"

简柠挠挠头，尴尬地解释："其实今天早上我已经做过一次了，但是失败了。"

何亦寻看着她有些微红的脸颊，心里突然冒出昨晚在她楼下见到的那一幕。他淡淡瞥她一眼，嘴里说出意想不到的一句话："你这么笨，还要做曲奇？"

简柠和何亦夕听到都是一愣。

何亦夕心想，难道她哥和简柠关系很好吗？否则她哥怎么会说出这样一句话来？

简柠听到他说这话时凉飕飕的语气，面色骤然发白。她认为何亦寻说这话不是在开玩笑，以他的性格，不会说这样的话来逗她，何况是在何亦夕面前。

她感觉到何亦夕疑惑的目光，更加尴尬。

简柠绞紧了手指，站了起来。

她扫了一眼何亦夕和何亦寻，嘴角扯起一个笑容："没事，我再回去研究一下方法。"

何亦夕看到简柠表情上的变化，心也慌了，忙推了一把何亦寻："哥，你个不会开玩笑的人就别开玩笑了……教一教简柠。简柠，我哥他和你说笑呢。"

看到她明明皱着一张脸，却要强颜欢笑的样子，何亦寻低下头，再次说了句："我没什么时间。"

简柠觉得自己不能再在这个地方待下去了。虽然何亦寻说了实话，但她心里还是感觉不舒服，虽然她和何大哥的关系谈不上多好，但好歹也是朋友吧……算了，他们只是见过几次面罢了，连朋友都谈不上。

她对何亦夕说："亦夕姐，那我先走了，拜拜。"

她转身离开，没有去管何亦寻和何亦夕的反应。

何亦夕责怪哥哥："你要是真没时间就算了，干吗对女孩子说那样的话。你没看到简柠多尴尬吗？你那一张扑克脸，让人看了都害怕。"

何亦寻沉着一张脸，低头和何亦夕一对视，对方立马闭上嘴巴。

何亦夕不想再提这件事。她打开装汤的壶盖，正准备喝，就看到哥哥的手伸到了她面前："车钥匙给我。"

"啊？你的车还没有拿回来？"话虽这么说，她还是把包里的车钥匙拿了出来。

只见何亦寻把自己劳斯莱斯的车钥匙丢给她，然后拿走了她的车钥匙。

何亦夕看着哥哥匆匆离去的背影，一脸蒙。

哥哥这是要换车开？

简柠走出店，撑起伞。

烈日曝晒，午后的风，仿佛要午睡一般，慵懒沉闷，半天没吹来一丝。

她踢了踢脚前的小碎石，微微努起小嘴，表情皱巴巴的。

她越想越不开心。

她以为自己和何大哥之间关系还算好，至少从之前来看，他们还是相处得挺愉快的啊，怎么今天跟变了一个人一样。

算了，何大哥和亦夕姐说到底只是她生命中的过客罢了，可能这是他们最后一次见面，将来即使再遇见，也只是点头之交罢了，何必那么执着呢？

做人嘛，开心最重要啦。

这么安慰着自己，她心里也好受多了。

她正考虑着要不要去买个甜筒爽一下，就听到一声喇叭。

她一转头，看到一辆奥迪贴着马路边缓慢行驶着。紧接着，车窗降了下来，她看到了何亦寻的侧脸。

她怔住，竟然鬼使神差地走了过去。

"何大哥……"她惴惴然。

"上车吧。"他表情有些微妙，少了些冰冷。

简柠还是不明所以："上车？"

何亦寻把手撑在方向盘上，转头看她，语气透着些许柔和："不是要问我怎么做曲奇吗，上车跟你讲。"

简柠："……"

听到这句话，她更不开心了，谁还没有点小脾气了！刚才还说没空，现在又过来找她！

她转头，模仿他冷冰冰的语气说道："不用了，我太笨了，也不打算做了。"

何亦寻看着她圆乎乎的脸，因为生气，双颊就像气球一样变得鼓鼓的，她浅棕色的眸子就跟水晶珠子一样，泛着水光。

他轻轻咳了一声，还没来得及说话，就听简柠继续说道："何大哥去忙吧，我先走了。"

二话不说，简柠加快了步伐。

何亦寻眉头微蹙。

简柠往前走，用余光偷瞄着何亦寻的车，只见他还是慢慢开着，和她保持一样的速度。

她叹了一口气，心想让何大哥这样也实在为难他……她不想做得这么难看。

简柠挪着步子到了何亦寻车边，何亦寻停了下来，看着她。

她把车门拉开，坐了进去。

车内安静，两个人一时间都没有说话。何亦寻也没有启动车子，他们就这样安静地坐着。

简柠暗暗下定决心，不主动开口。

可是这样的气氛，对双方来说都是煎熬。

许久没有听到何亦寻的声音，她侧头想看他在做什么，就刚好和他的眼神对上，然后就听到他低沉的声音："抱歉，刚才在店里说的那句话。"

他面色清冷如故，但黑眸澄澈乌黑，只倒映出她的面容来。

简柠抿唇，随后扬起淡淡的两个酒窝："没事。"

声音轻轻柔柔，仿佛羽毛般落在何亦寻的心头，却有足够的力量推开他心里的石头。

"你把手机拿出来记一下，我说下步骤。"何亦寻说道。

"喔喔……好。"简柠掏出手机，认真记下何亦寻所说的话，还有他提供的一些小技巧和注意事项。

简柠越听心思就越飘，心里总在想着……何大哥的声音怎么这么好听？

"记住了吗？"他问。

"嗯！谢谢你何大哥。"她开心地笑了，眉眼弯弯，如月牙。

何亦寻点点头。

简柠突然一拍大腿，说道："糟了，我家里好像没有鸡蛋了。"她转头对何亦寻说，"何大哥，我先走了，去超市买些鸡蛋。"

她准备拉开车门，就听到他叫住她："我送你去吧。"

他对上她略显吃惊的目光，找了一个借口说道："我刚好下午没事。"

"那……好吧，谢谢你。"简柠想着这里离超市也挺近的，应该不会耽误他太多时间。

何亦寻点头，启动车子。

到达超市，何亦寻停好车。

简柠下了车，转身想和何亦寻道别，就看到何亦寻也从车里出来了。

"何大哥……"

"一起吧，我也要买点东西。"

简柠点头，跟在他后面。

何亦寻身材高瘦、匀称，背影挺拔，她的花痴属性还是被撩拨了起来。

何亦寻放慢了步伐，让她跟上他。

两个人进了超市，简柠经过零食区，笑眯眯地对身边的人说："何大哥，我想去买一点零食。"

　　"嗯。"何亦寻跟在她后头，帮她推着车。

　　简柠很少吃薯片等膨化食品，主要爱坚果以及蜜饯、巧克力等一切甜食，在一排排货物面前，她根本没有办法隐藏自己的吃货属性，挑挑拣拣，购物车里很快就堆成了小山。

　　何亦寻看着她和小松鼠收集松果一样，很难想象她个子小胃口倒挺好。

　　简柠拿完最后一包东西，转头就看到何亦寻正看着她，而且不知道看了多久了。

　　她脸上爬上一层红晕，解释道："我一个人住，需要在家里囤些吃的，平时也不太会煮东西。"

　　她真的是不想在何大哥心里留下什么话痨又贪吃的形象……

　　何亦寻点点头，没有说话，可嘴角却牵起了笑容。

　　淡淡的，却让简柠看得心跳加快。

　　她忙别开视线，往前走，谁知手腕突然被人握住。

　　她被人拉了过去，转头一看才发现拉着她的人是何亦寻。

　　这时有个小孩子推着购物车从他们身边飞快地跑过去，简柠才知道他是担心小孩子会撞到她。

　　他手掌温热，好似快要灼烧掉她的皮肤，她和他第一次站得这么近。

　　何亦寻感觉她手腕纤细，手掌可以完全握住。女孩脸上的绯红如蜜一般把他的心慢慢浸泡。

　　他慢慢松开了手。

　　简柠紧张地低下头，轻轻说了一句"谢谢"。

　　何亦寻没说什么，她亦继续往前走。

　　买完东西后，两个人推着车下了扶梯，简柠抬头看着旁边那家甜品站，嘴又开始馋了。

甜筒是买一送一，可是她一个人也吃不完，要不然拉上何大哥？

她转头看了一眼正目视前方的何亦寻，想想还是算了，他应该不吃的。

简柠舔了舔唇，继续往前走。

何亦寻其实早就注意到了她的心思，他转头故意逗她："想吃甜筒？"

简柠一愣，难道何大哥要一起吃吗？那简直再好不过了！

她不想表现得太贪吃，但最后内心那股对待冰激凌的爱还是战胜了她的面子，她点点头："嗯……"

何亦寻慢悠悠地吐出一句话："你一个人能吃两个，胃口还挺大的。"

简柠："……"

敢情他只是问问啊！

简柠没再理他，走得更快了，想离甜品站远一点。

何亦寻看着她的背影，唇畔的笑意更甚。

到了停车场后，简柠系好安全带，对何亦寻说："何大哥……我们要不要加一个微信？我怕等会儿回去我还是有些不太懂，到时候可以问你。"

要联系方式这种事，对简柠来说还是需要一定勇气的，她脸皮薄。

然而等了两秒，简柠还是听到他报了一串数字："……我的电话号码，你直接加我微信。"

简柠点头，掏出手机，当场就加了他。

她晃晃手机说道："何大哥，那你记得同意一下。"

几天后的一个晚上，简柠画完漫画，坐在书桌前，看着和何亦寻一片空白的聊天界面，纠结了一会儿，最后鼓起勇气给他发了几条信息：

"何大哥，你好呀。我最近做的曲奇饼，味道自我感觉还不错，想做一份送给你，你要吗？"

"上次你教完我步骤之后，我就只和你说了声谢谢，也挺不好意思的。如果你不嫌弃我做的话，我也想送你和亦夕姐一份。"

“何大哥，你看到信息了吗？你要是不愿意也没事的啦，说句实话我也不太敢保证我的技术……”

虽说何大哥看上去冷冰冰的，但是有时候还挺温暖的。比如陪她去超市，教她做曲奇饼干。

她刚才灵机一动，可以送一点自己做的曲奇饼干给何大哥，聊表谢意。

上次他教给她步骤之后，她自己尝试了好几次，可以说是熟能生巧了。如果自己用心做一盒，送给何大哥，他应该会接受她的好意吧？

给何亦寻发完信息，她的脸就开始冒热气了。莫名地有些紧张，她盯着手机，等待着对方的回复。

然而十分钟后，对方仍旧没有回复。

这时候何大哥是不是还没到家？或者还在忙？

又等了一会儿，简柠心里有个小人在叫嚣着给何大哥再发条信息，她屈服了，刚解锁屏幕，对方的信息就进来了。

“刚刚才看到信息。”

简柠心又开始怦怦跳起来。

所以……何大哥是答应还是不答应？

而后，她又收到他发来的信息：“明天中午我有空，去你家拿吧。”

她心花怒放，咧开了嘴，忙回复：“好。”

简柠心里的石头落地，然后开开心心洗澡去了。

而手机另一头的何亦寻，盯着手机里某人发来的信息来回看了几遍，唇畔逐渐染上浅浅的笑意。

第二天早上。

简柠特地起了个早，把房间收拾整理了一下，她可不想等会儿何大哥来找她的时候觉得她是个特别不注重卫生的女孩子。

弄好了后，她就开始做饼干。

十一点多的时候，简柠拿出烤箱里的饼干，尝了一块。

"大功告成！"

她点了"饭逅"的外卖后，准备去洗个头，然后再等着何大哥过来拿饼干，下午出门采景。

突然，她听到了一阵有规律的门铃声。她边走过去，边纳闷，外卖不至于这么早送到吧，难道是何大哥提前过来了？

直到她从猫眼里看到外面是谁，顿时感觉有些意外，连忙打开门。

"宇珩哥，你怎么来了？"

季宇珩走了进来，把口罩和墨镜摘下，露出阳光帅气的面容。他温柔地说道："过来给你一个惊喜啊。"

简柠拿了一双拖鞋给他，有点困惑："你今天不忙吗？不是说最近要参加一个综艺吗？"

"今天下午没事了，所以中午就想过来蹭顿饭。不知道简大小姐欢不欢迎？"他笑得如春风一般，眸子清澈如溪流。

简柠耸耸肩，走去厨房："今天中午我点外卖，可没东西招待你。要不然给你下碗面？"

季宇珩哪敢表示不赞同："都OK。"

他在沙发上坐下来，看着走进走出的简柠，目光柔和："今天下午，我带你出去玩吧？我知道有个很棒的景点。"

"去哪儿啊？我下午要去采景的。"

"那我陪你去采景？"

"还是算了，你这身份……被别人看到了不太好。"她抿唇笑了。

季宇珩眼里的光突然一暗，他垂下眼帘，语气低沉："早知道这样，就不当明星了。"这样连光明正大陪在她身边的机会都没有。

简柠笑看他："喂，多少人羡慕不来的。不和你说了，我先去洗头，你在这儿坐着。"

"好吧。"

简柠去洗头,季宇珩就坐在外头看电视,半个多小时的时间就这样打发了。

季宇珩正换着台,突然听到有人在按门铃。

这时候有谁会来找简柠?

他站起来,走去开门。

一打开,就看到一个穿着橙色外卖服的高个子男人站在门口。

男人原本面色正常,但看到季宇珩之后,眉头微皱,眉宇间好似有着化不开的冷漠,如冰山一般。

季宇珩平淡地扫了他一眼,说道:"外卖是吗,给我吧。"

他伸手去接外卖,却没想到外卖员没有把外卖给他,反而冷冰冰地开口:"简小姐呢?"

季宇珩一愣,感觉到外卖员对他有些敌意。

但是,怎么可能呢?

他随即明白应该是外卖员要确认外卖送到点单客户的手中,他指了指里屋:"她在里面。放心,没送错,给我吧。"

季宇珩发觉,对方通身给人的感觉有些怪异,不像是正常的外卖小哥。

几秒后,何亦寻还是把外卖给了季宇珩。季宇珩说了句"谢谢",然后自然而然把门关上。

何亦寻进了空无一人的电梯,看着电梯里的数字不断变小,心里的烦躁却越来越大。

他直觉判断,刚才开门的人应该就是前几天晚上看到的和简柠站在一起的人。

难道简柠的饼干不是独独送给他一人?她还叫了另外的人来?

他想罢,走出电梯,急速离开了小区,回到了 WTG。

公司的员工都没想到,今儿早上急匆匆从公司离开的某人,竟然这么快回来了,关键是……还换上了外卖服?

可是，何亦寻离开公司的时候，还嘴角带笑啊，这现在怎么就跟刚从冰窖中走出来似的？

何亦寻什么话都没说，径直走进总裁办公室，连一个眼神都不分给别人。他沉着脸，连平时敢取笑他的谢舟、沈寒都不敢叫住他了。

何亦寻坐在办公桌前。

女助理走了进来，把一份商业计划书放在他桌上，软声细语道："何总，这是这个月的财务报表。"

他抬头看她，语气生硬冰冷："我说过报表最迟昨天给我，你们修修改改拖到今天。办事效率这么低，还雇你们干吗？"

女助理变了脸色，忙低头道歉。

何亦寻拽了下刚换好的西装领带，对她说："先出去。"

"是……"

女助理走了出去，遇到准备进去递交策划案的小刘。她拦住他："小刘，我看你还是等等再进去吧，总裁现在心情不太好，你拿着策划案进去，一定会撞枪口上。"

小刘："……"

另一边，简柠从浴室出来后，看到季宇珩依旧坐在沙发上看电视，而面前的茶几上放着"饭逅"的外卖。

哎，奇怪啊，今天送来得比平时早了好多。

她突然心里"咯噔"一下，如果送来的人是何大哥，那她的曲奇饼干不是还没有给他吗？她可是弄了一个上午啊！

她擦着头发，故作随意地问坐在沙发上的男人："刚才送外卖的人……长什么样啊？"

季宇珩挑眉看她，本想笑她花痴，却不料看到她认真的目光，他突然觉得奇怪，为什么简柠要对一个外卖员上心？

"怎么了？"他问。

简柠笑了笑，别开视线："没有，就是问问，我知道这家店有个外卖小哥很帅。"

"所以你竟然花痴上一个外卖小哥了？"他轻悠悠地问。

简柠立马摇头，否认："什么呀，我就是问问好不好……"

季宇珩看着她飘忽不定的眼神，心里总觉得怪怪的。他故意逗她："就是一个中年大叔，顶着大肚皮。"

"这样啊……"难道何大哥是等会儿来？

季宇珩见她没什么特别的反应，也就不告诉她事情真相了。他把外卖拿了过去，简柠想抢过来："你怎么还拿我的午饭！"

他看她一副急乎乎的模样，心软地揉揉她的头："怎么这么笨，这个给我吃，等会儿带你去吃更好的。"他吃吃外卖就好了，女孩子还是少吃点外卖。

简柠佯怒瞪他，拿着手机回到了房间。

她点开微信，给何亦寻发了一条信息："何大哥，你今天中午什么时候过来呀？"

她边吹头发，边等着信息。而何亦寻的回复马上就进来了，简单的五个字："有事，去不了。"

什么情况？

简柠秀眉微拧，回复："那晚上有空吗？我下午也要出门一趟，晚上回来。"

而这次，她等了五分钟，收到的却是彻底的回绝："晚上也没空，你给别人吃吧。"

简柠彻底蒙了，不是昨天还答应得好好的吗？

这这这……这怎么临时变卦呢？

她只要想到放在厨房那盒已经做好的香喷喷的饼干，心里就感觉有凉水从头上泼下来一样，把整个人的期待都浇灭了。

她叹了一口气，放下手机，想想可能是何亦寻身边确实出了什么事，导致他真的很忙。其实整件事情下来，都是她自作主张罢了，昨天他同意可能也是出于勉强。

她抬头看着镜子里的自己，一副委屈巴巴的样子。她扯了扯塌下去的嘴角，却发现无济于事。

她最终也只好放弃了给他送饼干的念头。

两天后，是一个周末。简柠和乔婳约着一起去本市新开的一家海鲜自助餐厅尝尝鲜。

终于到达目的地后，乔婳站在店门口，激动地搓搓手，说："就是这家，我们进去快活一番！"

两个人走了进去，找到位置坐下，然后拿了各式各样的海鲜过来，边吃边聊。

简柠坐在面对大门的位置，偶尔抬头看看走进来的人。她正往嘴里塞了一块北极贝，就看到门口走进来三个男人，正中间的那个格外眼熟。

男人身着黑色Ｔ恤，搭配着休闲裤，更显身材高挑修长。

这、么、巧、的、吗？

在这里遇到何大哥？

第五章
"何亦寻"这三字就让他缴械投降了

何亦寻和谢舟、沈寒走了进来，服务员迎上前，看是三位帅哥，语气都更好了："您好，三位吗？请跟我来。"

何亦寻往前走着，就感觉有人在看他。他往旁边一看，就看到简柠也在这里。

她扎着丸子头，穿着一件纯白色的流苏 V 领 A 字裙，纤细白皙的手腕上戴着一串白色的手链，上面细碎的水晶在灯光下闪闪发亮。

此刻，她正一只手扶着盘子，另一只手拿着筷子，而嘴里……似乎还塞着食物，显得脸颊鼓鼓的，嘴角还沾着点酱，跟只小花猫一样。

简柠察觉到他幽深的目光，拼命把嘴里的北极贝吞下去。

她的脸，以肉眼可见的速度，变红。

而何亦寻只是步伐微微一顿，就继续往前走。

而简柠感觉自己快要被噎到了……

她透过眼角余光，看到何亦寻和他的朋友在她们的斜右方坐了下来。还好不是面对着他们，简柠心里好受了一些，可是怎么感觉背有点僵呢……

几天没见，她感觉很多东西都发生了变化。就像刚才她不好意思打招呼，而他也只是淡然走过。

乔姵伸手在她面前晃了晃，问她："喂，你怎么了？吃啊？"

"哦哦哦。"她低下头，不去想这件事。

谢舟和沈寒去拿食物，何亦寻则坐在位置上，目光不自觉地落在斜前方。他本想眼不见心不烦，最后却还是选择了能看到她的位置坐下。感觉心里有个钩子，在不断地钩着他，让他又闷又烦躁。

只见女孩不停地往嘴里塞东西，好像很有食欲的样子，偶尔还能听到她甜软的笑声。

谢舟坐了下来，注意到何亦寻的目光，也跟着看了看，却没看到什么，于是问："你在看什么呢？"

"没什么。"何亦寻拿起刀叉，往嘴里放了一块三文鱼。

沈寒坐了下来，饶有兴趣地跟何亦寻卖关子："哎，老何，你还不知道一件事吧？我告诉你，我昨天发现了一个重大秘密！"

"什么？"

沈寒这么一说，谢舟一个大老爷们儿的脸就红了："你话怎么这么多，闭嘴吃你的！"

"哎，怎么不能和他说了？瞧你个畏畏缩缩的样子。我告诉你老何，我昨天看到谢舟在和一个小姑娘聊天，聊得可欢了！"

谢舟注意到何亦寻探寻的目光，只好吞吞吐吐地说出真相："最近嘛……在追一个妹子，等我成功了，再和你们说。"

"哈哈哈，祝你马到成功！到时候请客！"沈寒拿起饮料敬他一杯，然后拍了拍何亦寻的肩膀，"估计这位，是最后结婚的。不对不对，能不能结婚还不一定呢。"

"哈哈哈哈哈……"

何亦寻不想理他们。

另外一边，简柠被乔姵推着去拿水果沙拉。她起身，理了理裙子，去往

水果区。

正挑着，她微微侧头，就看到何亦寻走了过来，手里拿着盘子。

她快速把目光转了回来，心里想，他应该……也看到她了吧？

何亦寻不动声色朝她走来，发觉她似乎有些小扭捏，暖色灯光下，更显她面容姣好。

简柠的手指紧紧攥着盘子，期待着何亦寻和她打招呼，然而她用余光看到，何亦寻站在了她的旁边，夹着水果，好似无视她。

简柠垂眸，正纠结着要不要主动说话，就听到一旁传来了熟悉的男声："要不要火龙果？"

她倏地抬头，就看到他也在看着她，面上没有什么表情。

她呆了两秒，才不自觉地点点头，何亦寻就夹了几块火龙果放进她的盘子里，她软声说了句"谢谢"。

何亦寻偷偷看着她夹完水果，心里等着她对他说点什么。

谁知道，简柠只是看了他一眼，轻声说了句："何大哥，那我先走了……"

他就这么眼睁睁地看着她从眼皮子底下快速溜走了。

何亦寻蹙眉，这怎么和他料想的不一样？难道她不是应该和他再说说话，然后邀请他去拿饼干吗？

简柠完全不知此刻何亦寻心里的想法，他不说话，她哪敢再说些什么。

她回到位置上。

乔婳看着她，问："你怎么了，没有爱吃的水果？"

简柠摇摇头，没有说话。她抬头，就看到何亦寻拿着盘子走了回来，淡定地从她面前经过。

简柠嘴里嚼着东西，目光都失了焦，直到对面的人拿手在她眼前晃了晃："喂，吃傻啦你？今天怎么回事，老走神？"

"没什么……"

"对了，下周周末，我们去游泳吧？就是我们每年都去的那家'欧利'。

听说前段时间在装修，现在已经重新装修好了。"

简柠点点头："可以啊，你到时候约我就好，我第三本漫画已经连载过半了，时间也挺多的了。"

"好。"

周一早上。

何亦寻正在办公，助理敲门进来："何总，有一个姓蒋的小姐找你。"

何亦寻听到这话，刚抬头，门口就传来沈寒和谢舟的声音，他们带着一个女人走了进来，这个女人就是蒋安安。

助理愣了一下，就听到何亦寻的声音："没事了，先出去吧。"

蒋安安走进来，对坐在办公室的何亦寻调侃道："我可是好久没见沈寒和谢舟了，怎么感觉两人都有些……发福啊，特别是谢舟！"

这话引得沈寒哈哈大笑，谢舟不开心了："蒋大美女，不带这样的，见面就损人。"

何亦寻起身，带着蒋安安坐到旁边的沙发上，问："想喝什么？白开水？"

"果然了解我。"蒋安安会心一笑。

旁边的谢舟咂咂嘴："你说你，何亦寻这么好、这么贴心的一个人，你竟然不要，现在他可是多少人惦记着呢。"

蒋安安从何亦寻手里接过水的手顿了一下。

何亦寻冷冷看了谢舟一眼。

谢舟明白自己说错话了，立马闭嘴。

蒋安安表情僵了一下，连忙垂下眼眸，笑了一下，缓解尴尬。

沈寒问道："前段时间在美国怎么样？我听亦夕说，好像有个外国小哥在追你。"

蒋安安看了一眼神色如常的何亦寻，摇摇头："没答应。反正，我还是单身狗一个。"

谢舟笑了："我跟你们赌，我绝对是我们中间最先脱单的，到时候请大家吃饭。"

蒋安安不禁笑了："好啊，等你的好消息。"她随即又说，"这周六大家一起去游泳呗？我舅舅那个游泳馆装修好了，请你们去。"

"好啊好啊，我到时候带木恬一起去，行不？"木恬就是谢舟追的女孩。

"没问题……何亦寻一起去呗？给个面子？"蒋安安看着何亦寻。

"好。"何亦寻开口。

几人又聊了一会儿，蒋安安说要回公司了，就先离开了。

她一个人坐了电梯下去，就想起刚才在办公室里谢舟说的话。

她不要何亦寻？

开玩笑。

是何亦寻对她没意思。

蒋安安和何亦寻从小就是青梅竹马，还结了娃娃亲。长大后，蒋安安对何亦寻告白，却被他拒绝，为了顾全她的面子，他让她对别人说是她拒绝他，娃娃亲也因此取消。她慢慢放下，和他重新做回朋友。

其实她一直都知道，他不会喜欢她的，因为她知道两人性格不合适。每次他们俩单独在一起的时候，都是她在说，他在听，久而久之，她也感到累。

然而，心里最深处，总有块地方放不下。

蒋安安揉了揉突突跳的太阳穴，有些疲惫。

周六下午，简柠和乔婳一起到了"欧利"游泳馆。

这里装修得很不错，环境好，又安静，还是室内游泳馆，不会晒黑。

她和乔婳先去更衣室换上泳装。

她穿的是一件粉嫩可爱的游泳衣，刚换好，就看到乔婳倚在衣柜上打量着她："你说你，这么保守干吗，遮得这么严实。"

简柠还是害羞地抱胸："别老盯着我看。"

"本来就没有多大……"

"你！"简柠偷偷瞄了眼自己的胸，再对比一下乔婳，有点泄气。

她嘟着嘴，故作不开心地走出更衣室，谁知恰巧踩到一个有水的地方，脚下一个打滑，屁股重重地坐到地上。

"啊……"她惊呼一声，痛得眯起眼睛。

何亦寻和蒋安安、谢舟、沈寒四人到了游泳馆后，先去换泳装。

何亦寻换好了，就先走出来。

男更衣室隔壁，就是女更衣室。

而他恰巧随意一瞥，就看到女更衣室里走出来一个女孩。

她扎着丸子头，穿着粉色的泳衣，短短的裙子把两条纤长白皙的腿暴露在空气中，身材纤瘦、个子娇小。

看着背影，何亦寻也能认得出来，女孩子是简柠。

他有些吃惊，本想默默离开，还未转移视线，就看到前面的人突然脚下一滑，坐到地上。

快得他都没有反应过来。

见她摔倒，他立马迈开步伐上前。

他刚走到一半，就看到有个女孩子朝简柠跑过去，而这时候简柠也自己站了起来。

"喂，简柠，你要不要这么搞笑……"何亦寻能听到简柠的同伴幸灾乐祸的声音。

而蒋安安这时候也从女更衣室出来，看到何亦寻，她走到他身边，笑意妍妍："走吧。"

看到简柠苦巴巴的一张小脸，何亦寻有些想笑，他抿唇敛睫，最后和蒋安安一起离开。

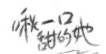

这边，被嘲笑的简柠羞得打了一下乔婳："不许笑了，快走啦。"

简柠、乔婳两人到了游泳池，她们先是找了两张躺椅，坐在那边整理一下东西。

简柠刚坐下，就听到对面传来一阵笑声。她寻声望去，看到对面坐的那几个人，就愣住了。

她精准地捕捉到了何亦寻，他安静地坐着，身旁有男有女。

她终于知道，什么是穿衣显瘦，脱衣有肉了。何亦寻裸着上身，她能看到他身材的紧实线条和八块腹肌，看得她脸一红。

紧接着，她把视线往旁边移，就看到了和他坐得很近的女人，她认出来是蒋安安。

几个人似开着玩笑，蒋安安笑容灿烂，何亦寻亦嘴角扬起。

简柠收回目光，心里莫名地闪过一阵失落。

做好热身动作后，何亦寻一行人下了水。

蒋安安来回游了几趟，最后停在了何亦寻的面前。她和他距离很近，笑着抓住他的手臂，问他："有没有发觉我比小时候技术好了很多，小时候我还呛过水。"

何亦寻不习惯和异性离这么近，他拨开蒋安安的手，往旁边游了一点，保持距离。

蒋安安表情尴尬，眼底流过失落的情绪："抱歉啊。"

她叹了一口气，她应该要知道，无论自己变得多优秀、多么漂亮，在他眼里，只要是不喜欢的，都不能靠近。

"没事。"何亦寻俯下身，继续游泳。

简柠在岸上，随便做了点热身动作后，就下了水。乔婳肚子有些不舒服，说要去卫生间一趟。

简柠游去深水区，刚开始慢慢游，后面觉得自己适应了，就加快了速度。

本来这个游泳馆人就少，她所在的深水区人更少，她倒落得自在。

她欢快地游来游去，双腿时不时地蹬一蹬加速，突然，不知是用力过猛还是什么原因，她的右小腿开始剧烈抽搐，疼痛让她慌张，慌张导致她游泳姿势错乱，反而呛了一大口水。

　　她脑子里一片空白，忘记了怎么游泳，她感觉已经听不到周围的声音，也没有办法保持平静，四肢拼命扑腾。

　　她弱弱地喊了一声"救命"，但是腿部的痛感好像一根针一样一直扎着她的脑神经，她觉得自己要完了。

　　突然，她感觉腰间受力，那里传来灼热的温度。

　　何亦寻一把搂住简柠的腰，让她的背部和自己紧贴着，然后慢慢地带她游到岸边，随后轻松地将她举上岸，让她坐在岸边。

　　简柠好像还未从惊吓中走出来，她红着眼眶，鼻尖也是红红的，身子似乎还有些颤抖。

　　其实，他一直在默默留意简柠，当他看到她在深水区扑腾的时候，便感觉事情不妙，立马游了过去，还未靠近就听到她嘴里发出"救命"的声音。

　　微乎其微，可是他听到了。

　　他二话不说，揽过她纤细的腰肢，把她往岸边带。

　　小姑娘吓坏了。

　　获救了的简柠惊魂未定，愣愣地坐在岸边，直到看到何亦寻的脸，她感觉心里有块地方轰然塌陷——

　　是他救了自己！

　　何亦寻拧眉看她，面色如墨，迅速发问："是不是抽筋了？"

　　简柠吸了吸鼻子，指了指右腿，抽抽搭搭地嘟囔："右小腿好痛……"

　　下一秒，何亦寻直接握住她的腿。

　　简柠瑟缩了一下，而何亦寻的力气太大，也太果断，没有给她反应的机会，他握住她的右小腿推了起来。

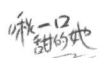

她被他的动作弄得心跳乱了，整张脸也红了。

何亦寻不敢太用力，怕她疼，只好观察着她的表情。只见她眉头渐渐松开，应该是抽筋的痛感消失了。

何亦寻问她："好点了吗？还有哪里痛？"

简柠摇摇头。

他手撑着岸边上岸，帮简柠拿了条干净的浴巾，给她披上，担心她一直坐在这里会感冒。

"还有哪里不舒服吗？"他问。

听到他关心的话语，简柠心里逐渐涌出感动。刚才在那样危急的时刻，她命悬一线，而他把她从死亡线上拉了回来。

她想起前几天两人之间的气氛，她以为他不理她了，没想到他却是在乎她的。

何亦寻看着她眼睛水润润的，面色还有些慌张未定。他叹了一口气，下了水，站在她旁边，手撑着岸，抬头对上她的眼睛，语重心长地教育她："游泳之前，热身运动要做好。遇到抽筋的时候，要保持冷静，像我刚才做的那样，掰自己的脚尖往上推，这样可以缓解疼痛。一个人游泳的时候，更要学会自救。"

简柠以为他话少，没想到今天倒是看到了他像小老师的一面。

她微嘟着嘴看他，心里在想些什么。

何亦寻注意到她的目光："你想说什么？"

简柠垂下眼帘，在眼睑处投下一片清浅的光影。

她摇摇头，始终没开口。

何亦寻看出她的欲言又止，但是他不想逼问，就说："我先走了。"

他转身走下水，突然听到身后"扑通"一声，他转头的瞬间，手肘就被人轻轻握住，简柠也入了水，站在他身后。

她看着他，目光复杂而微妙。

何亦寻转过身，和她的身体只有二十厘米的距离。她身穿的粉色和她脸上的绯红相辉映着，仿佛粉红色的棉花糖一般。简柠收回手，抿唇垂眸，用极小的声音问道："何亦寻，你是不是讨厌我……"

她虽然嗓音小，但何亦寻还是听清了。

这次，她叫的不是"何大哥"，而是"何亦寻"，只这三个字，就够让他"缴械投降"了。

他看着她，喉结滚动，沉着声音反问："我为什么要讨厌你？"

简柠讪讪地低下头，轻声说："好像每次见面，我都会给你添麻烦。"反正几乎每次见面，她都是被帮助的那个人。而且，她还这么傻……

然而，简柠还没有听到何亦寻的回答，就听到了不远处乔婳的声音："简柠——"

简柠转过头，就看到对岸的乔婳跳下了水，朝她这个方向游来。

简柠看了眼何亦寻，觉得现在说话不太方便，于是说："我先走了。"

"好……"

乔婳游过来，一把揽住她的脖子，嘴角挂着勾人的笑容问道："怎么，又被搭讪了？"

"……"

"我出现得及不及时？不过话说回来，我没看清那人的长相，长得帅不帅？"

简柠叹了一口气，拨开了她的手："超级帅，特别帅，你没出现可惜了。"

乔婳以为她在说反话，忍不住嗔怪她："够了你啊。"

十分钟前，蒋安安想和谢舟、沈寒比赛游泳，她打算把何亦寻拉过来当裁判，然而当她快游到他身边的时候，就看到他突然朝一个方向加快了速度。

然后，她就看到，远处一个女孩似乎出了什么事。

何亦寻游了过去，抱住了女孩，把女孩带到岸边。

紧接着，她就看清了女孩的脸。

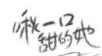

竟然是简柠？

怎么简柠也出现在这里？

她看到何亦寻握住了简柠的脚，估计是帮简柠缓解抽筋的疼痛，然后他又上岸帮简柠拿浴巾，最后在简柠旁边说了些什么。

一副很熟稔的样子。

何亦寻有轻微的洁癖，蒋安安知道，他不会轻易去碰任何人，而对简柠那样关心，不像是他平日的作风。他们之间，到底是怎样的关系？

女人的第六感是很微妙的，蒋安安察觉出了其中的异样。

看到何亦寻回来了，她忙收起脸上的讶异，然后慢慢游到他身边，随口问道："刚才，我看到你在帮一个女孩子……好像是简柠？"

何亦寻点头，又听到她继续说："她脚是不是抽筋了？没事吧？要不要过去看看？"

何亦寻淡淡瞥了一眼蒋安安，阻止她："不必了，没大碍。"

"那……好吧。"蒋安安不知道为什么，感觉何亦寻心情有点不大好。

她也不敢多问。

晚上，简柠回到家，边洗水果，边在想今天在游泳馆发生的事。

她好像吃了梅子一般，心里酸酸的，又甜甜的。

总感觉她自己的心态不一样了……是因为何亦寻吗？

转念一想，今天她铁定是脑子进水了才会问出那样的问题。人家就算讨厌你，又怎么会当着你的面说出来？

哎，不管他讨不讨厌，她好像还没有正式向他道过谢吧？

她立马擦干了手上的水渍，掏出手机，想给何亦寻打个电话。

犹豫再三后，她一闭眼，就拨通了。

然而铃声响了好久，对方始终没有接听。

这是……在忙吗？要不然过一会儿再找他好了。

另外一边，蒋安安看着何亦寻手机终于暗下去的屏幕，慢慢把视线移到自己面前的餐盘上。今晚他们几个人一起吃饭，而这时候刚好何亦寻出去了一趟，没接到电话。

"安安，是谁的电话？"坐在对面的沈寒猜着会不会是公事。

蒋安安舀了一碗汤，慢悠悠地回答："是个女孩子。"

谢舟立刻嗅到了八卦的气息："安安姐，你认识？"

"嗯……之前见过几次面。"简柠算是她见过的少数几个长得很漂亮又很可爱的女生之一，让人印象……很深。

"除了安安姐，我可是没在何亦寻身边嗅到过雌性生物的味道。女孩子给何亦寻打电话，不一般啊。"

沈寒睨了谢舟一眼："说不定人家就是聊公事，看你八卦的。来，木小姐，我敬你一杯，以后可有的受了……"

木恬笑了，和沈寒碰杯，谢舟作势要打他。

何亦寻回来，蒋安安就敲了一下他的手机，笑着说道："喏，刚才有人给你打电话。"

何亦寻解锁手机屏幕，看到是谁后，他目光顿了一下，立马拿着手机站了起来。

"干吗呀，你又要去哪儿？"谢舟问。

"回电话。"何亦寻走了出去。

谢舟"喊"了一声，没有看到蒋安安微僵的脸，继续说："何亦寻这人最近有问题啊。"

何亦寻走到一个安静的地方，回拨了电话。

他脑海里闪过千万种简柠给他打电话的理由，却在听到她甜糯糯的声音时，全然忘记。

"何大哥……"简柠试探性地喊了一声。

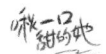

088

"嗯。"他慢慢把身体倚在墙上,手机贴着耳朵。

她轻轻吐了一口气,然后说道:"何大哥,今天谢谢你,我当时都忘记向你道谢了。"

何亦寻看着窗外的风景,低哑的声音道:"没事。"

然而等了几秒,他再没听到电话那头的声音,他清了清嗓子问她:"还有其他的事吗?"

"好像没有了……"

何亦寻沉默了两秒,对电话那头的人说:"上次做的曲奇饼干,还有吗?"

"啊?何大哥你的意思是,你还想要吗?"

"嗯。可以吗?"

简柠开心地笑了:"上次的被我吃完了,我明天给你做新的,味道会更好。那你明天什么时候过来拿?"

"我明天都有时间。"

"那……那太好了,我明天早晨就做,你有空就过来。"

女孩子声音变得轻快,惹得何亦寻也勾起了嘴角。

挂断电话,他看到这则语音通话的时间,距离上一条和她的微信,已经隔了好几天。感觉心里有个地方莫名地通了,全身都畅快起来。

他锁上屏幕,走回包厢。

蒋安安见他眉宇的郁结渐渐消散,仿佛整个人变了一个样,她问:"怎么了?"

"没怎么,继续吃吧。"

"嗯……"

第二天早上,简柠带上了十二分精力,最后从烤箱里端出来一份色泽金黄的饼干。

"欧耶——"她尝了一口,好吃得眯上了眼睛。最近她没事就爱做饼干,导致吃多了就有些上火，她喉咙开始发痛。

她拿了一片含片放进嘴里，然后把剩下的饼干都放在一个精致的盒子里，装好放到一旁。

中午一点多的时候，简柠正坐在沙发上小憩，就被一阵门铃声吵醒了。

她跑去开门，就看到何亦寻站在门外。

她弯弯嘴角，眉梢都染上笑意："何大哥，你来啦，进来吧。"

何亦寻看见她围着一个树袋熊的围裙，衬得整个人跟个小女孩一样，很可爱。

他是第一次进简柠的公寓。

这个小窝被她布置得很温馨，以蓝色调为主，桌上放着绿色小盆栽，旁边有个小吧台，墙上挂了很多照片。

"何大哥，咳咳咳……你先坐。"她喉咙又开始痒痒了。

她去厨房给何亦寻和自己倒了温开水端过来。

何亦寻接过水，漫不经心地问："今天就你一个人？"

简柠奇怪："啊？"什么叫今天？一直都是她一个人住啊。

何亦寻把水杯放到一旁，抬头对上她疑惑的神情，说道："上次来，是个男的给我开的门。"

"男的？你什么时候来的？"简柠一点印象都没有。

"上次你叫我来拿饼干的时候。"

简柠这才记起来，那男的应该指的就是季宇珩吧？上次她在洗头，是宇珩哥帮她拿的外卖。

可是，宇珩哥为什么要骗她外卖员是个中年大叔？

太可恶了！

简柠和何亦寻解释："那是我的一个哥哥。原来上次你来了，为什么后来又说没空呢……"

她轻咬着嫣红水润的嘴唇，低垂着眼帘，眉头微皱，脑袋瓜子似乎没想明白缘由，和她围裙上那只卡通树袋熊一样呆萌。

何亦寻不想让她继续思考，于是转移话题："曲奇饼干呢？"

"哦，你等等……"她跑去厨房，拿出一盒饼干，打开给他，"你……你尝尝，味道还不错的。"她语气中还有些小骄傲。

何亦寻拿了一块，放进嘴里。

简柠一直观察着他的表情："好吃吗？"

何亦寻不再看她亮晶晶的眼眸，而是移到饼干上："可以再烤久一些。"

"这样啊……"没有表扬，但好歹何大哥还是吞下去了……

"味道挺好的。"何亦寻补充了一句后，又伸手拿了一块。

简柠瞬间感觉美滋滋的，笑得灿烂。

何亦寻把盒子往她这边一推："你也吃吧。"

"不了，我喉咙疼。这都是给你的，你带回去吧。"

品尝完饼干，简柠去厨房，打算把剩下的饼干都装给何亦寻。

他站起来，走到她房间的照片墙，看着一幅幅照片。

"何大哥？"简柠叫他。

"这些，都是你自己拍的吗？"他问。

"嗯，怎么了？"

何亦寻看着照片，心里总有些说不出来的熟悉感："很少人是你这种风格。"

"是吗……"她挠挠头，她平时就是随便拍拍罢了。

简柠走到他面前，把盒子递给他："何大哥，给你。"

"谢谢。"

简柠没有说话，而是继续站在他面前。他见她一副欲言又止的样子，柔声问："不想给我？"

她抬头看他，眸光潋滟闪动，表情错愕，然后忙摇头，轻声低喃："没有，我只是在想心事……"

何亦寻目不转睛地看着她，似乎猜到了这心事和他有关。

简柠纠结来纠结去，还是把心里的想法说了出来："何大哥，就是，你能不能答应我一个小小的要求……"

"什么要求？"他耐心听着她温暾的话语，不着急也不催。

"就是……以后我在'饭逅'点的外卖，都可以是你来送吗？"

话音一落，她的脸霎时就红了，她总觉得这个要求怪怪的，似乎是暗藏着她心里某种情绪。她继而试图解释："我没有别的意思，就是你送来，我会……比较放心一点。"

难道要告诉他，是因为她想看见他吗？前段时间莫名不联系，让她感觉心里焦躁不安，她不想发生那样的事了。

她是很珍惜何大哥这个朋友吧？

何亦寻看着她微微蹙起的秀眉，白瓷小脸上染上浅淡的绯红。

他滚了滚喉结，没有说话。

简柠见他毫无反应，开始后悔了，她羞赧地给自己打圆场："我刚才就是开个玩笑的，何大哥，你别当真……"

她不敢再抬头，眼里的光也逐渐熄灭。

然而，她正打算走开，手腕却被人轻轻握住。

何亦寻如深海一般的双眼对上她茫然的视线，他声音低沉地说："我尽可能。"

简柠手指微颤。手腕的灼热温度阵阵传来，使她心思迷乱，可如蜜糖一般的甜甜滋味仿佛到了心底。

她低下头，小声说："谢谢你，何大哥……"

"嗯。"他松开了手。

在她看不见的地方，他勾唇笑了，面色也逐渐柔和起来。

从简柠家回到公司，何亦寻坐在办公室，沈寒和谢舟来敲门。

"何老板，今晚我请客，赏脸一起吃顿饭。"谢舟笑嘻嘻地拉开何亦寻面前的椅子坐下。

何亦寻抬头看着他俩，猜到了原因："和那个女生在一起了？"

谢舟打了个响指："两个月的努力，没有白费。"

何亦寻低头看向手里的文件，嘴角挂着淡淡的笑容："恭喜恭喜。"

沈寒敲了敲何亦寻的桌面，说道："你今天这么迟来，不会又是去送外卖了吧？你妹现在还让你帮忙？"

"答应她两个月。"

沈寒和谢舟都快吐血了。沈寒惊呼："服了你，君子一言，驷马难追，我倒是亲眼所见了。"

何亦寻突然想起今天某人提出的要求，他笑了笑，估计短时间内这个外卖还要继续送下去。

第六章
你敢给简柠介绍对象？

晚上十一点多，简柠感觉身体不太舒服。

连去了几趟厕所后，她猜测自己应该是吃坏肚子了。

今天下午去商场，她控制不住自己买了一份甜品和饮料，没有吃晚饭，而回来的时候嘴巴痒了，又去买了一个圣代。可能今天吃得太混乱了，又没吃主食。

家里没有备药，这么晚了药店应该也关门了，她打算直接去医院开点药。

换好衣服后，她驱车开往离小区最近的医院。

九月下旬的安城，天气开始转凉，此刻夜风拂面，简柠把车窗调得高了一些。

这时手机铃声响起，一看，是季宇珩的电话。

她用蓝牙接起。电话那头传来他有些疲惫又慵懒的声音："柠柠，你今天白天找我有什么事？我今天忙到现在才收工，抱歉才看到你的未接来电。"今天早晨的时候，她给他打过电话。

"没事……我就是随便打个电话，问问你最近情况。"因为身体不适，她的声音有气无力的。

季宇珩立马察觉到她的异样："你在睡觉啊？把你吵醒了？"

她笑了一下，解释："没有，就是我身体不太舒服，现在在去医院的路上。"

"你怎么了？身体哪里不舒服？"

"吃坏肚子了……没什么大问题。"

季宇珩拿起外套，快跑出房间，往外赶："你等等，我去找你。"

"别啊，都这么晚了。我真没事，多大个人了。"

季宇珩哪里放心得下，问清了她去哪个医院后，赶了过去。

等他到的时候，简柠正在椅子上，等着取药。

她看到他，笑了："瞧你紧张的，每次我生病你就是最积极的。"

读高中的时候，有一次简柠晚上发高烧，季宇珩知道了一整夜都守在她床前，简父简母赶他都赶不走。

他看着她有些苍白的小脸，叹了一口气："你今晚到底吃了什么？"

简柠说出了实情。季宇珩佯怒地弹了一下她的脑门儿："下次别这样了，爱吃甜食也不能这样。你生病的事告诉你姐了吗？"

"这有什么好说的，就你一个人知道，替我保密。"简柠俏皮一笑。

季宇珩去窗口那里拿了药回来："走吧，送你回家。"

"可我自己有开车……"

他让她把车钥匙给他，他让别人开回去，然后他亲自把她送到家。

出了医院，季宇珩把自己的外套给她披上。

简柠挠挠头向他道歉："早知道不和你说了，害你这么晚了不能休息。"

"别这么傻了，以后你有什么事，要第一时间叫我，知道吗？"

"嗯嗯嗯。"

回到家后，看着简柠把药吃了，上床睡觉，季宇珩才安心离开。

他下楼的时候，助理正在门口等候。

季宇珩上了车，助理就问："简柠姐没事吧？"

"应该没什么大问题。"

"那就好。"

过了一会儿，助理转过来，试探性地问："宇珩哥，你真不打算和简柠姐告白吗？你对简柠姐这么好，她看得出来的。"

季宇珩对上助理的眼睛，一时间没有说话。

他不是不打算，而是没这个把握，他不是害怕简柠拒绝他，而是拒绝之后，他不能再和她做朋友了。

越喜欢，就越小心翼翼。

季宇珩揉了揉太阳穴，闭上眼睛。

第二天早上，简柠醒来的时候，感觉身体好些了，但整个人还是有些病恹恹的。

她靠在床头，登上微博，转发了昨天拍的甜品照片："吃掉甜品的代价就是昨晚十一点多苦哈哈去了医院 [再见][再见] 我发誓我再也不要这么猖狂了。"

底下的评论"嘲笑"和安慰参半，许多人都知道简柠的"尿性"——一嘚瑟什么事，准出事。就像有次，她开心地说自己一个人驱车去海边拍照，过了几个小时，就传来车爆胎的消息，还有次就是她高兴高兴计划去某地旅游，什么都做好攻略了，机票也买了，却忘记看天气，在评论处有当地的人说那地方最近一个星期都会下雨，因为台风要来了……

所以这次，大家也见怪不怪了。

简柠看着底下的评论，又气又笑。

她起身去洗漱，又吃了点面包，然后把药给吃了，就去画漫画了。

她总感觉有些事情没做，果然到中午的时候，她摸了摸"咕噜咕噜"叫的肚子，才知道是忘记煮粥了……

她只好点外卖，挑来选去，最后选了"饭逅"。

中午何亦夕在店里工作，蒋安安来了。

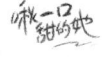

蒋安安今天穿着一身淡蓝色的长裙，盘着头发，眉目温婉，整一个典型的江南水乡的女子。

"安安姐，你怎么来了？"何亦夕走上前，牵着她坐下。

"我刚好今天休息，就想着先到你店里来坐坐。"

"好，我让我哥过来，我们三个人中午一起吃顿饭。"

两人聊了会儿天后，何亦寻就到了。何亦夕招呼他过来："哥，你坐在这儿等等我，我去后厨看看。"

蒋安安看着何亦寻，把手机推到他面前："亦寻，我们中午吃这家店怎么样？你最喜欢吃浙菜，听说这家的浙菜做得很好。"

何亦寻没意见。

这时一个外卖员从门口走了进来，他刚送完了第一波。何亦夕把最新的几份又拿给他，说道："三份是云之阁小区的，还有两份是致卓私立的……"

何亦夕话还没有说完，就看到何亦寻走了过来，伸手对她说："给我看看这些订单。"

"啊？"

外卖员把手里的东西拿给他。

何亦寻通过手机尾号，找到了简柠所下的单子，然后就看到上面的备注："生病了，就不用给我炸鸡排啦，只要蔬菜沙拉就好，啾～！"

何亦寻的目光顿在了"生病"二字上，眉头微皱。

"哥，你干吗？我这可要赶紧送出去了。"何亦夕想从哥哥手里拿过简柠的餐，却不料他没有放手。

何亦寻转头看她，说了一句："外卖服在哪儿？"

她还没反应过来，就听到他接着又来了一句："这一户我去送。"

她看着何亦寻一脸严肃，不像是在开玩笑的样子，震惊得说不出话来。

哥哥刚才在说什么？送外卖？她没听错吧？

"何亦夕。"他沉声叫了她一句。

"啊啊啊，你等等。"何亦夕不敢多问，先跑去拿了衣服。

何亦寻走去换衣间。

蒋安安走到何亦夕身边，看着她迷茫的表情，问："亦寻和你说什么了？"

"他……他说要去送外卖……"

"什么？"蒋安安不可置信地看着她，"送什么外卖啊？"

何亦夕把赌约的事情告诉她，然后又说："可是今天我没让他送啊！"

何亦寻迅速换好外卖服走出来，蒋安安和何亦夕都是一愣，特别是蒋安安，一副见鬼的模样。

他走到她们面前："抱歉安安，你中午和亦夕去吃饭吧，我来请。"

蒋安安："亦寻你疯了？你这是干吗啊？"

何亦寻想起刚才看到的简柠的备注，又想到昨天她所提的要求，他发现自己完全没有办法置之不理。

他面色清冷如常，没有解释，他拿过外卖，留下一句："先走了。"

何亦夕看着哥哥的背影，和蒋安安解释："我发誓，我哥这样，绝对不是我逼疯的……"她早就和何亦寻说过，可以不用送外卖了，可是谁知道他还上瘾了啊？

蒋安安脸色也不太好，转头问何亦夕："他只送一份外卖吗？"

"对……"她突然感觉有些奇怪。

"那客户是谁啊？"

何亦夕走去柜台的点餐机看了看。

"我这里只显示，是一个叫'简小姐'的……"她突然心里"咯噔"一下，住在云之阁的简小姐，很大可能性会是简柠？

因为上次本来是她送简柠回去的，所以知道简柠所住的小区。

会不会这么巧……

蒋安安听到姓氏，脑海里第一个浮现的就是简柠。

会是她吗？

"亦夕，你看不出来吗，你哥对这个客户，不一般啊。"蒋安安勾唇淡淡一笑，却不是真的开心。

听到她的语气，何亦夕一时间也不知道该怎么回复。

另外一边，简柠在家里，正趴在桌上涂涂画画想灵感，一阵门铃声就把她从天马行空的世界拉了回来。

她站起身，走去开门。

门一开，何亦寻就看到了简柠。她穿着宽松的白色长裙，黑发自然垂下，她的脸有些苍白，嘴唇有些干瘪，没以前看上去那么有气色。

她还没有说话，何亦寻直接问："生病了？"

简柠纳闷他怎么会知道，然后才反应过来他应该是看到她的备注了。她不好意思地低下头，把头发别在耳后："没有，就是吃坏肚子了……"

简柠往后退一步，让他进来："你今天送完了吗？要不要进来坐坐？"

何亦寻没有回答，步子却迈了进来。

她走去厨房，倒了两杯温水，走出来就看到何亦寻帮她把餐盒都打开了，摆在了餐桌上。

她把水递给他："谢谢。"

她坐下来，抬头对他说道："何大哥，你也坐吧？"

何亦寻拉开她旁边的位置坐下，她慢慢地喝粥。

何亦寻看着她，问："看病了吗？"

"嗯，昨晚去医院了。"简柠眉眼弯弯，"我好很多了，没什么大毛病。"

何亦寻看她还有说有笑的，放了心。他安静地待着，什么都不做，只是看着她。

简柠用余光偷瞄到他的视线，她的脸被他的目光炙烤着开始发热，她下意识地问他："我脸上有什么东西吗？"

看着她揉了揉自己满是胶原蛋白的脸，呆萌萌的样子，他沉声说："快吃吧。"

"哦。"简柠只好继续喝粥,她抿了一口轻声嘟囔了一句,"米好像有点硬。"

何亦寻抿了抿嘴角,耐心回答她:"以后我让他们煮久一点。"

简柠感觉今天的何大哥有些奇怪,怎么还有些……体贴呢?

简柠问他:"何大哥,你吃饭了吗?"

"还没。"

"啊?都这么晚了……要不然你在我这里煮点吧,有阳春面。"她起身走去冰箱,"冰箱里还有鸡蛋,底下还有速冻饺子。"其实家里东西都有,就是她今天生病了比较懒,不想自己煮罢了。

简柠看向他,再次说道:"何大哥,你煮点东西吃吧?还是你有工作餐吗?"

何亦寻站起来,走到她身边:"我把工作餐给别人了。"

简柠:"那你就在我这里煮吧?我不太会……怕做出来你吃不下去,你会吗?"

"嗯。"

何亦寻拿了两个蛋出来,打开火烧水,然后就看到简柠拿了一件粉粉的围裙过来。

"你……这个凑合一下。"

他顿了两秒,还是接过,把头套了进去,把手背到后面绑带子。

突然之间,他的指尖传来冰凉凉的触感——简柠从他手里拿过了带子,她纤长的手指刚好碰到了他的指尖。

"我帮你绑吧。"

她绑完后,站到他旁边,笑笑:"可以啦。"

她又帮他打了蛋,何亦寻用另外一个锅,准备煎蛋。

何亦寻看向旁边站着的探头探脑、各种好奇的女孩,他握住她的肩膀,往外一拉:"离锅远一点。"

简柠一愣,和他保持一定的距离,然后看他行云流水的操作,莫名地心跳如鼓。

他一半的脸，落在阴影中，只能看清他分明的下颚线。他握着锅铲，左右翻动，手臂的肌肉线条流畅。

何大哥的侧脸，好帅……

过了几秒钟，她看到他拿着锅铲的手猛然瑟缩了一下。然后她就看到他的手背有一块红得明显，她立马问："何大哥，你手怎么样？"

"没事。"他继续煎，她只好默默站在一旁，眉头微皱。

而何亦寻之所以被烫到，就是因为她始终看着他，把他的心都给看乱了，手下的动作都没注意到。

煮好面后，简柠跟着他一起回到了餐桌前，他去吃面，她就去取药盒。

"何大哥，你的手被油溅到了，我拿了点药，你涂一下吧……"简柠坐到他旁边，秀眉微拧，关心地看着他。

她见他没反应，继续补充："被热油烫伤了，可不能就这么放在那里不管。你看你的手，都红了一片了……"

她越说，越让人听着觉得委屈，好像烫伤了的是自己一样。

何亦寻眼底滑过笑意，他点了点头，把左手移到旁边一点，腾了出来。

考虑到他在吃面，她说："我帮你涂吧？"

何亦寻自然是默认了。

简柠拿了棉签，蘸了药膏，她一只手轻轻握住他宽厚的手背，另一只手拿着棉签慢慢抹在伤口处。

何亦寻转头看她，头发遮住她一部分的脸，她轻抿着唇，动作轻柔而专注。

他慢慢把头凑近了她的头，她以为他只是想看自己的伤口，便也没说什么，可是他身上的味道越来越浓烈，惹得她心跳得更厉害了。

而何亦寻全程默默看着她脸红，嘴角淡淡的笑容怎么压都压不住。

她手指素白纤细，手的冰冷和他的温热形成鲜明对比，他眼眸逐渐幽深，慢慢对她说："衣服多穿点。"

简柠抬头看他，表示询问。

"手很冰……"

他这么一说，她才反应过来，自己已经握着他的手很久了。她马上松开，羞红了脸："好……好了。"

涂完药后，简柠把药箱放回原位，就看到自己手机振动了一下。里面传来一个漫画作者朋友小天的消息："阿柠，我看到你的第三本漫画上了这周最佳推荐位了！恭喜恭喜啊！"

简柠一纳闷，按理来说，这个位置应该是给芋心那本书的推荐啊？

芋心也是一个非常出名的新手漫画家，属于一炮而红的那种。后来简柠才知道，虽然她的漫画和芋心的点击数差不多，但是评论数略胜一筹，热度更高。

不过，简柠这时候哪里在乎这个，她放下手机。

吃完面后，何亦寻准备回去了，简柠把他送到门口。

"好好休息。"他说。

"嗯。"

几天后，简柠打算去邻省的某个城市旅行。这次旅行她规划了挺久，只有一个人，主要是去放松一下，顺便拍几张好看的照片。

两天后她回来时，中午乔婳去接她。傍晚，她打算去"饭逅"吃饭，还拿了两份从外地带来的小礼物出门，打算顺道把礼物送给何大哥和何亦夕。

她估摸着这个点儿何亦寻应该在店里。

到了店里，何亦夕一下子就认出她来："简柠——"

简柠走上前，笑笑说："亦夕姐，你竟然还记得我。"

"怎么会不记得？你点餐吧，顺便给你推荐几道我们店里上的新菜。"

"好。"

何亦夕坐在她对面，简柠看了看店里，问道："今天……何大哥不在吗？"

"哦，他有事不在，怎么了？"

简柠把带来的小礼物给她："我前几天去旅游了，这是给你和何大哥的小礼物。"

"哇，谢谢，太客气了。"

"没事的，就是点儿小礼物。"

何亦夕问道："那我哥的这个……是你放在我这儿，还是你自己给他？"

简柠笑笑："你给他吧。"

"好。"何亦夕看着简柠，随口问，"上上周三，你生病了？"

"啊……对，你怎么知道？"她要是不提，简柠都忘了这事。

"那时候看到你点的订单了……还是我哥送过去的，对吧？"

简柠点点头，心里突然感觉有些不好意思。

餐上来之后，简柠吃着，就听到身后有人在叫她。她转头看，是蒋安安。

蒋安安穿着职业装，踩着小高跟过来，面带微笑。

"嗨，安安姐。"简柠说。

"你今天倒是来得很早。"何亦夕让蒋安安坐在她旁边。

蒋安安坐下来，看向对面的简柠，说道："简柠，好久没见了。"

"嗯。"简柠点点头。

蒋安安看向桌面上放着的两个小盒子，问道："这是什么啊？"

何亦夕解释："这是简柠给我和我哥带的礼物。"

蒋安安目光顿了一下，笑问简柠："看来你和亦寻还挺熟的，他可是从来不收女生的礼物的。"

简柠面露尴尬，又听闻对面的人说："你给我吧，下午刚好我要去找何亦寻，我帮你给他。"

简柠心里感觉怪怪的，最后何亦夕开口拒绝："没事儿，我来送就好。"

蒋安安点头，也没再说什么。

简柠离开后，蒋安安问旁边的人："简柠是住在云之阁小区吧？"

"嗯……"

蒋安安眼神暗淡，长叹一口气说道："看来你哥，离脱单不远了。"

何亦夕转头看她，语气有些微妙："安安姐，你说什么呢。我们现在都是无端猜测，就算他们俩有戏，难道你不应该……替我哥开心吗？"

当初是蒋安安主动"取消"了婚约，她哥要真有女朋友了，难道不是一件开心的事吗？

何亦夕心里的想法，即使没说出来，蒋安安也听明白了。蒋安安表情僵住，低下头："是啊，是应该开心。"

可是，她怎么可能发自内心地开心？婚约到底是谁取消的，她又怎么能告诉何亦夕？

晚上，何亦寻从公司回来，进门的时候，就看到何亦夕和何父何母坐着聊天，似乎在商量什么事。

何母看到他回来了，招手让他过来。

"夕夕下周二十五岁生日，我们打算给她办一场隆重的生日晚宴，你这个做哥哥的，有没有什么想法？"何父问。

何亦寻看着盘腿坐着、脸上没什么反对表情的何亦夕，有些惊讶："她不是一直喜欢低调吗？"别看何亦夕是个千金小姐，从小就和别人性格不一样，女孩了喜欢出入上流晚宴聊化妆品香包时，她就想着创业闯天下，何父也说她是一个特别有志向的姑娘，不愧是何家人。

而且她也很低调，无论是生活还是社交，就连十八岁生日也只是小办了一场。

何亦夕听到她哥的话，耸耸肩："被这两位说服了。"

何母笑道："你那么低调干吗？别人还以为我们何家的女儿特别丑，见不来人呢。到时候会有很多名流来，你倒可以看看有没有中意的。"

"妈……"何亦夕又扑到何母怀里撒娇了。

何亦寻沉默不语，随即上楼洗澡去了。何亦夕和父母聊完天后，也上楼了。她边往楼上走，边想着心事。

其实父母的安排……她怎么会不知道个中缘由？这不仅仅是一场生日宴，更可以说是一场"大型相亲宴会"，可以认识很多优秀男士，总能挑到几个中意的……

而她知道，其实让父母更加操心的，应该是哥哥。

这不是一场单单为她准备的宴会啊！

烦烦烦。

何亦夕敲了敲哥哥的房门，里面传来声音："进来。"

"哥……"

何亦寻已经洗完了澡，正坐着看书，何亦夕把酸奶放到他桌上："妈给你做的。"

他抬头就看到何亦夕还站着看他，于是指了指旁边的椅子。

她坐了下来，对面前的人说道："哥，我突然有点后悔答应爸妈办生日宴了。"

何亦寻把目光移向她，笑了笑："也没什么，就是一个宴会而已。"

"可是哥……你不懂爸妈的目的吗？"她忍不住问。

他何尝不懂？

"紧张什么，难道他们还能逼你上花轿？"何亦寻打趣说。

何亦夕笑了，心里也感觉好受些。她回答："其实我是不想让爸妈难过啦，但是感情的事急不来……哥你说我们会不会成为何家最后一代啊！"

她说完立马感觉不吉利，连忙"呸"了三声，最后也笑了："哥，最该急的是你。说不定在我生日宴上，你还能看到中意的呢。"

何亦寻没搭理她，她就继续试探："哥，你喜欢什么类型的，我到时候帮你参谋参谋。"

"不用。"他睨她一眼。

"哇，那你不会是已有心上人了吧？"

"何亦夕，你给我出去。"他下了逐客令。

她兴头上来了，开始说胡话："我发觉我最近特别爱做媒人，就喜欢给人介绍对象。我想想身边的单身朋友啊，有安安姐……不过她拒绝了我好多次了；还有我们店里的小玲，但是她最近有人追……对了对了，还有简柠！"

何亦夕发觉，一提到某人的名字，何亦寻的眼睛就看向她了。她憋住笑继续说："简柠也是单身吧？刚好啊，到时候我邀请她来，给她介绍几个高富帅。她那么漂亮，估计到时候男的都围着她团团转呢。你说对吧，老哥？"

话音一落，何亦夕就感觉她哥的脸色就跟多云转阴一样，他盯着她看的眼神里仿佛可以射出刀子，极具压迫感。

知道哥哥不开心了，她就更开心了，装傻说："哥，你跟简柠不也是好朋友吗？你就不希望她找个男朋友？"

她凑近何亦寻，小声说："还是哥……你想独霸简柠，做她的男朋友？"

他看着她的脸，薄唇轻吐出几个字："何亦夕，你敢给简柠介绍对象？"

"好啊哥！你果然是喜欢简柠的！这种事情你都要瞒着我！"何亦夕佯怒，嘟着嘴质问。

何亦寻挑眉看她："我和你交代干吗？"

何亦夕自知理亏，拉住他的胳膊笑嘻嘻说："哥，我就说，你怎么会主动送外卖啊，原来是假借送外卖的名义，把我未来嫂子追到手啊。哥，你太有手段了。"

"……"

"哥，你放心，我也很喜欢简柠。你勇敢追，需要我帮什么忙，我义不容辞！"她严肃地保证。

"行了，不需要你的时候别来捣乱，等会儿吓到简柠了。"

"哈，你这人，还没追到手，就这么维护她……"

何亦夕又缠着他聊了一会儿后，才走出房间。

这时，手机铃声响起，他去拿手机，就看到上面显示着简柠的名字。

他接起，听到她软软的声音，心慢慢安定下来。

"何大哥，你安全到家了吗？"她问。

"嗯。"

那头的人沉默了几秒，何亦寻却主动开口："现在在干啥呢？"

"我在画漫画，树袋熊和小狐狸，有没有觉得很可爱？改天可以给你看看。"

她轻柔的声音和话稍的清笑，像在他耳边轻声低喃一样。

他也露出清浅的笑容："好。"

几天后，简柠在外摄影，中途收到简妤的电话。

"柠柠，过几天，青阳企业的千金举办生日宴，邀请我们赴宴。你要不要来？"

简柠听到这种消息头就很痛，她看着单反相机里的照片，嘴上说道："不去不去，怎么会叫我去？"难道姐姐不知道她最讨厌这种"鸿门宴"吗？

简妤叹了一口气："柠柠，你去一去也挺好的，能多认识几个朋友嘛。"

"姐，你想过没有，我和爸妈一起去，到时候肯定被他们带着到处认识男孩子。唉，到时一晚上的时间整个安城的人都知道简氏企业的二小姐有多愁嫁了。"

话虽是这么说，但另外一个原因是她不喜欢人多的场合。

简妤拿她没办法："算了，本来也没指望你。"

"那你呢？"

简妤回答："我下周刚好要去上海出差。"

"那好吧。"

何亦夕这次的生日宴，办得很隆重。他们在本市的高档酒店订了一间最大的宴会厅。

厅内装修是以欧美风格为主，大气而不失精致。整个空间用鲜花和气球装饰，加上各式的彩灯，连菜品和餐桌上的装饰都是何父何母亲自把关。夜幕降临，整个宴会厅的水晶吊灯打开，很梦幻。

对此，何亦夕表示，太浪费了……还不如多给她一些创业资金支持呢。

今晚所邀请的宾客都是安城有头有脸的人物，参加这样的宴会，也是为了寻找商机或者合作伙伴。

宴会开始前，何亦夕在房间里梳妆打扮，何亦寻在旁边陪着。

今晚何亦夕穿的是银色的拖地抹胸长裙，何亦寻则是简单的黑色西装。

两人说着话，门口就走进来一个人。

"夕夕，生日快乐。"蒋安安把一个礼物盒放到她的桌面上。

"安安姐，你还给我礼物干吗，太客气了。"何亦夕牵住了她的手，让她转了一圈，"安安姐，你好美啊。"

蒋安安今晚穿着淡黄色的晚礼服，裙摆前短后长，走起路来飘飘欲仙，也衬得她皮肤很白。

"你今晚最美。"蒋安安笑笑，随即看向旁边的人，叫了一声"亦寻"。

何亦寻抬头看她，让她坐下来先休息一下。

蒋安安在他旁边坐下，问他："你晚上吃点东西垫垫肚子了吗？"

"嗯。"何亦寻锁上手机。

这时恰巧何父何母走进来，说宾客陆续来了，让何亦寻先和他们出去招待一下。

何亦寻走后，蒋安安调侃何亦夕："今晚眼睛可得放亮一点啊。"

"安安姐，你说什么呢。"何亦夕嗔了一句。

蒋安安不知想到了什么，不禁叹了一口气，说道："估计今晚你哥又要吸引一大片女人了。其实今天来的名媛也是很多，哪个不是名校毕业、有颜值有家境的？"

何亦夕摇摇头，淡然地说："我哥的眼里，根本看不见她们。"只要不是他喜欢的，都是路人。

蒋安安僵了一瞬，随即低头无奈地扯起嘴角。

宴会开始后，何家四口人开始接待宾客，蒋安安站在宴会厅的一角，品着酒看着他们。

今晚，何亦寻是受人瞩目的，他风度翩翩，举止谈吐从容，吸引了很多大家闺秀爱慕的目光，有许多大人物带着自己家的千金上前交谈。

但她看得出来，尽管许多女人对他暗送秋波，但他还是给人一种拒人千里之外的疏离感，他得体的微笑中透露着寡冷和矜傲，仿佛大海中一座孤岛，让人可望而不可即。

看来何亦夕说得没错，何亦寻的眼里"看不见"她们。

这时，有个女人走了过来："蒋小姐——"

女人看上去二十出头，身着黑色性感短裙，红唇诱人，性感妖娆。她拿着高脚杯，站定在蒋安安面前，还把她打量了一番。

"你好。"蒋安安微笑。

"久仰大名。"

她们碰杯。

女人自我介绍："我是铃铃酒业的徐爱。"

"徐小姐，你好。"

"早就听闻你和何亦寻娃娃亲的事，只是，听说是你取消了婚约？"女子故作好奇。

蒋安安脸色有些苍白，握紧了高脚杯："抱歉，这是我们的私事。"

"我本以为何先生不过是个富二代罢了，今日得见，才知道他如此优秀，我倒觉得，你要是和何先生在一起了，谁高攀谁还不一定呢。"

话语中的凉薄和酸意让蒋安安心里被扎了一下，她依旧微笑道："是啊，婚姻也讲求一个门当户对，所以徐小姐还是别凑热闹了。"

"你……"

"安安。"这时候从背后传来一个温润的男声。

她转头望去，是何亦寻。

"叔叔阿姨找你，走吧。"他说。

蒋安安吸了吸鼻子，她看了一眼满脸震惊的徐爱，勾唇一笑，轻挽着何亦寻的胳膊，跟他离开。

她还没有说话，就听到何亦寻说道："你一个人站得那么远干吗？叔叔阿姨刚才还问你在哪儿，还有夕夕，找你做伴来着。"

"嗯……抱歉。"她抬头看着何亦寻俊逸的侧脸，心里说不出来的感动。刚才的他，解救她于危难之中。

她一次次地想要从感情的泥潭中挣扎离开，可总是逃不过他一句关心的话语。

宴会开始一段时间后，何亦寻看着短时间内没什么事了，就回到房间休息。他打开手机，就收到了简柠的两条语音消息，是半个小时之前。

第一条是："何大哥，今晚我要去天桔山山顶拍夜景，那边的星空超漂亮。"

第二条是："何大哥，你要不要一起来？"

只可惜今晚他不能去了，但他还是回拨了一个电话过去。

然而让他意想不到的是，电话接通后，那头竟然传来简柠的哭腔："何大哥……"她的声音本来就软，带着哭腔就跟小猫的呜咽声一样。

"怎么了？"他瞬间提心吊胆起来。

"我……我车子开到半路上坏了，好像是抛锚了。"

简柠今晚一个人开车上山，到了半山腰车子却突然罢工，路上只有微弱的灯光，周围又都是黑漆漆的树林，她一个人怕得很。

她焦躁不安，有些不知道该怎么处理，这时恰巧何大哥的电话就进来了。

"你和我共享位置，我现在开车去找你。"何亦寻说道。

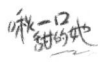

第七章
空气都布满了暧昧的甜

"好……"有个人来帮忙，简柠就安心了。

何亦寻和她讲了一些应急措施，就挂断了电话。他又联系了几个人，让他们和他一起，把简柠的车弄回来。

何亦寻换了一套衣服，走到外面就看到何父何母还有何亦夕、蒋安安都在一起。

他走过去："爸妈，我临时有点事，要先离开。"

"哎，你这什么事啊？"何母不悦，这样的场合怎么说走就走。

"一个朋友，路上出了点问题，我要过去帮忙一下。夕夕抱歉了。"他摸了摸她的头。

"没事没事，哥那你快去吧。"看哥哥一脸着急的样子，她哪敢拦着。

他走后，何母皱眉："瞧他着急忙慌的样子，不知道的还以为是女朋友出事了呢。"

何亦夕："……"

蒋安安看着何亦寻的背影，嘴唇抿成一条线。

何亦寻上车之后，打开蓝牙，拨通了简柠的电话。

"喂，简柠。"

"何大哥，我都按你说的做了，还好今晚山上的车不多。"

何亦寻发动车子，问道："你手机还剩多少电？"

"百分之九十，我今天出门充了。怎么了？"

"就这样，不要挂断电话。"他不安心，只能通过实时通话确保她的安全。她笨乎乎的，经常做些傻事，现在估计心也很慌。对了，她还怕黑。

他越想越不安心。

简柠明白他的目的，揪着的心慢慢放了下来。电话那头的人这样的关心让她心里对他的情愫更加强烈。她轻声说："谢谢你，何大哥。但是你要专心开车，我不讲话打扰你。"

"好……我再过二十分钟就会到。"

于是接下来的一段时间里，何亦寻每隔几分钟就会叫她一下，知道她没事就好。他每一声的"简柠"都让她感觉心里泡了蜜一样甜。

今晚这个意外发生，倒让她真的相信，自己没有喜欢错人。

平时那么冷冰冰的人，当你遇到危险时，他向你所袒露的是那么赤热的心肠。

夜晚山里的风有点凉，她却感觉从外表到心里都是热乎乎的。

二十几分钟后，简柠听到电话里再次传来何亦寻的声音："我看到你了。"

她抬头，就看到几盏车灯离自己越来越近，然后两辆车在她的车后方停下。第一辆车的驾驶座车门被打开，何亦寻从车上下来。

看见他，简柠挂了电话朝他小跑过去，心里是难言的喜悦和轻松。

"何大哥——"她巧笑倩兮。

何亦寻见她晚上只穿着一件淡蓝色的雪纺露肩短衫，二话不说，把自己的夹克外套脱下来给她披上。

简柠先是一愣，又缓缓勾唇看着他，眼睛亮亮的。

可是，何亦寻现在就只穿着一件短袖了。

"何大哥，你还是自己穿吧……"

他淡淡说道："大晚上的，别感冒了。"

简柠脸上又慢慢露出愧疚之色："何大哥，抱歉啊，老给你惹麻烦。"
她果然是笨得出奇。

他扫了她一眼，看她整个人状态没什么问题，心也放下来："你没事就好。"

"嗯……"她目光移到何亦寻后面的那辆车，心里感到有些疑惑。然后
她就见何亦寻朝那辆车走去，对司机说了几句话后又回来了。

何亦寻对简柠说道："我的朋友等会儿会把你的车拖回去修理。"

"好。"

司机下来，简柠向他道了谢，那人也没说什么直接就把她的车给拖走了。

简柠只好坐何亦寻的车回去。

她上了车，就看到何亦寻把车继续往山上开。

"哎？何大哥？"她转头看他，表情带着疑惑，但心里已经隐隐约约猜
到他要干什么了。

"不是说要去山上拍夜景吗？去不去？"他的嗓音性感低沉，仿佛带着
诱惑的意味。

简柠笑得眼睛眯成了一条小缝："去去去。"

话音刚落，简柠激动得把头转向窗外，看着外头的安城夜景，却没看到
何亦寻慢慢勾起的嘴角。

过了一会儿，简柠又转头对他说："何大哥，你没回我信息，我还以为
你今晚没空呢，我就自己急匆匆跑来了。"

"刚才确实有一点事。"

"这样啊。"

何亦寻见她身子娇小，却穿着他宽大的外套，袖子比她手臂还长，她还
喜欢甩甩袖子，跟个小孩子一样。

简柠似乎又恢复了话痨本性，在何亦寻旁边说个不停，他安静地听着，心情跟着轻快起来。

他是个喜静的人，到她这儿却有了例外。

车子停在了天桔山顶的天桔山公园停车场。这里算是安城的一个特色景点，夜景很美，而且不需要门票。在这里可以俯瞰整个安城，有许多爱摄影的人都喜欢来此取景。

简柠四处张望，而后问身边的人："何大哥，你以前来过这里吗？"

"小时候来过。"他忙于工作，没有闲情逸致，也从来没有这种闲来无事看看夜景的想法，这还是他长大后第一次来。

简柠点头："那我们下车吧，我带着你走。"

何亦寻下车后，就收到了何亦夕的短信："哥，是简柠对吗？她没什么事吧？"

简柠朝他招招手，说道："何大哥，我们走吧？"

"嗯。"

宴会厅里。

何亦夕借着去洗手间之名，回到房间，看到了何亦寻回给她的短信："她没事。"

这句话，已经回答了她的两个问题。

"哎……"何亦夕长叹一口气，嘴角却弯了。

哥哥果然对简柠有特别的意思，从小到大还是第一次见他这么在乎一个女孩子，和他平时冰冷冷的模样完全不同。

而且看目前情况，哥哥这小火山爆发趋势甚猛啊！

何亦夕正想着，门就被推开了。蒋安安走了进来，脸色不太好，皱着眉似乎有心事。

蒋安安直接发问："亦夕，你问了亦寻的事，他怎么回你？"她心里也

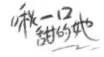

有种预感。

"呃……好像是简柠出事了，他去帮忙了。"何亦夕暂时还不敢告诉蒋安安她哥已经间接承认了喜欢简柠的事，但她也觉得没必要隐瞒。

蒋安安的表情唰地就变了，那种从心里涌上来的不舒服浮现于脸上又被她极力掩饰掉。

"简柠？又是她？"

她的猜测果然没错，可是以何亦寻的性格，他竟然会承认？

"嗯。"何亦夕点头。

"可是，今天是你的生日，他这样走开，让你和伯父伯母心里多不痛快。"

"不会啊，我们都理解他的。"

蒋安安摇摇头，语气有些责备："你哥平时是那么稳重的一个人，却因为简柠……我真是有点搞不明白了。"

何亦夕不明白她不开心的理由，只当她是为这场宴会担心。

何亦夕笑着拍拍蒋安安的肩膀："好啦出去吧，我可不敢在这儿待太久。"

简柠和何亦寻走进公园，这个时间点游客已经不多，说说笑笑着从他们旁边往回走。

虽然有路灯，但光线还是有些暗，简柠走在前头，步伐轻快。何亦寻时刻注意着她的脚下，最后还是忍不住对她说："小心点，注意安全。"

简柠点点头，又回到他身边，和他并肩走着。她指了指周围的风景，向他介绍着。慢慢地，他们走到了观景台。

他们所踩的地方设计成了玻璃，可以看到山下。简柠虽然来过几次，但她有点恐高，于是只好不看脚下，专注于眼前的风景。

但何亦寻还是捕捉到了她有些紧张的小表情，于是逗她："恐高？"

简柠倚在栏杆上，又作死地往下看了一眼，"淡定"地说："没有啊……"

他压了压嘴角的笑意，和她并肩站着，俯瞰安城。

橙黄的光点如同银河里的星星一样，发出光芒，安城的母亲河缓缓流淌，沉静而缓慢。

简柠拿出单反相机拍摄，她变换着视角，走来走去倒显得不怕。何亦寻看了一会儿夜景，又转过头看身边更吸引他的人。

她拍了几张自我感觉良好的，然后拿给何亦寻看："何大哥，你觉得这几张怎么样？"

何亦寻点头，心里暗暗钦佩她的拍摄技术："很好看。"

简柠听到他的称赞，笑得灿烂："那我再拍几张。"

她自己玩了一会儿后，看到何亦寻一个人站在那儿，看着山下。她灵机一动，将镜头对准了他。他仿佛站在万家灯火身后，侧脸的光线有点暗，看不清他的长相，但是胜在意境。

她欣赏着照片里他的模样，忍不住犯了花痴，这倒是成了她今晚的最大收获了。

她放下相机，走到何亦寻身边。他问："拍好了？"

"嗯。"

"给我看看？"

她下意识地摇头，那照片要是被他看到了她岂不是要羞死？她胡诌理由："我回去发给你我 P 好的，现在还不够完美。"

何亦寻也不坚持。

山风拂面，简柠身上穿着他的外套，不感觉冷，却担心他："何大哥，你冷吗？要不然我把衣服还给你吧？"

"没事，你穿着。"他转头看她澄澈的眸子，映着灯火闪亮亮的，他沉着嗓音嘱咐，"以后大晚上的，还是不要单独来这里，挺危险的。"晚上公园里人不多，她一个女孩子独自前来，怎能让他放心。

简柠明白他的意思，又说："今晚是我闺密没空，我才一个人来的，有的时候我经常要一个人拍摄。"

他手指交叉，放在栏杆上。他看着她，眼里的情绪暗涌："你以后一个人了就叫我，我都有空。"

简柠听着他这个似乎不容人拒绝的建议，心跳如鼓。她感觉有火在烧着她的心，让她浑身发烫。

"好……"她低头答应，淡淡笑了，一副小女生的模样。

何亦寻手痒痒的，但最后忍住了摸她小脑袋的心思。

十一月初，天气开始转凉。叶子开始泛黄，丰收也进入尾声。

简柠下午一个人去了商场，家里没什么粮食了，只好跑去超市补粮。从今年六月份开始，她就一个人住，生活小白或多或少也明白一些过日子的诀窍了。

她买完东西后，往外走，经过一家咖啡店时，看到从里面走出来两个人，是何亦夕和蒋安安。

"亦夕姐，安安姐。"

她叫住了她们，而同时她们也看到了她。

何亦夕看到她，也是很惊喜，上前握住她的手："简柠，好久没见了呢。"

简柠点头："确实有段时间了。"

蒋安安挑眉，笑得温婉，问道："简柠，你来超市买东西啊？"

"嗯，就随便买点。"她晃了晃手里的东西。

"重吗？要不要我帮你提？"何亦夕说。

"不用，不用……"

但何亦夕还是帮她分担了一些："看你个子小小的，这么重一袋倒是提得很轻松。"

蒋安安说："简柠，要不要一起逛逛？"

"对呀，一起逛逛？好久没和你说话了。"

简柠见她们这么热情，也不好推辞，刚好今天没事，就跟着她们一起。

她先是寄存了东西，然后和她们一道。

她们逛的是奢侈品品牌，简柠跟在她们旁边，也不觉得有什么不自然，毕竟这种店……她也没少逛。

到了一家鞋店，简柠一个人看着鞋子，看到一双挺不错的，想拿来试试，蒋安安却走过来，随口问道："导购员，这双鞋子多少钱啊？"

导购员看了一眼商标："这双打完折应该是五千九百元。"

蒋安安无声地笑了一下，偷偷观察简柠的反应。这么贵的鞋子，她买得起？这种店她也敢坐下来试穿吗？

谁知，简柠似乎是隐藏得很好，她抬头问："这双有 36 码的吗？"

"好像没有了，这种鞋我们店里每个尺码都只进一双……"导购员一查，果然卖出去了，"小姐可以看看其他的。"

简柠扫了眼，就再也没有入她眼的："好吧，我再看看。"

蒋安安暗中嗤笑真能装，说："简柠，这家店鞋子太贵了。"

"嗯，这倒是……"虽然她买得起，但还是不敢每隔一两个星期就奢侈一次。

三人又走进了一家名为 Y&N 的珠宝店。这个品牌是全国数一数二的高档珠宝品牌了，做工精良，请国内外著名的珠宝设计师设计，当然价格高得惊人。

蒋安安说想买条手链，于是试款式，简柠和何亦夕就在旁边给评价。

蒋安安最后挑中了两款，问身旁两个人："哪条好看？"

简柠犹豫了一下，指了指左边的"明月之心"："我感觉这条更好看点。"

"亦夕你觉得呢？"蒋安安问。

"嗯……我更喜欢采薇这款，感觉更衬你的肤色，而且款式没有那么复杂，你自己决定啦。"

简柠不好意思地挠挠头："我都不太懂这个……安安姐你还是听亦夕姐的吧。"

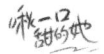

蒋安安勾唇，对导购员说道："你好，我要采薇这款。"她心里觉得两

款都挺好，但是既然简柠喜欢那"明月之心"，她就选另一款。

她皮笑肉不笑地对简柠说道："估计简柠对珠宝首饰很少了解。我以前没买的时候，什么也不懂，后来买多了，也懂得了一些门道。"

"嗯……"这家店是简家的品牌，平时的手链都是她姐给她的，她中意哪款就戴哪款，至于名字和系列……她还真没了解。她感觉蒋安安的话有些奇怪，但是仔细一想，又觉得是自己想多了。

出了店，简柠刚好接到了何亦寻的电话，她走到一旁接起电话："何大哥？"

何亦寻此刻靠在椅子上，看着股市曲线图，闲着没事了，就想听听某人的声音，记得昨天她说今天要去商场。

"我就去了趟超市，现在还在商场。对了，我还遇到了亦夕姐和安安姐，她们和我在一起呢。"

"好，等会儿去接你们，我刚好路过商场。"何亦寻说道。

"好……"她本不想麻烦何亦寻，但他应该也有想来接他妹妹的意思，便答应下来。

挂断电话之后，她走到她们身边，笑了笑说："刚才何大哥说，等会儿过来接我们。"

蒋安安和何亦夕都是一愣，蒋安安立马反问："我们自己回去就好，你怎么还让他过来跑一趟？"难道简柠就是想证明她和何亦寻关系好吗？

简柠摆摆手，忙解释："不是，是他给我打的电话……"

何亦夕打圆场："也行，那我们先逛吧。"

蒋安安无话可说，但是脸色有些不太好。

简柠见此，心里也觉得有些委屈，不知道蒋安安生气的缘由，但也不好多说什么，就默默跟在她们身后。

过了一会儿，她再次接到何亦寻的电话，他已经到停车场了，于是她们三人就去找他。

刚到负一楼，简柠就准确捕捉到了何亦寻的身影，他朝她们这个方向走来。

他穿着蓝灰色长款夹克外套，整个人笔直修长。

蒋安安看到他，最先打了招呼："亦寻——"

何亦寻和何亦夕、蒋安安说了几句话，简柠就在旁边安静地听着，嘴角挂着淡笑。而后，他迈开长腿走到简柠身边，拿过她手里的购物袋。

"谢谢……"她轻声说完，就看到前面两个女人都在看他们，而何亦寻云淡风轻地往前走。

她低头，快步跟上他，心里总觉得有些不好意思。

何亦寻帮她开了副驾驶的门，对她说道："坐进去，我把这袋东西放到后备厢。"

"好。"

简柠老老实实地坐好。

何亦夕看着她哥一副"献殷勤"的模样，心里暗笑个不停，而旁边的蒋安安盯着前排，表情阴晴不定。

车子启动后，蒋安安对何亦寻说："亦寻，今晚我们一起吃个饭吧，刚才亦夕订了一家很好的餐厅。"

他公司的事还没有完全处理好，出来接她们已是忙里偷闲，没有时间吃饭，于是拒绝了她的邀请。

蒋安安也不好再说什么。

车厢里很安静，简柠不知为什么，只有她和何大哥独处的时候才会毫无顾忌地讲话，现在有旁人在，她倒是不好意思了，只好缄默。

何亦寻却以为她有什么心事，转头问她："心情不好？"他音量不小，后座的人也听见了。

简柠蒙蒙地摇头："没有啊。"

"今天倒是不爱讲话了。"他看向前方，慢慢吐出这几个字。

简柠闻言，红晕从耳根蔓延到脸上："没……没有呀……"

他见她这样，嘴角也慢慢勾起。

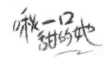

前面经过 Sweet Star 甜品店，他问嗜甜的某人："要不要买点甜品？"

简柠微微起身看向前方，馋虫儿明显被勾了起来。但她还是咽了咽口水，拒绝："不用了。"她不好意思让车上这么多人等她。

可是，何亦寻还是停了下来，从包里拿出钱，给她："顺便帮我买点面包当作晚餐。"他转头问后面两个，"你们吃吗？"

何亦夕摇头，蒋安安却说："我和简柠一起下车去买吧。"

两人进到店里，简柠自己挑好东西后，想帮何亦寻买面包。而蒋安安自己拿了主意："给亦寻买这个三明治吧，他不爱吃甜食。"

简柠疑惑："可我怎么听何大哥说，他挺喜欢吃甜食来着……"

蒋安安听到这话，还是怼了她："我和他从小是朋友，他爱吃什么我难道不懂？"

简柠："……"

她无话可说，只好又点了一杯柚子茶给何亦寻。

回到车上，何亦寻先是把简柠送回了家，又忍不住关心嘱咐了几句："太晚了冰饮就别喝了，小心又去医院。"

她微噘了噘嘴，表示不服气，她和后座两个人告了别，就下了车。但最后，她还是忍不住低了头，对何亦寻招手："何大哥，拜拜。"

"嗯。"

送走简柠之后，蒋安安问："亦寻，你今天公司没事？"

"有事，送你们去餐厅，我再回公司。"

"这么忙，怎么还来接我们？"蒋安安真是感到郁闷，要不是简柠在这儿，他压根儿不会过来吧？

何亦寻没有回答。

第二天早上。

简柠在家和简好通电话的时候，知道今天中午简父简母从澳洲旅游回来。

"姐，中午要不然我去机场接爸妈吧？"

"哟，怎么突然这么乖了？"简好笑了。

"你什么意思嘛……"简柠放下笔，一本正经地说，"我这边离机场本来就近，而且听说爸还给我带了礼物，我当然要过去献殷勤了。"

简好何尝不明白妹妹的嘴硬，虽是这么说，但心里就是想念爸妈了。她答应："好，那我中午订个餐厅，你接完爸妈后，再过来。"

"记得挑一家我爱吃的。"

中午十一点多，简柠到了机场，顺利地接到了简父简母。

她看着母亲手里的东西比较重，直接帮母亲分担，简父见此，表扬道："老婆，你看看，几天不见女儿更乖了。"

简母睨了他一眼，笑了。今天他们没想到是小女儿来接机，都有点惊喜。

简柠带着他们到了停车场，上车后，简父简母坐在后排。

简父问："柠柠，要不要爸给你换辆车？这辆都开了几年了。"

"哎呀没事，车嘛对女孩子来说又不是小情人，对我来说能开就好。"简柠启动车子，"姐姐订好了餐厅，我们现在先过去。"

她打开了车窗，此时是安城最凉爽季节的开始，微风拂面，她又开了音乐，心旷神怡。

简柠问了一些他们旅途中的趣事，简父主讲，简母偶尔补充，气氛十分好。

正聊着，一个电话进来了，简柠看到是乔姵的，接听后开了外放。

电话那头传来乔姵慵懒的声音，像是刚睡醒的样子："柠柠……早上好。"

简柠笑了："这都中午了大小姐。"

"啊……是吗……"她的话让后排的简父简母听到都笑了，乔姵就问简柠身边还有谁，这才知道简父简母也在。

乔姵和简柠一家人关系很好，简父简母待她也很亲，高中的时候她就经常去简家吃饭。

"叔叔阿姨好，这次旅游玩得开心吗？"乔婳立马清了清嗓子。

简母回答："挺好的。婳婳中午过来吃饭怎么样，阿姨好久没见你了。"

乔婳婉拒了："谢谢阿姨，但我还是改天过去蹭饭吧，我现在还赖在床上呢。"

"好好好，下次记得来。"

半个小时后，他们到了一家主打川菜的高级餐厅。这家的麻辣口味做得很正宗，环境幽雅，以红色和黑色为主，四合院的设计，中国风元素很浓。

简好早就到了，他们坐了下来，她把菜单推给父母："爸妈，你们点菜。"

"不了，让吃货来点。"

简柠笑眯眯地接过菜单，刚点了几道，手机就响了。

她看到上面的"何亦寻"三个字，手掌立马盖住。她心里一动，把菜单推到对面："爸妈，你们点……我去接个电话。"

她压下嘴角的笑意小跑了出去，接起电话。

"何大哥——"她声音清脆。

何亦寻放下手里的文件，专心和她说话："吃饭了吗？"

"准备吃啦，怎么了？"

"本来还想约你一起吃饭。"

简柠低头莞尔："今天中午还真的不行，我和我爸妈一起吃饭。不过，我们可以改天约呀。"

她说话的尾音轻勾勾的，惹得何亦寻也勾了唇："好。"

"嗯，何大哥……你要按时吃饭，我记得你胃不是很好。"她关心地说。

"嗯。"何亦寻站起身。

挂断电话后，何亦寻走到办公室外，叫住了正要下楼吃饭的沈寒："和你一起。"

沈寒微眯眼，惊讶地拍了拍他的肩膀："哟，难得啊。前几天给你打包都不吃，今天倒是主动跟我去吃饭了。"

何亦寻睨了他一眼，问道："谢舟呢？"

沈寒摆摆手："这几天和木恬吵架呢，听说矛盾闹得挺大的。别去找他，中午一个人又不知道去哪儿了。"

"怎么就吵架了？"

"不知道，好像是木恬那边在闹，所以我说，以后一定要找一个听话的，省得整天给自己找不愉快。"

闻言，何亦寻脑子里就浮现出简柠乖巧可爱的样子。

"喂，何亦寻！你是不是想到谁了？"他刚才看到何亦寻笑了！

何亦寻收起笑容，走进电梯，没理沈寒。

另一边，简柠挂断电话，心头还是热热的，她嘴角挂着笑容，刚准备转身，就听到一个声音："和谁打电话呢？"

简柠吓了一跳，看清是谁后，眉头紧皱，心虚地说："姐！你太过分了，站在我背后怎么也不吭声！每次都这样……"

简妤好奇地看着她："瞧你胆子小成这样。那么激动干吗啊，我刚过来，想问问你鱼怎么吃，是清蒸还是红烧。"

"哦。"

"你这么心虚干吗？不会是在和哪个小男生打电话吧？"

"没有！我……我……先进去了。"她脸上已经滚烫。

晚上，何亦寻从公司忙完，正准备回去，就接到了沈寒的电话，他在电话里呼救："何亦寻，你在哪儿啊，救命啊！"

"怎么了？"何亦寻听到电话那头十分嘈杂，似乎还有人在大声唱歌。

"谢舟喝醉了，硬拉着我在 KTV 唱歌，我都快受不了了。你赶紧来，我也喝酒了，不能开车。"

何亦寻："……"

"谢舟好像和木恬分了。"

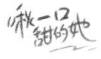

这沉沉的几个字让何亦寻心头一跳，他皱了皱眉，答应下来，驱车赶过去。

何亦寻打开车窗吹着呼呼的凉风，回想起大学的时光。

谢舟家境好，是个富二代，活泼开朗、性格随和，寝室里就他最闹腾。大学时代，也有女生追他，他虽然看上去有些花花肠子，但是从来不搞暧昧。何亦寻知道，他喜欢过一个女孩，追了好久但是一直被拒绝。他在感情上也是一根筋，能放下那个女孩，和木恬在一起，当兄弟的也是替他开心的。

可是，怎么就突然之间分手了？

到了地方后，何亦寻找到了包厢，推门进去，就看到谢舟坐在位置上喝酒，一杯接着一杯。

沈寒看到何亦寻来了，立马走过去："大哥，你可算来了，我真的拦不住他喝酒。"

谢舟红了一张脸，眼眶里是湿润的，领带被扯下来丢在一旁，白衬衫的衣领是乱的。何亦寻坐到他旁边，从他手里抢过威士忌，让沈寒放到一边，然后对谢舟说："别喝了。"

谢舟抬头看他，笑了："阿寻，你来了，陪我喝一个。"

何亦寻脸色黑了几分："你已经醉了。"

沈寒把歌曲声音关小，坐了下来，也给自己倒了一杯。

谢舟苦笑，仰头说："亦寻，你知道吗？我再次被拒绝了，你说我命怎么这么苦。"

"你和木恬到底怎么了？"

"她和我提了分手。我前几天去她家拜访她父母，我买了很多东西，想要讨好未来的丈母娘，但是她父母说，他们是小户人家，根本比不上我的家境。她说我和她家差距过大，说她压力大，配不上我。这都是什么狗屁理由！"

木恬和谢舟在一起之后，谢舟给她所有能给她的疼爱，他动不动就给她买礼物，带她出去旅游，甚至要给她买房子。可是木恬的自尊心不允许她这么依赖他，这是一种类似包养的感觉。后来谢舟见过她父母之后，她父母也认为，这是井浅河深、齐大非偶。

谢舟无奈地摇摇头："有那么多女孩子希望嫁一个有钱人家，而木恬就偏偏不是。我想给她一切，她竟然不要。"

何亦寻："还有挽回的余地吗？"

谢舟没有回答。

在场的另外两个男人，都是没什么感情经验的，给不出意见。而且面对这么重大的事，作为兄弟的只能陪着难过，不敢瞎提意见。

没人可以懂谢舟的痛苦。

最后他急了想要给木恬打电话，然而打了好几个都没接。最后沈寒看不下去了，把手机抢了过来："谢舟，给我有骨气一点，不就是一个女人吗？"

"可我只想要这一个女人……"谢舟用手捂住了脸。

何亦寻把谢舟和沈寒两人送回家后，返回自己家。

车子停好后，他坐在车里没动。他的手撑在车窗那儿，按着额头，在思考今晚发生的事。

在何亦寻的心里，简柠是个很勤奋拼搏的姑娘，一个人在外闯荡，一直追求自己所热爱的，也是个很有自尊的女孩。

他还没有告诉她自己的真实工作，估计她还一直认为自己是个合伙开饭店的。

他知道，简柠绝不是一个贪图富贵的女孩，那又何必在还未确定关系的情况下告诉她呢？

不妨先瞒着，等到关系稳定了再告诉她。

他不想给她那么大的压力，不想她和她的家庭会有木恬家那样的想法，更不想他的身份成为阻碍他追求她的因素。

他下了车，回到家却看到何亦夕坐在沙发上看电视。

"这么晚了还不睡？"

何亦夕笑了笑："今晚有我爱看的电视剧，马上就结束了。"她闻到了哥哥身上有股酒味，"哥，你喝酒了？"

"没有，刚才和几个朋友在一起。"

何亦寻走上楼，又突然折了回来，走到她身边坐下，说道："亦夕，和你说件事。"

"啊？"何亦夕挪到他身边。

于是，他把刚才所想的告诉了她。

何亦夕沉重地点了点头："哥，我觉得有道理。简柠确实不会觊觎咱家的钱财，搞不好还会担心这个。"

她又接着说："放心，哥，我先帮你隐瞒着，不过时机到了你可得交代啊。"

"当然。"

她笑了，仰头躺在沙发上，嘴里感叹："哥，没想到你追人竟然是这样的。"哥哥竟然对简柠的感情已经这么深了，甚至是奔着结婚去了，否则何必如此周全考虑？

他竟然这么替简柠着想。

何亦寻站了起来："早点睡。"

"嗯，晚安。"

这几天，简柠为着第四本漫画忧愁，之前有个脑洞是北极熊和小兔子的故事，可是最近写大纲的时候，剧情有些卡，理不出来。

周六下午，她在书房继续写大纲，想了一会儿，她郁闷地把一张涂涂画画的纸撕掉，重新开始构思。

过了一会儿，她仰天长叹，瘫在椅子上。

"烦死了烦死了……"她开始闭目养神，可脑子里还是乱乱的。她苦着一张脸，把纸盖在脸上。

这时候，手机铃声响起来。简柠看到上面"何大哥"三个字，整个人总

127

算清醒点了。

"喂，何大哥……"

何亦寻此刻也在家里，听到她有些懒懒的声音，以为她正在午睡。

"抱歉，吵醒你睡觉了？"

"没有，我正在想漫画的事情。"说完，她叹了一口气。

他察觉出了她的反常，问道："是不是遇到了什么问题？听你的声音，好像不太好。"

简柠笑了："被你发现啦？其实我最近一直在为故事大纲头疼，还没有完全写好，唔，太痛苦了……"

他清浅地笑了："最近都闷在家里？"

"嗯，我不知道去哪儿，还不如在家画漫画。"

何亦寻看了看手表，说道："等我半个小时，去你家接你，带你出来散散心，怎么样？"

他的声音带着强大的诱惑，慢慢蛊惑着她的心，她顿时愁眉舒展，爽快答应："好呀，那我去收拾一下。"

"嗯。"

简柠伸了个懒腰，走去换衣服。

三十分钟后，简柠准时下楼，而何亦寻已经提早五分钟到了。

此时已是十一月中旬，简柠穿了一件长袖之后，还要再披一件外套。她走到何亦寻身边，笑着对他说："何大哥，你以后直接在车上等我就好了。我要是下来迟了，你还得站着等我更久。"

"没事，上车吧。"他把车门打开。

何亦寻上车后，侧过身看她："简柠，你黑眼圈很深。"

"啊？"简柠摸了摸自己的脸，因为没有镜子，她看不到自己的黑眼圈，但是既然他能发现，说明挺明显的。

她突然心里哀号一声，出门应该化个妆盖一盖的，这副丑样子被何大哥

看到了多有损形象啊。她垂下眸："是不是挺丑的……"

"……"何亦寻不明白她这个小脑袋瓜能不能正确明白他话语的真正含义。

"我是说，你以后别熬夜了。"

听他这话，简柠感觉他好像又回到了游泳池那天，他一副"小老师"语重心长的模样。她嘴角不禁勾了起来，就听到何亦寻低沉的声音："在笑什么？"

简柠摇摇头，压下笑意："没有，我就是随便笑笑。"

而何亦寻反而被她的话逗笑了。他看着她粉红色的唇瓣、水亮亮的眼睛、挺挺的鼻梁，所有的心思也感觉被她勾走了。

何亦寻带简柠去了安城最大的商场。他考虑到女孩子可能喜欢逛逛街，说不定可以冲掉烦恼。

两人走进去后，路过一家影院。简柠在门口停了下来，看了看放在外面的海报。

"想看电影吗？"他问。

"你可以看吗？"她望向他。

"我都行，你要看我们就买票。"

简柠听到他这么说，内心只暗戳戳地叫嚣着好幸福啊，何大哥简直太好了。

她指了指前几天刚上映的喜剧片，说道："这个怎么样？"看看喜剧放松一下。

何亦寻点头，直接走去售票处，简柠跟在后头。

"不好意思，等会儿 14:20 的场次，只有前三排有位置，你们要吗？"出票人员说。

简柠看了看屏幕上的空位，揪了揪何亦寻的衣袖，仰头小声说："还是算了，这么靠前看着不舒服。"

何亦寻点头，想着带她去其他地方，但这时候出票人员又补充了一句："再过十五分钟有一场，不过是情侣座，每个人贵十五块可以吗？"她只是随口说说，毕竟现在这种包厢已经不热卖了，但是看眼前两人应该是情侣，就随口提提。

而简柠都没有听到后面的价格，心思落在情侣座上……

何亦寻闻言，气定神闲。但低下头就看到她有些绯红的脸颊，他眉梢染上笑意，他语气带着宠溺，压低声音问她："看这个怎么样？"

简柠心里在想，对啊，她只是想看电影，没想其他的……

她慢慢点点头，感觉心跳得更厉害了。

何亦寻直接转身，开始选票。简柠看着他宽厚的背影，想起刚才听到的"情侣"二字，心就扑通扑通跳得很快。

何亦寻买完票转过来的时候，就看到简柠侧身在等他。她顶着一张红扑扑的小脸，嘴唇轻抿着，带着淡淡的朱色，垂眸想着什么。

他把票拿给她："怎么了？"

"没有没有……"她嘴里缓缓吐出一口气，感觉身体有些热，"我们去那边坐着等吧。"

电影院里很嘈杂，来来往往的都是三两结伴的人，说说笑笑，唯独简柠和何亦寻之间的气氛是难得的安静。

简柠整个人都陷入一种紧张和期待中，到处看着，想要分散一下注意力。何亦寻见她没有讲话，以为是她不开心了或者后悔了。

然而她突然转过身看他，眸光清澈如水，唇畔点缀着腼腆的笑意，问道："何大哥，你要吃些什么吗？爆米花？饮料？我去买！"

闻言，他俊眉舒展开来，微微一笑，反问："你想吃什么？我去买吧。"

"没事，电影票都是你出的，我都不好意思了……"她纤长的睫毛颤动了几下，仿佛蝴蝶扇动翅膀一样。

何亦寻也依她："给我来瓶绿茶就好。"

"好。"

简柠去买了两瓶绿茶，回来的时候怀里还捧着一桶爆米花，笑意盈盈。

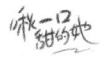

何亦寻见她这副小孩子模样，心里也软软的。

时间快到了，他们走去包厢，这里果然很适合情侣，偌大的影厅内，放置着十几张双人红色沙发，每张隔着一定的位置，保证私密空间。他们买的票在最后一排。

沙发不算宽，一男一女坐还算刚好，中间可以稍稍隔些距离。两人坐下来，简柠环顾了一下四周，发现视野很清晰，忍不住侧头对何亦寻说："何大哥，你的位置挑得很好啊。"

他淡然一笑，静默不语。

随着电影开始，影厅内的灯光全部关闭，大银幕上开始浮现光影。这时候的气氛才让简柠开始有些心思乱跳，她偷偷侧身看到何亦寻，清隽而冷然。

何亦寻的手稍稍撑在简柠的身后，带着一点点靠近的姿势。他鼻尖似乎可以捕捉到她身上温软的香味。她看着银幕的大眼睛仿佛水光熠熠的宝石一样，黑发披落在肩上。

她吃了几口爆米花，然后把它捧到何亦寻面前，侧身问道："何大哥，你要不要吃一点？"

他闻到了那股甜丝丝的气味，鬼使神差地拿了几粒往嘴里塞去。

很甜，却不及身边的这个人。连空气都是那么软软的，让人惬意。

一场喜剧片，放映厅里自然少不了笑声。遇到好笑的地方，简柠咧开嘴，发出银铃般的声音。她转头看何亦寻，他嘴角也挂着淡淡的笑容。

随着结束的音乐响起，放映厅里恢复明亮，观众陆陆续续离场。

简柠弯下腰去捡掉落在地上的爆米花，一立起身，后背突然撞到了一个坚硬的胸膛。何亦寻原本只是想要去拿她放在旁边的绿茶，身子微倾在她这侧。这一撞，她和他的身子贴在一起，给人一种他从背后揽住她的姿势。

第八章

其实我只对你有感觉

简柠的秀发触碰到了他的下巴。香味萦绕在鼻尖，何亦寻坐正身子。

简柠带着歉意说："不好意思啊何大哥……"

两人的心跳都有些失常。

何亦寻站起身来，淡定地说："没事，走吧。"

走出电影院，何亦寻和简柠继续在商场里逛了一会儿。简柠考虑到何大哥在身边，就没有去逛服装店。

到了超市门口，简柠问他："何大哥，要不要逛超市？"

"行。"

进去之后，何亦寻推了一辆购物车，说道："这辆给你，我买的东西不多。"

简柠点头，轻轻松松跟在他身边。

走在他们前头的是一对情侣，简柠看到男人揽住女人的肩膀，女人推着车，一副蜜里调油的样子。她偷偷瞟了一眼站在身边比自己高了一截的何亦寻，脑子里也冒出那样的画面。

她顿时感觉周围空气都热了起来。

哎，不能想不能想，光天化日之下想的都是什么乱七八糟的……

走到冷藏区，简柠弯腰挑着酸奶，何亦寻在旁边等着她，突然口袋里的手机振动。他拿出手机一看，是蒋安安的来电。

他往旁边走了两步，接起电话。电话那头随即传来蒋安安有些病恹恹的声音："喂，亦寻……"

"怎么了？"

蒋安安此刻躺在床上，手肘盖着额头，眉头紧锁着，脸色苍白："我可能是发烧了，也不知道怎么回事，今天一整天喉咙都很痛。"

何亦寻语气如往常一样冷静："看过医生了吗？叔叔阿姨知道吗？"

"我爸在公司，我不想让他担心，我妈昨天回我外婆家了。"她吸了吸鼻子，语气尤其楚楚可怜，柔弱得如被风雨摧残的小草一样，"亦寻，你可不可以带我去医院……"

他看了一眼手里拿着两盒酸奶正在左右对比的简柠。她注意到他的目光，转头看他，嘴角噙着好看的笑容，眸光闪闪。

他没有犹豫，对着电话那头的人说道："我现在在外面有点事，我会给亦夕打个电话，她应该在家里，我让她过去带你去医院。"

蒋安安静默了一瞬，听着他一副公事公办的语气，心里的算盘打了水漂，但她只能轻声答应。

何亦寻给何亦夕打了电话，说明了情况。

何亦夕在家，立马收拾东西往蒋安安家赶去："哥，你忙吧，我这边过去就一分钟的事，我马上带安安姐去医院。"

"好，有什么情况和我说。"何亦寻说。

然后，他回了一个电话给蒋安安。蒋安安听到何亦寻最后的答案，心里苦楚失落，但是她猜着何亦寻在外有事，她也不敢耽误他。

简柠挑完酸奶后，走向何亦寻，把东西放到购物车里，她看着何亦寻刚挂断电话，就走到他身边。

"何大哥，你是有什么事吗……"她问。

他把手机揣进口袋，表情恢复正常，淡淡解释："刚才安安给我打电话说她生病了，问我有没有空儿送她去医院。不过刚好亦夕在家，她赶过去帮忙了。"

简柠微愣，关心问道："安安姐没事吧？生病了？"

"可能是发烧了。"

"这样啊。"

两人从超市出来后，何亦寻接到了何亦夕的电话，和他交代了情况。

在旁边的简柠就在想这件事。

蒋安安生病了第一个找的是何大哥，看来他们的关系真的很不错，绝对是很好的朋友了。而且估计现在何大哥心里也挺担忧的。

等他们打完电话后，简柠询问："安安姐她怎么样？"

"发高烧了，估计是扁桃体发炎。"

"啊？那你……"

何亦寻不想把简柠一个人丢在这儿，想着晚点再去看蒋安安。

"没事，我们继续逛吧。"

简柠也不好再说什么。

两人经过一家店，何亦寻指了指这个招牌，稍微俯下身，柔声问她："要不要吃这个？"

她顺着他的目光看过去，是一杯超级丰盛的杧果饮品，上面有冰激凌，还有新鲜的杧果果肉，下面是杧果汁。她眸子渐渐亮了起来。

她点了点脑袋，何亦寻就走了进去。

五分钟后，她从他手里拿过一杯超大的"杧果蜜乐园"。

"哇……谢谢你，何大哥。"她坐店里，他坐在她对面，她从他手里接过勺子。

何亦寻含笑看着她，只见她咬了一口杧果果肉，慢慢嚼着，两小团腮帮子鼓鼓的，表情是一如从前吃到美食一样的满足。

她刚吞咽下去一口杧果肉，抬头就看到他注视着她的目光，柔情缱绻。她顿时感觉不好意思，只好又低下头，但感觉嘴里的味道越来越甜了。

她突然想起什么，又感觉有些愧疚："何大哥，我不应该让你请我的，你又请我看电影又请我吃甜品……"

何亦寻挽了挽衣袖，双手放在桌面上，微微一笑，语气有些慵懒又不容怀疑："我父母从小就教育我，和女孩子在外面，不要让她掏钱。"

当然，他省略了一个前缀——和喜欢的女孩子。

"咳咳咳……"简柠失笑了，看着他英俊又清冷的面容，心里不禁想，难怪何大哥是个那么绅士的人，原来父母从小是这样教育他的。

"更何况，你不是还给我做饼干吗？以前我还一个人看摄影展，现在也多了一个你陪着我。这点东西算不了什么。"

"何大哥，谢谢你。本来我今天是很忧愁的，但是你约我出来，陪了我这么久，我感觉好多了。"

"那下一次，我们还可以这样出来玩。"他深情地说。

"嗯……"她低头浅笑。

过了一会儿，何亦寻看着她一口接一口的，有些担忧地说："慢点吃，到时候吃不了晚饭怎么办？忘了上次吃甜品生病的事了？你只能先喝四分之一。"

"哦。"她抬头委屈兮兮地看他一眼，还是放慢吃东西的速度。

过了一会儿，两人走出甜品店。

简柠觉着没什么逛的，就觉得可以先回去了。两人走到了停车场，她上车后问何亦寻："何大哥，你等下要去看安安姐吗？"

"嗯。"他想了想，转眸看她，一副询问的语气，"要不要一起？"

简柠微怔，眨了眨水灵灵的眸子，反问："可以吗？"她害怕打扰对方。

"为什么不可以？你和亦夕也很久没见了。"

随即，简柠唇畔勾起浅浅的笑意，点头："那我们一起去吧。"

医院。

蒋安安在何亦夕的陪同下，看了门诊，现在正在挂点滴。何亦夕觉得蒋安安闷闷不乐、垂头丧气的，不过她以为是生病的原因。

蒋安安看着手背上的针管，虽扎在手背上，却好像疼在心里。

最近，何亦寻似乎刻意不见她，她约他出来吃饭，他说没空，她去何家玩的时候，他基本都待在自己的房间。她心里有些慌，但又不知道是不是自己的错觉。

本想借着发烧的事情，试探他一下，他却让何亦夕带她去医院。

她叹了一口气，就听到何亦夕的手机响起。

"喂，哥？"

蒋安安的眼睛瞬间亮了起来，她听到何亦夕报了一下所在的地方，然后就挂断了。

"亦夕，你哥是要来吗？"她按捺住自己的激动和雀跃。

"嗯，我哥已经到了。"

蒋安安低头勾唇。

她满怀期待，但是当看到简柠跟在何亦寻身后走进来的时候，她心里"轰隆"一声，电闪雷鸣，感觉自己被人从梦幻中拉进了现实。

"哥。简柠，你也来了？"何亦夕愣了一下，随后也不觉得奇怪，她笑着走过去，牵住了简柠的手。

简柠向何亦夕、蒋安安打招呼，然后看着蒋安安有些苍白的脸色，担忧地问："安安姐，你还好吗？医生怎么说？"

蒋安安摇头："就发烧而已，打完点滴应该就没事了。"

何亦寻走上前，问她："怎么就发烧了？"

"我也不清楚，可能是转季的时候着凉了。"

"注意点身体。"他沉着声音说。

蒋安安笑了一下，看向简柠，表情有些愕然："你们刚才是在一起的？"

"嗯，今天下午，我在陪简柠逛街，刚刚从商场过来的。"何亦寻替简柠回答。

蒋安安愣在那里，一时间失语了。何亦夕在旁边听着，只觉得她哥竟然开始学会秀恩爱了。

蒋安安嘴角扯了一下："这样啊……"她还以为何亦寻是公司有什么事要处理，却没想到是因为简柠，他才不能来送她去医院。

她指甲掐进肉里，指尖已经泛了白。她故作淡然地瞥了简柠一眼，内心燃起熊熊怒火。

气氛突然之间有些冷，何亦夕站出来缓解尴尬："安安，我去给你倒点热水。简柠，你别站着了，坐吧。"她让简柠坐到了蒋安安对面的椅子上，何亦寻在简柠旁边坐下。

简柠也不知道该说些什么，只好低头吮着杜果汁，她的脸颊白里透红，素白纤长的手指捧住杯身，沾上了点杯子上的小水珠。

突然，她听到旁边低沉悦耳的男声："又喝这么快？忘了我刚才说什么了？"

她抬头，就看到何亦寻在看着她，眸光澄亮。

她的小舌微勾，把沾在下嘴唇的杜果汁舔舐干净。她扬起笑容，小声辩解："我已经喝得挺慢了，这里面还剩一半多呢。"说罢，她还晃了晃杯子。

何亦寻慢慢勾唇，看着她没有说话，表情带着淡淡的宠溺，好像也继续纵容她了。

对面的蒋安安，看到这一幕，觉得简柠就是一副做作样子。

她不明白何亦寻看上简柠哪一点了！

何亦寻看简柠的目光，让人那么羡慕，他从未这样看过自己。

何亦夕走了进来，给蒋安安倒了温开水，随后看向对面的两人："哥，简柠，你们吃晚饭了吗？"

"还没。"

"那现在什么安排？"

何亦寻站起来，说道："我先送简柠回家，再过来。"

简柠也站起来，看向何亦寻："何大哥，我自己坐公交车回去就好了，你在这边照顾安安姐吧。"

何亦寻没理她："我送她回去，顺便给你们买点东西。你们想吃什么？"

"清淡的就好。"蒋安安自知无法挽留。

简柠见此，也不再推托："那安安姐、亦夕姐，我先走了。"

简柠跟着何亦寻出去后，蒋安安气得说不出话来。

何亦夕淡淡一笑，随口说道："我哥对简柠还真是挺好的。这两人要是有戏……安安姐，你是不是也替我哥感到开心？"

"嗯……"蒋安安表面应承，随即又说，"可是，我觉得简柠不太适合你哥。"

"这个我们怎么能评判呢，我们又不是他，怎么能这样说。"

"……"

蒋安安怒火中烧，也只能默不作声。

另外一边，何亦寻和简柠上了车，他问："饿了吗？带你去吃晚饭？"

简柠感觉到自己一肚子水，摇摇头："我现在还很饱。"

"可是晚上怎么能只喝这一杯？"

"没事，我不是买了点面包吗，我饿了就吃面包。"

"那你要乖乖吃饭，别让我发现你一回家就把这杯喝完了，嗯？"

"嗯嗯嗯。"

快到云之阁小区的时候，简柠侧头看向何亦寻，随口问："何大哥，你和安安姐……是很好的朋友吧？"

何亦寻看着前方的目光顿了一下，淡然解释："算是吧，我们是邻居，一起长大的。"

简柠惊讶，原来他们竟然是青梅竹马的关系。

她的心微微一抖，这种细水长流的感情，就是日久生情都是有可能的啊。

她不由自主地开始有了很多猜测，她看了一眼何亦寻，欲言又止。

而何亦寻听到她问这个问题，就怕她想多了，他解释完，转头见她的表情有些微妙，似乎有点欲言又止。他沉着声音问："你想说什么？"

简柠感觉心头稍稍抖了一下，她转头，和他四目相视，静默了一瞬又终于开口："那你对她是不是……"

"我对她没感觉。"他只听这几个字，就猜到了她要问的，于是截断她的话，眸色暗沉。

不容置疑而且清冷淡漠的语气，似乎只是在陈述一件事，而不是在表达他的观点。

简柠心头微荡，收回目光，故作无所谓地淡淡"哦"了一声，而后看向窗外，心却慢慢安定下来。

到了小区，简柠和何亦寻道别后，上了楼。这几天因为工作导致她整个人有些压抑，现在倒是愉悦舒畅，二话不说，她继续坐在书桌前开始码大纲，感觉才思泉涌，有了灵感。

她打算写这样一个故事：一只北极熊误打误撞穿越到了一个奇幻森林，被一个发明家收养了，它住进了发明家创建的庄园中。庄园里有个冰雪世界，是为它量身打造的，在这里它遇到了一只特别可爱的小白兔，是发明家养的宠物，刚开始它们发生了点误会，后来慢慢成为朋友，喜欢上对方。就在它们在一起时，意外发现，发明家其实是个黑心商家，想要把北极熊拿去做交易，小白兔就尽全力保护它，两人共渡难关，化险为夷，最后幸福地生活在一起。

她立马把这个脑洞分享给了乔婳，乔婳觉得不错，她就在平台上放了这个故事的简介，准备过段时间开始连载。

她抿了一口枸杞果汁，感觉浑身舒爽。

时间到了十一月底。此刻的安城，已是深秋，树木黄绿，枯枝落叶。

下午，简柠换上了一件浅灰色的长袖网纱连衣裙，外面搭配着淡色的牛仔宽松外套，脚上穿着一双细高跟，出了门。

　　到了家楼下，她就看到何亦寻站在他的车旁。他穿着浅灰色的西装，长身玉立。

　　她约他一起去本市的一个摄影展。

　　摄影展的主题为"梦语"，主要收集了去年各国的参赛摄影作品进行全国巡回展览，这次刚好到安城。她知道消息后，第一时间约了何亦寻，而他也立马答应下来。

　　简柠走过去，何亦寻扫了一眼她今天的装扮，清新可人，温婉如仙女一般，但他还是关心地问："冷不冷？这几天降温了。"

　　她摇摇头，打趣说："女孩子要风度不要温度的，知道吗？"

　　何亦寻嘴角勾起浅浅的弧度："你已经很有风度了，温度更重要。"

　　简柠被他的话语弄得心里甜甜的，她轻轻晃了晃他的衣袖，软软地说："何大哥，我们上车吧？"

　　他被她的话勾了神，顿了几秒才帮她打开车门。

　　到了安城的文化大楼，二楼就是这次摄影展的举办所在地。

　　这里为了摄影展，特地准备了隔墙，墙壁上挂着的都是今年参展的作品。此次摄影展是对公众开放的，人来得不少。

　　简柠走在何亦寻的身边，跟着他上了扶梯。他们站在一排，这时有个小孩儿非要从他们中间挤过去，何亦寻握住了她的肩膀，不让她摔倒。

　　扶梯快到尽头的时候，何亦寻顺势手掌下移，握住了她娇小白皙的玉手，声音低沉澄澈地在她耳边说道："慢点。"

　　原来他是在担心她穿着高跟鞋的缘故。

　　而简柠脑子里早就听不清楚他在讲些什么了，他的手传来的温热，仿佛冲到了脸颊，让她红了脸。

　　她垂着眸，手上不敢有任何动作，心里却感觉像吃了蜜一样甜，让人眩晕。

140

估计何大哥以为牵手只是一个简单的动作，却搞得她心怦怦乱跳……

然后，他自然而然松开了她的手。

简柠平复了一下躁动不安的心，开始观展。

何亦寻问："今天来，有没有特别想看到的摄影师作品？"

简柠回答："有啊，比如鱼一一、雪望，还有我们上次看到的那个竹桃都挺期待的。"

"初木之宁呢？你不是也挺关注她的？"

这一次的"梦语"主办方是私下里邀请过她参加的，奈何当时她并没有一件自己满意的作品，最后只好推掉了对方的盛邀。

所以听到他这么问，她挠了挠头："啊……是啊，我都忘了，也挺期待的。不过我听说，这次好像没有她的作品。"

"是吗，那真的很可惜。"何亦寻接着说，"听说今年年底的摄影师大会将在安城举办，到时候说不定可以见到。"

简柠闻言，脸还没红，就听到何亦寻继续说："很希望哪一天她能办一场属于自己的摄影展。到时候如果能去到现场，真的感觉很荣幸。"

"初木之宁在摄影圈名气也不是特别高，却没想到你会这么喜欢她。"简柠笑说。

"喜欢她不是看名气，而是她的作品。即使她不是很出名，但只要她拍的每一张作品，我都想去看，还很希望有一天可以和她聊聊。"

简柠听着他认真而专注的话语，心里柔肠百转——这是被何大哥崇拜了呀！

她压抑着自己内心激动的小情绪，附和他："嗯，改天一定会有机会的。"

几天后，简柠正在家里画第四本漫画的封面。她边画，边和一个认识的画手朋友聊天。

"柠柠，你第四本漫画打算什么时候开始连载啊？"鱼小丢问。

鱼小丢也是他们网站里面比较有名的一个漫画家。主要画的是言情类的少女漫画，收割了一大片少女心。她和简柠认识有两年了，算是简柠在圈中最好的朋友。

　　简柠回复："估计应该是十二月中旬吧。我看我存稿情况。"

　　"对了，明年春天我们公司好像要举办一个漫画家大会。到时候我们网站一些出名的漫画家都会去，你应该也受到邀请了吧？"

　　"收到了，不出意外应该会，到时候我们又能见面了 [开心]。"

　　"哈哈哈，是啊。"

　　两人又聊了几句，就都各自滚去工作了。

　　中午的时候，简柠点了一份"饭逅"的芝士培根焗饭。

　　可是当她看到送外卖的小哥竟然不是何亦寻的时候，感到有些吃惊，她本想给何大哥一盒饼干的。

　　简柠打开饭盒之后，吃了几口，心里有些不安，担心何亦寻出了什么事，于是她给他打了一个电话。

　　而何亦寻此刻正在上海出差，他和沈寒正在和合作伙伴吃午餐，就接到了她的电话。

　　他看到是她打来的，以为出了什么事，连忙站起身，和在座的人说了一句："失陪，我去接个电话。"

　　他走出来，接通了电话。

　　"何大哥？"

　　"嗯。"

　　"你今天没有上班吗？我点了外卖但是没有看到你，有些担心，所以给你打了电话。"

　　何亦寻笑了："忘了我和你说过我这几天不在安城？"

　　简柠顿时恍然大悟，羞赧地摸了摸脑袋："我还真给忘了，抱歉啊。"

　　"没事，中午点外卖了？吃饱了没？"

"才吃了几口。"

何亦寻听她软糯糯的声音，心情也跟着舒畅了起来，这几天的高压谈判工作让他有些疲惫。他叮咛她："那赶快去吃饭吧，多吃一点，然后中午记得午睡。"

简柠无声地笑了："嗯，那何大哥你也去忙吧，拜拜。"

挂断电话，他回到包厢。

沈寒看着他微勾的嘴角，凑近他问："哟，谁的电话？"

何亦寻睨沈寒一眼，没告诉他。

周末，何亦寻出差回来，带简柠去打了羽毛球，晚上他送她回来后，两人道别，何亦寻也下了车，走到她面前，把手里一个精致礼品盒递给她。

"差点忘了把这个给你。"

简柠看到精致包装上写的是什么之后，顿时亮起眼睛。她抬头问："何大哥，这……"

"猜你应该会喜欢。"

这是何亦寻在外地给她买的一盒手工软糖。最后一天，他和几个生意伙伴一起去当地非常有名的一个商业街吃饭时，途经一家本地非常出名的手工软糖制作店。他猜着小姑娘应该喜欢这个，就进去挑了两盒。

还记得当时沈寒看着他一副"见鬼了"的模样，问道："老何，你现在竟然爱吃这个？"

简柠的手摩挲着礼物盒子，眼睛里眸光闪动，仿佛黑夜里璀璨的宝石一般。她弯起水红的嘴唇，语气柔软："谢谢，我很喜欢。"

只要是他送的，她都喜欢。

何亦寻见她可爱至此，便忍不住伸手摸了摸她的小脑袋。

她离他很近，能闻到他身上淡淡的沐浴露香味。而他抬手的动作让她心里"轰"的一声，心跳也乱了。她不敢抬起头来，总觉得那目光实在太过炽热。

过了几秒钟，简柠说："何大哥，那你先回家吧？就别送我上去了。"

她执意这样，何亦寻只好点头，和她说了声"晚安"，便上车了。

简柠看着他离开，笑了。她转身正打算走上楼，就发现楼下突然冒出来一个人，正朝她走来。

"哎，华南？"

华南是季宇珩的助理。最近这几天，季宇珩都在拍电影，虽说也在安城，但总找不到空闲时间来找简柠，于是今天晚上他吩咐助理给简柠送一点东西。

华南到简柠家楼下时，本想给她打一个电话，却看到她从一个男人的车上下来。

两个人竟有如此亲密的举动，顿时让华南惊讶得捂嘴。他待在原地等着那男人走了，才敢上前找简柠。

简柠见到他，心里突然微微一跳——刚才华南是不是看见自己和何大哥之间的举动了？总觉得有些不好意思……

她脸色微微一红，摸了摸脑袋，随即问道："华南，你怎么来了？在这儿等多久了？"

华南装作什么都没发生一样，笑了笑，说："我刚到你家楼下，正准备给你打电话呢。你这是刚刚回来？"

"嗯。"

华南把手里的东西拿给简柠："这是宇珩哥让我给你带的东西。这一袋是你喜欢吃的，而这个……也是他给你的。"

简柠打开首饰盒一看，发现是一个漂亮的银镯："宇珩哥……"

"这是他前段时间在珠宝店里给你精心挑选的。"

简柠不好意思："你说他整天那么忙，怎么还有时间记着给我买这些。"

华南笑了笑："宇珩哥心里一直都记挂着呢。"

简柠点了点头，对他说："辛苦你了，还特地这么晚跑来一趟。等会儿我就给宇珩哥打电话，他今晚有空吗？"至于银镯的事，她可要亲自道谢。

华南摇摇头："他今晚还有好几场戏，估计没有空接电话了，否则他会亲自来一趟。要不然你明天给他回个电话也行的，他说只要看到你平平安安和往常一样就可以了。"

简柠接过东西就上楼了。

华南回到了季宇珩所在的休息室。

季宇珩刚刚过了一场戏，正在吃晚饭。

季宇珩见他回来了，忙放下筷子："怎么样，东西都给简柠了吧，她有没有说什么？"

"简柠姐挺好的。收到你送的东西很开心。她本想给你打电话，但是我说你还在忙，估计没空接，于是她就说明天给你打电话。"

季宇珩总算放心："她没事就好。"

季宇珩吃着饭，发现华南仍站在他身边，没有走开。

看到华南欲言又止的表情，季宇珩心里察觉到了什么，眉头微皱，问道："怎么了，简柠是不是出了什么事？"

华南一直在犹豫，到底要不要把刚才看到的那一幕告诉他。

现在想想，宇珩哥既然这么在乎简柠姐，如果这件事情不告诉他，到时候他要是事后知道了，说不定要怪罪自己。

于是，他拉开季宇珩身边的椅子，坐了下来，面色沉重地说："宇珩哥，我今天看到简柠姐和一个陌生男人在一起。"

季宇珩顿时目光微滞，他放下手里的筷子，面色震惊："你说什么？什么叫和一个男人在一起？"

于是华南就把今晚所看到的都告诉了他。

季宇珩听完，感觉已经没了胃口。他坐在椅子上，不发一言。

而华南屏气凝神观察着季宇珩的反应。季宇珩身着黑色衬衣，衬着他的脸越发清瘦白皙，而那双眸子，凛冽冰冷。

145

"果然小姑娘开始长大了，这件事我半点不知道……"

华南安慰道："估计只是普通朋友，我觉得他们还不像真正的男女朋友……"

季宇珩扯了扯嘴角，心里想，现在这个社会实在是太复杂了，简柠性子单纯，脾气又那么好，从小到大追她的男生从来不少，也存在着知道她家世而故意接近她的人。这男人对简柠是怎样的心思？他的为人品性和家庭情况到底怎样？

"我担心她。"他说。

华南明白。在季宇珩心里，他和简柠在一起的概率是非常小的，他在渐渐学会放下。但同时，他也希望能够尽全力保护她，让她遇到一个值得托付真心的男人。

季宇珩站了起来，对华南说："你先出去吧，我一个人静一静。"

"好。"

门关上后，他走到窗边，点了一根烟。吞云吐雾之间，他的眸色更加漆黑黯淡。

他想起之前在简柠微博上看到的，一次是一个男人的照片，一次是她说的一句话"撩人不成……"，虽然那次他后来旁敲侧击弄明白"撩人"指的是乔姵。

可现在看来，很有可能是简柠在撒谎。

他拿出手机，拨通了简好的手机号码。

"喂，简好姐，睡了吗？有没有打扰到你？"

简好正躺在床上，准备休息。她有些惊讶，季宇珩这时候给她打电话。

"我还没睡，怎么啦？"

两人闲聊了几句生活上的事，他就把话题转到了正事上："对了姐，你可知道最近柠柠的感情生活？"

"什么感情生活？她会有吗？"

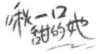

他斟酌了一下说："今天晚上我让助理去给简柠送东西，看到她和一个陌生男人在一起，两个人似乎关系还挺好的。"

简妤立马坐了起来："你把事情完完整整和我说一遍。"

季宇珩把事情全都告诉她后，又说："我也不太清楚，只是我以为简柠会告诉你。"

"没有，她没和我说过这种事，说不定这只是普通朋友呢……"

季宇珩干笑了一下："我觉得这件事情没那么简单，简柠很少和男性朋友玩得这么好。我觉得他们之间……"

电话那头顿了几秒，又传来了简妤的声音："阿珩，估计你是想多了，说不定是刚认识的，或者是老同学。好啦，你就安心工作吧。"

"好。姐，那我先挂电话了，你早点睡。"

挂断电话后，简妤坐在床上，思考着。

从小到大追简柠的男生多，但简柠一向果断，从来不搞暧昧，即使几个玩得好的朋友关系也不至于亲密至此 ——送她回家、给她礼物，甚至还摸她头……这种亲密的举动似乎只有恋爱当中的男女朋友才会有。

简柠耳根子软，没有什么恋爱经验，甚至不懂得分辨是非，警惕性也很差。一旦遇到喜欢的男生，便会一头扎下去……

她想着明天是应该找简柠好好聊聊天了。

第九章

"请柠柠批准，无限次亲你。"

第二天上午，简柠在家看书。快十一点的时候，她照例在"饭逅"点了一份外卖。

她心想着中午是不是何亦寻来送。如果是的话，她打算把最近刚刚整理好的摄影集送给他。这是集合了今年以来，她自我认为比较满意的作品。虽然不是以"初木之宁"的名义，但还是希望他会喜欢。

点完外卖过了十五分钟后，门铃就响了。今天送得这么快吗？可是何大哥还没有回她信息啊？

她跑过去开门，却看到了简好。

"姐，你怎么来了？"

简好笑了笑，走进来，在玄关处换着鞋子："怎么就不能是我啊？临时过来突击检查一下，看看你有没有按时吃饭。"

简柠摸了摸脑袋，感到有些不太妙："我今天中午没煮饭，点的外卖……"

简好瞪了她一眼，嗔怪了一句："你这孩子，整天就知道吃外卖，对身体多不好啊。"

简柠抓着姐姐的手撒娇："外卖方便嘛，我又懒，不想煮饭，何况你也

知道我自己做饭又不好吃。"

说完，她又问："姐，你不会今天真是过来突击检查的吧？"

"没有啦，我今天中午就是过来看看你，我也还没吃饭，等会儿我们一起吃饭吧。"

"那等会儿吧……等外卖送到了再说，总不能让人家送来了，又拿回去吧。"她心里有些担忧。

简妤点点头："行啊，那我们就在这儿等一会儿。有没有点儿吃的先给我，好饿啊。"

简柠立马滚去厨房，拿了片吐司给她："喏，今天早晨吃剩下的，都给你了不用谢。"

简妤扫了眼她今天的打扮："行了，回房间去换身好看的衣服，穿成这样邋里邋遢的怎么带你出门。"

"哦！"

简柠踩着拖鞋"啪啪啪"走进卧室。

简妤见此，一把拿过放在沙发上的简柠的手机，照着曾经的记忆，输入了手机密码。手机被解锁开，她立马点开了微信，看到了一个"何大哥"的置顶聊天。

简妤眉头皱了一下，鬼使神差地点开了这条微信。当她看到两人的聊天内容时，惊讶得说不出话来。

昨天晚上九点多，简柠给这个何大哥发了一条信息："何大哥，你送的软糖特别好吃，超级喜欢。"

何大哥："你喜欢就好。"

然后两人还互道了晚安。简妤突然转念一想，说不定这男人就是昨晚季宇珩助理看到的男人呢？

他们的聊天内容虽然没有出现一些感情的话题，但是隐隐约约，总觉得有些暧昧……

听到开门声，简妤立刻放下手机。简柠没看到她的动作，走去卫生间梳头发。

而心里早已脑补出一部大戏的简妤终于忍不住问："你手机里的这个何大哥是谁啊？"

简柠飞快转过头来看她，十分惊愕："你说什么……"

她走出去，一把抢过自己的手机，秀眉蹙着，质问简妤："姐，你偷看我手机？"

简妤抿了抿唇，道歉："我不是故意的。"

"什么叫不是故意的？难道我手机是自己解锁的吗？"

简妤拉她坐下来，对她说："昨晚，季宇珩的助理说，他看到你从一个男人车上下来，他有点疑惑，所以把这件事告诉了我。我刚才……是我不对，偷看了你手机。"

"宇珩哥告诉你的？"果然，华南确实看到了她和何亦寻在一起的画面，他把这件事告诉了季宇珩，季宇珩再传给姐姐……这都是什么事啊？

"你别怪宇珩，他还不是担心你？"

简柠不想再聊这件事，她生气得正要站起来，却被简妤拽住："你跑什么？我的问题你还没有回答，那个何大哥到底是什么人？"

简柠看向她，表情不悦："我为什么要告诉你们？我还没有自己交朋友的隐私吗？"

"姐姐心里在想什么，你懂的。如果是普通朋友，我又怎么会过问？这个何大哥，是不是就是昨晚华南看到的那个人？"

简柠端起茶几上的水杯，咕嘟嘟喝了起来，不说话。

简妤见她这样，叹了一口气，说道："柠柠，你好好回答姐姐的问题。"

简柠吸了吸鼻子："我和他……不是那种关系。"

"我猜到了。那柠柠是不是喜欢他？"她拨了拨简柠额前的碎发，继续说，"柠柠，感情的事姐姐从来不反对。但是这个人他是真心对你的吗？他的一

切你都了解吗？"

"姐，我暂时还没有想那么多……"

"他是做什么的？"

简柠垂下眼帘，轻声说："在一家餐馆工作的。"

"什么？他是厨师？还是什么？"

"他和他妹妹合伙开餐馆的。"

简好一脸震惊状，简柠就知道她是这个反应，连忙补充："他经济也不是很差，也有一辆车……"

"柠柠，你疯了？你告诉我说你看上这种人？"

简柠不爽："这又不是什么见不得人的职业。"

"我一直以为你眼光很高，这个集团的公子看不上，那个大学教授的儿子你也不喜欢，到最后你告诉我你要和一个开饭馆的在一起？"

"姐，我眼光不差，他人真的很好，和那些自以为是的公子哥儿不一样。"

简好被她气到了："可是你考虑过将来在一起的日子吗？爸妈怎么会同意你们的事？你是简氏公司的千金……"

"姐，你别说了！"简柠抹了抹脸上的眼泪。她何尝不明白家里人对她择偶的要求，她从来没在何大哥面前提到自己的家境，一是不想炫耀，二是不想给他压力。

"你是被感情冲昏了头脑。"简好斥责她。

"我们还没有……在一起呢！更何况，我好不容易遇上一个喜欢的人，我不想因为外界的事情去影响我的判断……"

而这时候的简好，也是听不进去简柠的解释。在她心里，妹妹单纯没头脑，现在这么帮那个何大哥说话，肯定是被短暂的激情冲昏了头脑。

其实简好的初恋，那个大学男朋友，最后分开，就是因为那男人说他以自己的经济能力给不了她幸福，于是离开了她。

所以她希望，简柠不要走她走过的路。

简好见妹妹哭了，也是不忍心，抽了一张纸给妹妹。

简柠正接过，这时，门铃响了。

简柠揩了揩眼泪，连忙站起来："我去开门，是外卖。"

她害怕是何大哥来送，所以不能让姐姐看到。

她打开门，映入眼帘的正是何亦寻清隽的俊脸，她呆呆地看着他，立马比了一个"嘘"的手势，把他拉开。

她掩上门，把他带到了楼道的拐角处。

全程何亦寻未发一言，配合着她。他看到，她脸上有泪痕，眼睛里有着红血丝，连鼻尖都红红的，一副哭过的样子。

简柠背抵着墙壁，敛睫不敢看他。她猜想自己现在是不是很丑啊，又成哭包了……

今天中午，何亦寻接到了何亦夕的电话，说简柠点了外卖，问他去不去送。于是他一把公司的事处理完，就赶了过去。

他多么庆幸自己今天来了。

何亦寻把外卖放到地上，沉着眸光看她。他离她很近，似乎把她逼到了墙角。他滚了滚喉结，还是没忍住抬手抹去了她的泪痕。

简柠倏地抬头对上他的目光，心怦怦直跳。

他那么认真地看着她，仿佛要让她淹没在他眼中温柔的海里。她忍不住又掉了颗泪珠子，惹得何亦寻轻轻叹了一口气。

"怎么哭成这样？发生什么了？"他抚摸着她的脸颊，语气温柔。

她摇了摇头，没有回答。

何亦寻看了眼虚掩的门，简柠向他解释："我姐姐……在里面，我们之间发生了点事。"

何亦寻闻言，猜着她是和姐姐吵架了。他揽着她的双肩，安慰她："别哭了，嗯？有什么不开心的，可以和我说。"

简柠点头。她心里就在想，何大哥为什么总是这么好，让她这么喜欢，

152

这么放不下。就算将来有一天，她要面对家人的反对，可只要他愿意握住自己的手，还有什么能使她惧怕？

简柠揪住了他的衣袖，带着鼻音慢慢说道："何大哥，我没事……你先回去吧，我真的没事的。"她不能在外面和他聊太久，否则简妤该怀疑的。

何亦寻心里的挂念放不下，想陪着她，但毕竟房间里还有人，他只好说晚上再来看她。

这时候，房间里传来简妤的声音："柠柠？"

简柠不敢再多待，于是推了何亦寻进电梯。

她走了回去，简妤问："怎么去了这么久？"

"我……我下楼拿的，他没送上来。"

简妤也没怀疑。

简柠走到她面前，软声求她："姐，你可以先不把这件事告诉爸妈吗？我们没有在一起，现在只是朋友，你说了，妈妈肯定要做什么了。"

"好吧……姐姐希望你擦亮眼。或者可以带来给姐姐看，姐姐帮你把把关。"这件事，要真传到简父简母那里，估计要闹翻天了。

傍晚的时候，简柠接到了何亦寻的电话。

"简柠，你一个人在家吗？"

"嗯，怎么了？"

何亦寻听她声音，已经恢复正常了，暂时放了心。他把去超市买的食材放进后备厢："我等会儿到你家，行吗？"

简柠有些小高兴，忙点头："可以，可以。"

"好，那先挂了，我开车。"

"嗯。"

简柠激动得从沙发上蹦起来。中午吃完饭回来，她一个下午都在想对策。最后的结果就是——兵来将挡、水来土掩！

她现在要做的就是顺其自然，让感情水到渠成，至于接下来的事情到时候再纠结。面对感情，她不应该瞻前顾后，杞人忧天，大不了搞地下恋情！

　　可是……还没有和何大哥在一起啊，她就开始考虑这些了。她羞得捂脸，又笑了。

　　何亦寻到简柠家时，已经是半个小时之后了。

　　听到敲门声，她连忙小跑过去。

　　打开门，她就看到何亦寻手里提着两袋沉甸甸的东西，正含笑看着她。

　　她忙迎他进来："哇，何大哥，你怎么买这么多东西……"

　　她看到里面是一些食材，还有一些零食。

　　她把东西放到餐桌上，走出来就看到何亦寻倚在吧台上看着她，似乎是等待她说些什么。

　　他今天身着一件深灰色的毛呢长款外套，衣服略宽松，衬着他身材更加挺拔高大。他长眉微微挑起，似含着笑意，眸子幽幽澄澈，仿佛汪洋。

　　简柠笑了笑，朝他走过去，问道："何大哥，买那些东西是干什么？"

　　何亦寻注视着她清秀的脸庞，慢慢解释："今晚过来给你煮饭。至于那些零食……我也不知道你爱吃什么，就随便挑了点。你不是喜欢囤东西吗？马上到冬天了，我估计你就更不爱出门了。"

　　简柠心头微荡，有一股暖意扩散到四肢百骸。

　　他说零食只是随便挑点，但她刚才随意扫了一眼，都是之前几次他们去超市时她选的，他都记在心里了啊。

　　她抬头，水灵灵的眸子对上他的眼睛，语气轻软："何大哥，你为什么要这么做啊……"

　　他勾唇一笑，一只手覆上她毛茸茸的脑袋，嗓音富有磁性："谁今天中午在我面前哭得惨兮兮的？"一滴滴的眼泪掉下来，砸得他心都痛了。

　　"我……我哪有啊……"她才不要回忆起中午自己的样子，太丢人了。

　　"还不承认？"

简柠微嘟着嘴，嘴里闷哼了一声，倒不是真生气，这声音听上去反倒像撒娇，犹如猫爪子挠在何亦寻心头。

何亦寻给她顺毛："好了，开玩笑的。我是担心你还有些不开心，就想着过来看看你。"她喜欢吃东西，那他就拿出点做菜的手艺来哄她开心。

简柠听到这话，突然想起中午的事情。她脑子一热，一闭眼就双手抱住了何亦寻的腰，把头靠在他温热的胸膛里。

她的心扑通扑通乱跳，也能听到他胸膛里的心脏强有力地跳动着。她思绪纷杂，生怕他要推开她，可内心还是抑制不住自己涌动的感情，没有松手。

这是她喜欢的男人啊……她只要这么想，就柔肠百转。

而女孩的投怀送抱让何亦寻登时大脑一片空白，继而嘴角又勾起明显的弧度。

香软满怀不再只是出现于梦中，简柠搂着他的腰，和他的身体贴在一起。他鼻尖萦绕的都是她长发的清香以及女孩身上的香味。他低头，就能看见，女孩的嘴唇微张，吐着气，面色早已酡红。

而他早就毫不犹豫地，像是下意识般回抱住她，将她整个人圈在怀里。他的力量足够大，她根本动弹不得。

两个人心里十足的甜蜜。

简柠轻声说："谢谢你……"她没有办法抵挡他对她的好，也不想抵挡。

何亦寻低头嗅了嗅她的发香，就听到她说这句话。他回应她："有什么好谢的，我也得到好处了。"

"啊？什么？"

他俯身，凑近她耳边，低哑着嗓音说："长这么大，你是第一个抱我的女生。"

"啊……"她面色羞红得立马松开了手，不料何亦寻却继续环住她，他手臂紧实，让她清楚地感觉到男人的力度。

好在几秒后，他松开了她，不至于让她紧张得晕过去。

简柠垂着眸，听到何亦寻的声音："我先去煮饭？"

"嗯，那我帮你吧。"

"行。"

简柠走进了厨房，跟在后头的何亦寻看着她，嘴角的弧度却是压不住了。

时间流逝得很快，转眼一年又快过去了，时间列车先是停到了圣诞节的站点。

平安夜那天中午，简柠在网上买的小圣诞树到货了。她坐在地上，先把圣诞树拼装好，然后再挂上小装饰。

她想着一个人住了这么久，也没有好好把自己的房子捯饬捯饬。刚好圣诞节快来了，就买了点装饰品。

她把小圣诞树放到了沙发旁边，拍了一张照片，发到了微博，然后又发给何亦寻："何大哥圣诞快乐！"

消息发出去没多久，他的电话就进来了。她开心地接起来，聊了几句，何亦寻就说今晚请她吃饭。简柠答应，不过关于今晚去哪儿，他倒是学会了保密，没告诉她，她也没有多想。

傍晚的时候，简柠刚换好衣服，门铃就响了。

她打开门，就看到何亦寻长身玉立，站在门外。他今天穿着一件浅灰色的长款大衣，衣领立起微微遮住清隽的脸庞，俊眉下是看着她的眼眸，温和淡雅。

简柠眼睛亮了起来："何大哥，你不是说在楼下车里等我吗，怎么上来了？"

何亦寻走了进来，扫了眼她房里的装饰，笑道："中午不是给我拍了圣诞树的照片吗，我就想上来看看。"

简柠也跟着笑了："我就是随便做着玩玩。何大哥，那我们现在就走吗？"

"行。"

她把沙发上的一件淡绿色的棉大衣拿起来穿上，又拿起纯白色的围巾，却见何亦寻走到她面前。

他顺手从她手里拿过了围巾，然后帮她围上。他动作生疏，却很专注。

简柠看着他，心都快融化成一摊水了，身体也变得暖乎乎的。

"好了。"他挑眉看着自己的杰作，似乎还有些小得意。

简柠嘴角扬起弧度，她摸了摸围巾，声音软软的："谢谢。"

何亦寻压下嘴边的笑容，对她说："我们走吧。"

"嗯。"

两个人进了电梯。

何亦寻瞧见她没有戴手套的手有些红红的，他皱眉询问："手套呢？怎么不戴上？"

"哎呀，我忘了。"

他自然而然地握住她的手，说了一句："手太冰了，衣服穿得还不够厚。"说完，依旧保持这样的姿势。

简柠顶着一张红脸，被他牵着走了出去，表面看上去没什么事，实际上早已春心荡漾了。

然而两人刚走出去，简柠就看到季宇珩朝自己走来，心里登时"咣当"一下，下意识地想要缩手，却被何亦寻牢牢握住。

季宇珩看到简柠被那个男人牵着，两人脸上都挂着甜蜜的笑容。两人也同样看到了他，简柠表情有些错乱，而那个男人面色如常地盯着他。

季宇珩脸色如冰山一样，只停留了两秒，就迈开步伐走了过去。

"宇珩哥……"简柠慢慢打了声招呼。完了，被宇珩哥看到了……他要是知道了，告诉简妤该怎么办……

季宇珩看向她："柠柠，这人是？"

简柠解释道："我的一个朋友。宇珩哥，你怎么来了……"

季宇珩此时脸上难以再扯出笑容，他淡淡地道："本来想过来给你个惊喜，带你去过圣诞的。不过现在看来，我晚来一步了。"

"抱歉……我已经有约了。"她感觉气氛太尴尬了。

季宇珩自知无法阻拦，只好揉了揉她的头，说："那你晚上早点回来。"他把手里的礼物递给她，"拿着，圣诞快乐，柠柠。"

季宇珩凉薄地看了眼同样冷着脸的何亦寻，什么都没说。

"那我先走了。"

他转身离开，简柠却追了上去。

何亦寻看到这一幕，心慌了一下，却无法开口叫住她。

她跑到季宇珩面前，小心翼翼地说："宇珩哥，你可以别把今晚看到的告诉我姐吗，求你了？"

季宇珩以为她要说什么，却没想到是这句。他眼神黯淡，但还是笑着答应了她："好，放心吧。"

简柠回到何亦寻身边，有些不好意思："何大哥，那我们走吧？"

"嗯……"他脸色有些奇怪，简柠也不敢多问。

两人上了车，刚开始都没有说话，气氛莫名的有些沉寂。简柠心里在想，何大哥是不是误会了刚才她和宇珩哥的关系，好像有好几次，何大哥都因为他有些介意。

如果何大哥真的喜欢她的话……那换作她是他，也会不开心吧？

她看向窗外的风景，转头问道："何大哥，我们今天去哪儿？"

"带你去一家比较漂亮的餐厅。"

简柠一听这话就乐了，她开始主动找一些话题，好在何亦寻也都回应她，她安心了些。

到了地方，简柠看向外面，才发现车子停在了高档酒店门口。

简柠下了车，看向酒店内金碧辉煌的装饰，有些惊讶。

何亦寻带着她走进去，就看到有个服务员迎了上来："何先生好，都已经准备好了，现在是直接去餐厅吗？"

“可以。”

“好的，请跟我来。”

于是两人乘着直达顶层的观光电梯上了顶层，到了后才看到这里是个非常大的米其林西餐厅。这里拥有一个俯瞰安城的绝佳视角，旁边还有专门的观光走廊。

简柠跑了过去，手撑在护栏上，看着安城逐渐暗下的天幕，看着地上星星点点的灯光，唇畔扬起笑容来。

何亦寻做了一个手势，让服务员先离开。他走过去，站到她身边，一只手则撑在她身后，仿佛把她圈在自己的领地里。

简柠感受到了他身体的温度，脸色微微泛红，却也很喜欢他这个姿势。

她又扫了眼夜景，心里突然想到什么，不由得一紧，今晚这些何大哥是不是要破费了？

“何大哥，其实我们不必来这样高档的餐厅……”

何亦寻看她眉头微皱，竟是为了这个。他寻了一个借口：“没事，我刚发的工资，千金一掷为美人。”

认识简柠这么久了，为了隐瞒自己的身份，都没有带她来过这样的地方。今天这样，虽是有点被她怀疑的危险，但在他心里，今天是格外重要的日子。

被他这么一说，她更不好意思了，没想到何大哥还会说这样的话。

她忍不住赞扬：“这里很美，我很喜欢，谢谢。”

“你喜欢就好。”何亦寻看着时间差不多了，“我们先坐下来用餐？夜景可以等会儿吃完饭再看。”

“嗯。”

餐厅在室内，装修奢华，踩在脚下的是深蓝色的柔软地毯，头顶是设计成奇形怪状的镜面和水晶吊灯。餐具整洁地摆放好，服务员则在一旁安静站立。

他们坐在深棕色的沙发椅上，何亦寻早在来之前就订好了菜，全是简柠喜欢的口味。

一顿饭下来，两个人吃得自然很愉悦。

饭后，两人来到了观景走廊。

此时天已经彻底黑了，有一闪一闪的星星挂在天空。星辰璀璨，却不及身边人的陪伴来得美好。

何亦寻突然问："小时候玩过烟花棒吗？"

简柠点头："每次过年的时候，我就缠着我姐陪我玩，但是后来她长大了，就只有我一个人玩了。"

她还在纳闷他为什么要问这个问题，他就从身后掏出了一盒烟花棒。

"哇，你这是哪里拿的？"她激动得想要去抢，奈何他像是故意不给她一样，把手举高了。

"喂，何亦寻……"她不开心地嘟囔了一声，却下意识地叫了他的名字，听上去倒有股撒娇的味道。

何亦寻听到她像糯米团子似的声音，就起了心故意要逗她："想要拿这个？"

"嗯……"她抓住了他的手腕，想要把他的手扯下来，却不知这个姿势使他们俩的身子越贴越近，他身子都靠在了栏杆上。

他心尖微颤，忍不住用另一只手环住了她的腰。

简柠吓得还没有反应过来，他就转了个身子，把她压在了玻璃栏杆上。

简柠呆得哪里还想着去拿烟花棒，脑子里因着这个极具压迫感的姿势，全是烟花在爆炸。

何亦寻哑着嗓音问她："想不想要？"

按照以往，这个时候她已经屁得没边了，但现在，心里莫名有种强烈的情愫在驱使着她的脑子，完全不受控制。

她点了点头，眨着水灵灵的眸子。

"想要的话，应该有所表示。"他声音清冽，嘴角却牵了起来。

表示？

160

这是需要什么表示啊？

何大哥……不会是那个意思吧？

他哑着嗓音继续说："比如——亲我一下。"

她瞬间红了脸，却还是看着他。他感觉她就像只小妖精一样，弄得他心痒难耐，只好把她的腰搂得更紧。

何亦寻脸上的笑意更甚了，他微微低下脸。

简柠看到他这一举动，心怦怦乱跳。

她微微扬起小脸，把软唇慢慢凑近他的脸，可是就差一点点的时候，她的手机却在这时响了！

她突然感觉有种做害羞的事被人撞破的尴尬。

何亦寻无奈，却也只好松开她的腰。

简柠拿出手机，看到上面跳跃的名字是"季宇珩"，而何亦寻……同样也看到了，脸色瞬间冷了一截。

她只好接听了电话。

"喂，宇珩哥？"她欲哭无泪，季宇珩为什么这时候要给她打电话啊？

季宇珩问道："在干吗呢？吃饭了没？"

"吃了吃了。"

"吃什么了？"

"就随便吃点。宇珩哥，你还有什么事吗，我这边……"这都是什么问题啊？简柠看着何亦寻越来越黑的脸，都快要哭出来了。

季宇珩又嘱咐了一句："行了，不吵你了，晚上早点回来，到家记得给我打电话……"

简柠还没有回应，却见何亦寻一把拿过她的手机，对着电话那头的人阴沉沉地说："季先生，现在是我和柠柠的二人时光，我们还有其他事情要做，麻烦你不要打扰她了。"

他说完就挂断了电话，然后把她的手机揣到了自己口袋里。

简柠一脸蒙地看着他，还没有说什么，腰就重新被搂住。

何亦寻低头，二话不说吻上了她的唇。

男人滚烫的气息瞬间缠绕住她，他的吻火热又带着一些凶狠的意味，就像是在吞噬他的猎物一般。

简柠脑子里一片空白，脸上的温度再次升高。

何亦寻……何亦寻在吻她啊！

女孩的唇瓣温软，就跟果冻一样，尝到的比想象中来得更加美好，何亦寻慢慢放轻力度。简柠的心都融化在他的温柔里。

他慢慢松开她的唇，脸和她凑得很近。他看着她游离的小眼神和绯红的脸颊，心里是难言的舒爽。

他伸手抚摸她的脸颊，说道："柠柠，以后除了我，不能让其他男人也这样叫你。也不能让他们动手动脚，你只有我一个人可以碰。"

他的话，带着满满的占有欲，就像把她画地为牢，不能逃出他的手掌心一样。

简柠抿了抿唇，嘴里嘟囔："可是……这是男朋友才有的待遇。"

她娇羞的模样让他笑了。

"那我可以做你男朋友吗？"

他虽是带着询问，可明明早已知道答案了。见女孩还未开口，他就开始"威胁"了："柠柠，刚才那个吻，你还看不出来我对你的心意吗？"他挑起她的下巴，"你再不答应，我就又要亲你了。"

简柠终于笑了，慢慢点了头，他却再次亲了上来。

最后她羞得打他了，他才慢慢松开。

她嗔了一句："何亦寻你骗人，你明明说不答应才亲的。"

"那请柠柠批准，无限次亲你。"

第十章

男朋友就是冬天里行走的大暖炉

简柠噘了噘嘴，看上去有些小不开心，心里却是甜得不行。

他抱了她一会儿，就问她："要不要放烟花？"

"要。"她伸手拿过烟花棒，点上一根，小小的火花就跟灿烂的花朵一样。

暖黄色的光，让她的脸显得更加柔和。

她挥着烟花棒，一手拿一个，最后还拉上了何亦寻陪她一起玩。

结束的时候，何亦寻牵着她的手走了出来。

服务员见此，笑着迎了上来："先生女士，晚上需要在这里入住吗？我们有本市最大的套房，全方位都可以看到最美的夜景，很适合情侣。"

套房……

简柠闻言指尖微颤，何亦寻把她的手握得更紧了，对服务员说道："不了，下次吧。"

"好的，先生女士慢走。"

最后，简柠一脸娇羞的被他牵着走进了电梯。

何亦寻看她这样，又开始想欺负她："想什么呢？脸这么红？"

"没……没有呀。"她摸了摸脑袋。

何亦寻的指尖挠了挠她的掌心："没事，如果你喜欢，下次我们可以去这里的套房。"

她羞瞪了他一眼，想要甩开他的手，却被他搂住了腰。

"和你开玩笑的。"他说。他哪敢现在就把小姑娘拐到那个地方，可不得吓到她了？

晚上，何亦寻送简柠到了家。他非要把她送上楼，她也喜欢和他多待一会儿，自然就同意了。

她看着他，想到今晚他变成了她的男朋友，心里就格外满足，就好像空落落的地方终于被填满了。

他送她到了家门口，然后抱住了她。

他抚摸着她柔软的秀发，感慨地说："柠柠，你不知道我今晚有多开心。"

简柠无声笑了，反驳他："我怎么会不知道。"

因为她也是同样的开心啊。她现在才知道，恋爱是这种甜蜜滋味。

第二天，何亦寻来简柠公寓找她，一个早晨的悠闲时光在彼此陪伴下消磨过去。中午的时候，何亦寻刚好也处理完一项公司事务，就走到书房去找简柠。

她刚收了笔，就听到他的脚步声："亦寻，你要不要看看我画的？嘿嘿。"

他站在她身边，拿起一张画纸，看了看："很可爱。"

"那个是我平时的草稿纸，在网上连载的会更精细些。"她撑着脑袋，傻乎乎地看着他。

"你的笔名是'初柠'？"

"啊？你怎么知道？"

何亦寻指了指书架上的漫画，笑道："我看到这个'柠'字猜出来的。是不是？"

"嗯。"

"我明天就去买你的漫画。"他揉揉她的脑袋。

简柠听着都不好意思了，她站起来，晃晃他的胳膊："你要是想看，直接从我这里拿就好啦。"

何亦寻轻吻了一下她的额头："女朋友的事业，我必须支持。"

中午，两人吃完饭，又去了超市，最后回到了何亦寻的公寓。简柠走进去，把大衣脱掉，然后去厨房把青枣洗一洗。

她走出来的时候，看到客厅无人。

她放下果盘，踩着毛绒拖鞋往主卧走去。

门是半掩着的，她顺着往里看，就看到何亦寻侧身站着，正撩起衣服往上脱，慢慢露出好看的八块腹肌和精壮的胸膛、手臂。

何亦寻的皮肤是小麦色的，不黑不白，刚刚好。

她看呆了，心里在号叫这就是"男友身材"啊！

她立马收回目光，但不知道为什么，自己就好像把这身材的模样刻在脑海里一样，她都不知道自己什么时候有过目不忘的本事了。

她哪敢站在门口，只好走到隔壁的书房，靠在墙上，平复快要爆炸的少女心。

她正低着头，就听到何亦寻低沉的声音传了过来："你在干吗？"

他已经换上了浅灰色家居服，站在门口，饶有兴趣地看着满脸绯红的简柠。

"啊……没有啊。"她果然一紧张说话就结巴。

多说无益，她拔腿就想溜走，谁料何亦寻一把掐住了她的腰，把她禁锢在怀里。他火热的臂膀圈住她的腰，让她背靠在墙上，就像是狼抓住了小白兔一样，小白兔完全动弹不得。

简柠羞得低下头，嘴里低喃："你干吗啊……"

何亦寻的手轻轻挑起她的下巴，让她看着自己含笑的目光。他逗她："在想什么脸这么红？"

"哪里啊，我本来就容易脸红。"她的手抵住他的胸膛，眸光流转。

165

何亦寻见此，吻了一下她水嫩的脸颊，用威胁的语气说道："偷看别人换衣服，还想耍赖？"

"你……"他怎么知道的啊！

何亦寻其实早就听到了脚步声，就猜到了她做了什么，果然走出卧室，就看到小姑娘待在隔壁书房。

"承不承认？"

简柠脖子一梗，大胆说："我就看了一眼嘛。再说了，我看我男朋友有什么不对。"

何亦寻笑了两声，他贴近她耳边，口中喷薄着热气："行。可以看，也可以摸。"

简柠感觉耳朵都是麻酥酥的，她只是看了一眼就成这样，哪里还敢上手。

谁知何亦寻握住她的手腕，让她略微冰凉的掌心贴在他的腹肌上。

虽然是隔着一层布料，但她还是清晰感受到了线条。

她作怪地按了一下，然后小声感慨了一下："好硬啊。"

她突然感觉自己好像说错了什么，羞得只想把脸埋起来……

他眸色幽深，搂紧了她的腰，把唇移到了她的唇上。

唇瓣相贴，气息缠绕。

好一会儿，何亦寻才松开她，把她牵进了卧室。

"困不困？要不要睡一会儿？"

何亦寻这意思，不会是……一起睡？

"紧张什么？怕我吃了你？"他看她。

她躺了下去，何亦寻躺在她身边。见她有意缩成一团，好像特别害怕似的，他长臂一捞，把她带进怀里。

简柠身体轻颤了一下，何亦寻却拍了拍她的背，柔声说："傻瓜，紧张什么？我什么都不做，就抱着你。"

"嗯。"她安静地靠在他身上，感受着他的体温。果然冬日里的男友就

像火炉一样，冬天抱着比暖手袋还管用。

她眯上眼睛，就感觉到何亦寻低头亲吻了一下她柔软的发丝。她不禁笑了，对他说："何亦寻，午安。"

两人在一起后，她发现直接唤他名字，更让人心头悸动。

晚上，吃完晚餐，简柠端了份水果，走去客厅，就见到何亦寻站在阳台上。

她疑惑地走上前，才知道他此刻正在打电话，她刚想往回走，就听到了他口中所说的"盈利能力比率""投资条款"和"增长40%销售额"等等。

简柠一怔，她大学的时候学的是工商管理，这些名词她或多或少听过一些。

她来不及细想，就看到何亦寻转过头看她，表情也是一愣。他对电话那头说了几句，然后挂了电话。

简柠笑着走了过去，握住了他的手。

何亦寻问："刚才听到我打电话了？"

"嗯，我就是刚好走过来，不是故意听到的。"

他揉揉她的头："傻瓜。"他似乎若有所思，然后和她面对面，看着她说，"柠柠，我有件事要告诉你。"

"什么？"

"其实我还有其他的工作。"

简柠呆住了，旋即回想起刚才听到的谈话内容，大胆猜测："你玩投资？"

何亦寻被她惊到了："你什么时候知道的？"

"我刚才听你打电话猜到的。我大学也是学和金融有关的专业，懂点皮毛。"

何亦寻暂时不打算全盘托出，但还是要先和她做一些模糊的交代。

他点头："对，我和我的朋友一起在做投资。"

"那挺好的呀。"她没觉得有什么，毕竟现在的年轻人，对金钱的打理有自己的想法，这也不是什么不好的事。

见她还一副挺开心的反应，他刮了刮她的鼻子。

简柠把他牵了进去："走吧，外面好冷。"

晚上九点多的时候，简柠打算回家了，何亦寻把她送回去。

两人刚上车，她就收到了季宇珩的一条信息："柠柠，你在哪儿？我想见你，已经在你家楼下了。"

此时，季宇珩正在简柠家楼下，他上去敲了门却发现简柠不在家。

简柠看到信息，回了过去："我再过二十分钟就到家，你等等。"

她盖上手机，转头看向男人："亦寻，我的那个哥哥说今晚要见我一面，他在我家楼下等我。"

何亦寻面色一沉，随口问："季宇珩？"

"你……你知道他名字？"

他点头，然后表情有些紧绷。简柠见此就怕他又吃醋了，赶紧解释："何亦寻，你别误会，我和他……"

她话还未说完，手就被握住了。他笑说："傻瓜，想什么呢。"自打他和她在一起后，他自然是知道简柠对他独一份的心意，又怎么会乱吃醋。

"那你……"

"我是担心你。季宇珩是明星，你和他如果接触太多，容易招惹是非。"他不能让这些潜在的危险威胁到简柠。

她点点头，明白了他话中的意思。

"你放心，我会注意的。"

周一早晨，何亦寻到了 WTG。谢舟刚去茶水间泡了一杯咖啡，出来就看到何亦寻神采奕奕的从电梯走出来。他穿着笔挺整洁的西装，头发也稍作了打理，就连脸上也带着若有似无的笑意。

谢舟感觉奇怪，跟着何亦寻走进他的办公室，开玩笑道："何亦寻，我怎么感觉你今天心情不错啊。"

何亦寻坐了下来，微挑起眉："很奇怪吗？"

谢舟听着语气，瞬间感觉不对劲儿。往常这时候何亦寻都会冷冷地回自己一句"你很闲吗"，然后把他赶出办公室啊。

沈寒这时候也走了进来："都在啊？谢舟你坐下，我们聊聊星艺公司的事。"

谢舟笑了："聊啥啊。"

沈寒把两份星艺的商业计划书丢在他们面前："感不感兴趣？"

谢舟眯了眯眼："漫画公司啊？我们从来没有涉及过这一领域。"

"我查过了，这个星艺在漫画界算是龙头，也是这几年刚刚崛起的。而且现在互联网越来越流行，纸质漫画已经开始没落，这种网络漫画反而更受欢迎。"

何亦寻看到公司名字，突然想起了什么。

沈寒看向他，问："怎么样，老何？"

何亦寻嘴角微勾："没什么。"

何亦寻把商业计划书合上，开口："其实我们可以试试进军漫画投资这块，对公司也不失为一个机会。星艺是主动送上门的，条件一定不会差。但……还是按流程走。"

"行。"

几天后的一个周六，何亦寻临时出差去邻省。他把这件事和简柠说过后，就坐高铁离开了。

下午的时候，简柠一人在家里无聊，就拉着乔婳一起出去逛街。

简柠开了车去接乔婳。

乔婳刚一上车，就看了眼简柠，笑得开心："这件枣红色的呢子大衣怎么从来没有见你穿过？还挺好看的。"

简柠笑笑："何亦寻前几天帮我挑的，还挺不错的吧？"

乔婳怒瞪了她一眼："喂，又秀恩爱！你整天不学好，照顾一下我这只单身汪好不好？"

简柠把车驶出小区："我这是实话实说。"

乔婳八卦地问："怎么样？恋爱后，何亦寻还像以前那样对你好吗？我听说，男人追到女人之后，就没有之前的激情了。"

简柠想起和何亦寻的互动，摇摇头："不会啊，何亦寻是个很有激情的人。"

"噗哈哈哈……"

简柠看她笑得花枝乱颤，羞得打了她手臂："不是那个意思啦。就是……"

"别说了，我懂。"乔婳挑眉，"你们都是睡过觉觉的了，当然知道何亦寻有没有激情。"

"喂！"

乔婳忙给她顺毛："开玩笑的，别激动嘛。"她当然知道即使大灰狼想吃掉简柠这只小白兔，也要慢慢来。

"不许乱说。"

"好好好。"

到了商场后，简柠和乔婳先是去看了化妆品。她们挑完东西后，走出来的时候，却被一个声音叫住了："简柠——"

两人转过头，就看到一个熟悉的人。

"安安姐？"

简柠走上前，蒋安安莞尔一笑，随口说道："简柠，好久不见了。"

"嗯。这位是我朋友，乔婳。"

"你好。"蒋安安微微点头。

乔婳看眼前这人长得温婉端庄，举手投足很优雅，于是也对她有了好感。

"你好。"

三人聊了几句，蒋安安就说要请两人喝咖啡，热情得让简柠和乔婳都不好意思推拒。

到了咖啡厅后，蒋安安坐了下来，笑着问简柠："听说你和亦寻在一起了？"

"嗯，对。"

乔婳问道："安安姐是何亦寻的好朋友？"

"嗯，我和他，青梅竹马。"蒋安安话语中带着一点淡淡的炫耀。

简柠有些吃味，但也没说什么，总认为是自己想多了。

"原来如此啊，那估计你们感情很好的。"

过了一会儿，美术机构打来电话，乔婳走出去接，就只剩下简柠和蒋安安。

蒋安安看着简柠，脸色逐渐冷了下来。她皮笑肉不笑地说："简柠，和亦寻在一起，很幸福吧？"

"嗯……"简柠还没反应过来她话中的意思，只是一想到何亦寻，心里也跟着甜了起来。

蒋安安见她这模样，气得牙痒痒："可是你知道吗？我和他不仅是青梅竹马，我们还有过婚约。"

"什么？"

蒋安安见她变了脸色，瞬间就心情舒畅了："恐怕亦寻还瞒着你吧。你以为你是他的初恋吗？想太多了，我和他也有很多美好的回忆，只不过后来，我们缘分不够深，没有在一起罢了。"

简柠听到这话，终于明白了之前和蒋安安见面时，内心感觉到她有些讨厌自己是真的。果然是因为何亦寻。

简柠突然一笑，对蒋安安说："何亦寻今年二十八岁了，有过一两段感情不是挺正常的吗？就算你们之间有过婚约，想必在我和他在一起之前，也取消了吧？"

蒋安安瞪着简柠，简柠继续说："我终于确定了为何安安姐一直对我怀有敌意，原来是因为何亦寻。可是……"她粲然一笑，"就算没有我，你也不会和他在一起。你再放不下，再破坏又怎样，我和他终究是在一起了呀。"

"你！"

简柠收起笑容："安安姐，你一次又一次破坏我和他之间的感情，有意思吗？你真当我是软柿子好捏吗？"

蒋安安没有料到简柠会说这样的话。她还以为今天可以说一番话来酸一酸简柠，谁知道反而被她羞辱。

蒋安安道："可是你以为何亦寻对你是真心的吗？他有一些事也会瞒着你！"

简柠站了起来："安安姐，我劝你别白费力气了。他是不是真心，我能感觉得到。我先走了。"

简柠直接走出咖啡厅，乔婳刚打完电话就被她拽着离开了。

"喂，怎么回事，不喝咖啡了？你脸色怎么……"

简柠把刚刚的事情都告诉了乔婳，乔婳听完也是愤愤难平："这个女的竟然心思这么重！你怎么不等我进去，一起把她骂一通！"

"我也没说什么好听的话啦。"

"可是，那个女的说她和何亦寻有过婚约？那他们之间是前男女朋友？"

"没有，亦寻和我解释过，根本不是她说的那样。"

"那就好。"乔婳笑笑，"反正你得到了她费尽心思都得不到的。我们赢了。"

一天，简柠在家画稿子，收到鱼小丢给她发的几条信息。

"柠柠，我今晚去逛你漫画评论了，有几条评论是说你这本很像芋心的《蜜制冒险》剧情，又是几个空口鉴抄的。"

简柠第四本漫画《暖心的你》讲述的是北极熊和小兔子的故事，现在已经开始连载三周了。简柠依稀看过一点《蜜制冒险》，那本书讲述的是猫和熊的故事，主线都加了冒险和玄幻因素，但核心梗是不一样的。芋心的那本书先开几周。

简柠回复："没事。总有不好的声音。"

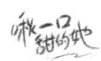

鱼小丢：“我听说，这个芋心好像挺不喜欢你的。你上本书抢了她的推荐位，她把这件事在她的基友圈都说开了，还有人说你有后台。”

简柠嗤笑：“是她的谁能抢？搞笑。”

鱼小丢：“反正我感觉她的漫画画风不好，喜欢靠一些隐晦情节来博人眼球。不过就是粉丝缘很好，我感觉她都要 C 位出道了。”

“不过这几年她挺火的，能让人喜欢也要有一定本事。”

“你不知道，我有个朋友也是她朋友，听说她嘴巴也挺不干净的，私下里骂过好多人。”

简柠不想管这些事。她只知道自己这本漫画是原创的。要是真的有人来闹事，她也不会就这么默默无声让他们闹。

鱼小丢：“放心，我用小号帮你怼回去了。”

“谢谢啦。”

简柠放下手机，心里还是有些惆怅。

刚入漫画圈的时候，她很在乎粉丝们的想法，只要有一句负面的评论，她都会开始怀疑和否定自己。走到现在，她开始慢慢放下别人对她的评论。可是，她仍然希望得到大家的喜欢。

一个空口鉴抄就像是磨灭作者的心血一样，但是越有名气受到的攻击也就越多，她始终只求无愧于心。

简柠站起来走到阳台，看了眼漆黑的夜色，叹了一口气。

圣诞节过去了，跨年夜接踵而至。

简家也一直有规矩，一年的最后一天，一家人要在一块，才能岁首到年终都团团圆圆。

于是傍晚的时候，简柠就被叫回家里。刚进门，就看到保姆在厨房忙碌，简母待在客厅修剪新买回来的几枝玫瑰。

她叫了一声“妈”。

173

简母抬头看她一眼，面色有些不悦："你这孩子，不是叫你晚上早点回来吗？这都快到饭点了。"

简柠放下包，走到简母面前，软声赔不是："我今天下午在家把稿子画完就立马赶回来了……"

一提起这个，简母就不高兴了："画稿、画稿，你脑子里就整天只有你那漫画。"

简母脸色不好，简柠心情自然也不好了。她知道母亲依然是很讨厌她这个工作，老觉得没出息。

"妈，这是我的工作。"她嘟嘴生气。

"你的工作？你看看你为了你那破工作，执意搬出家，我看你心里就只有画画。"

"我喜欢这个，怎么就不行了。我也有工资啊！"

"宝贝女儿回来了？"这时候传来一个醇厚的男声。

简父从楼梯上走下来，脸上堆着笑意，他做和事佬让简母消气："老婆，你说你老跟女儿生气干吗，她就是那个小孩子脾气。柠柠，你对妈妈说话要有尊重啊。"

简柠抿嘴，道歉："妈妈，对不起。"

简母瞥了她一眼："去洗手，准备吃饭。"

简父立马使了个眼色给简柠，她"嗖"地溜走了。

吃完晚饭后，简柠回到房间，打算今晚就留在家里睡了，简好现在还在公司忙碌。

简柠正躺在床上玩手机，就听到了敲门声。

是姐姐回来了吗？

她光着脚跑去开门："姐……"待她看清门外人的面容时，愣住了，"宇珩哥？"

季宇珩看着她，唇畔点缀上笑容，然后目光往下就看到她光着脚，他眉

174

头一皱："这么冷的天，还不穿拖鞋？"

简柠摸摸脑袋，跑了进去。她低头穿上拖鞋，心里感觉有些怪怪的。毕竟上次见面之后，他们已经一个星期没有任何联系了。简柠心里总感觉不太自然，可是转头看季宇珩的时候，他依然面带笑容，和往常一样，她也逐渐放下心来。

"宇珩哥，你晚饭吃了吗？"

"嗯。"他在对面的沙发上坐下，"明天我要去外地拍戏了，所以今晚吃完饭后，就过来看看你和叔叔阿姨。你这几天还好吗？"

简柠笑了："我怎么就不好了？"

"你和他呢……还好吗？"

简柠目光一滞，旋即莞尔："嗯。"她说罢，站了起来，走去把门关好。

季宇珩注视着她的举手投足，心里隐隐的伤口就像被人撕开了一样。

他还是喜欢她喜欢到不行，可是他必须极力隐藏，不想伤了她。

"柠柠，接下来一段时间，我都不在安城。你要好好的，只要遇到问题了都可以来找我。有的时候，你的男朋友他给不了你的帮助，我可以给你。"

简柠闻言，低下头："我哪里会遇到什么问题，我自己也是大人了。"

季宇珩抬手摸了摸她的头，认真嘱咐："柠柠，你虽然喜欢他，可是也要懂得保护自己。你们能不能走到最后还不一定，可是你不能做傻事，他要是对你……"

"宇珩哥，你放心，何亦寻是绅士，是很正直的人。"简柠明白他话中的意思。可是她真的不喜欢别人对何亦寻恶意揣测。

季宇珩知道简柠对那个男人是动了真心，便也住了嘴。

这时候，简柠的手机响了，是何亦寻的电话。她站起来，季宇珩却抢先一步开口："我先出去了。"

"好。"

简柠看着他走出去，就接起了电话。

"柠柠？"

"喂，何亦寻。"她语气都变得轻快了。

男人低声一笑，逗问她："想我了吗？"

"嗯，想了，你呢……"

季宇珩故意放慢脚步，就听到她如清泉一般的声音，那句甜甜的"想了"清晰地流进他的耳朵里，他眼神沉下，最终把门关上。

"亦寻，你现在在哪儿呢？还是一个人在家吗？"简柠问。

"我在家里。对了，亦夕非要和你说话。"

简柠就听到电话那头传来窸窸窣窣的女生说话的声音，后来声音逐渐清晰了："简柠——"

"亦夕姐？"

"我刚才就看到我哥打电话，嘴角还带笑呢，就知道他是在和你打电话。"

简柠害羞地笑了，就听到何亦夕继续说："明天元旦放假，我们可以约你出来玩吗？"

"嗯，我都有空的。"

"你知道吗？我哥可想你了，我们刚吃完饭，他就上楼给你打电话了。"

何亦寻抢回了手机，让何亦夕一边待着去。她瞪了他一眼，"气愤"地走了。

他叫电话里的人："柠柠？"

简柠正在回想刚才何亦夕说的话，心里感觉暖暖的。

"何亦寻，你问我想不想你。其实……你也特别想我，对不对？"

"嗯。刚才'一生陶店'打电话来说，我们做的陶瓷杯已经好了。问我们什么时候有空过去拿。要不然就现在？"前两天，何亦寻陪着简柠游安城有名的古街时，经过一家手工陶瓷店。听说这家店很出名，很多来安城玩的人都会进店自己做点陶瓷品当作伴手礼带回去。简柠也缠着何亦寻进去，两人各做了一个陶瓷杯。两天后精加工完毕，便可过去取了。

"现在？"简柠有些惊讶。

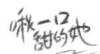

"你方便出来吗？"

"嗯……到时候我想个办法出来？"其实今天晚上，本来是他约她一起吃饭的，最后她因为要回家推辞了，其实她也特别想见到何亦寻。

于是两人约定了时间和地点。

简柠觉得何亦寻来接她太过麻烦，最后坚持在古街碰面。

她披上大衣，悄声走下楼，她不敢开车，只好去打车。

三十分钟过去了，简柠看着约定时间快到了，可谁知竟然遇到了堵车。她最后让司机停下来，自己再花十五分钟走过去。

简柠走在繁华的步行街上，此时的商铺因着元旦开始大打折扣，来来往往好不热闹。

她走着，就看到前头一家糕点店里走出来一个妇人，手里拿着糕点盒子，眼睛看着手机，这时有个骨瘦如柴的中年男人，故意朝妇人走去，于是两人撞了个满怀，男人倒在地上，痛苦哀号，手里提的橙子滚了一地。

何母吃完晚饭后，何父还在公司，她就打算直接去公司看他。路过一家老字号糕点店，她就打算进去买点儿老公最喜欢的桂花糯米糖糕。谁知一出店，就与一个男人相撞了。

何母见男人倒在地上，立马上前搀扶，嘴里直道歉："抱歉，你没事吧？"

谁知男人直接开骂："你这人都不看路的吗？直直地往我身上撞，哎，我的手好疼——"

见对方痛苦的样子，何母见此也不忍心："我带你去医院吧？"

"医院？什么医院？你这人碰了我把我送去医院然后自己再跑掉怎么办？"男人紧皱眉头，愁容不展，感觉手臂都快断了一样。

"那你想要怎么办？"

"赔钱！"

"赔多少？"

"至少八百。"

何母还未发一言，就听到一个女声道："你想得美，你这是在碰瓷！"

简柠走了过来，对地上的人说道："我在远处看见了，是你故意撞上去的，演技未免也太差了点。"

何母听着这女孩子说话很有底气，有些惊奇。

中年男人语气不爽："难不成跨年夜还有讹人的？你诬陷我！"

简柠笑笑："是不是诬陷可以和警察说去，我已经报警了，等会儿看过监控便知道了。"

中年男人听到这话，立马站起身来，骂骂咧咧地走了。

简柠转头和何母说："阿姨，您没事吧？"

何母见女孩长得水灵灵的，眉清目秀。她笑答："没事，多谢你了小姑娘。"

"其实我没有报警啦，就是故意吓他一下。如果真是撞到了，也不至于害怕看监控，这分明就是碰瓷的。阿姨，我看他就是看你太好说话了，估计您都准备要掏出钱来了。"

何母无奈摇头："也怪我只顾着看手机了。小姑娘，太感谢你了。"

"客气啦阿姨。"简柠俯下身把糕点盒子拾起来，递给何母，"这家的桂花糯米糕味道很好。"

"对啊。"

简柠本是随口一提，何母就直接拿了一盒给她："小姑娘，你拿着，就当阿姨谢谢你今晚的帮忙。"

简柠最后实在推辞不下，就只好收了一盒。她看了眼手机，就说："阿姨，我还有事，就先走啦。"

"好的。"

何母看着简柠的背影，展开了笑颜。

简柠赶到古街的时候，已经迟到十分钟了。古街外一棵老樟树下，何亦

寻已经停好车等着了。

他披着一件黑色大衣，清隽翩翩。

她看到，跑上前，挽住了他的胳膊，语笑嫣然："抱歉，路上有点事，耽误了。"

何亦寻见她手里拿着糕点盒子，不禁笑了："我知道是你嘴馋了。"

他搂着她，走进热闹的古街。

简柠边走边解释："这不是我买的。是我刚才在路上看到有个男的碰瓷一个阿姨，我上前把那男人吓跑了，那个阿姨表示感谢给我的。"

他笑着摸摸她的后颈："柠柠居然是路见不平、拔刀相助的人。"

"没有啦，我既然看到了过程，应该站出来的。"

古街是安城一个著名的景点，这里留下了安城的历史印记。如今经过改造，古韵和繁华并存，开了许多商铺，而且古建筑得以修缮，行走在这错落有致的街坊中，仿佛重回古代。

两人一路闲逛，简柠听着何亦寻的讲述，也明白了一些这里的历史故事。最后两人走到"一生陶店"。

走进去，就看到明亮灯光下摆着各样别具特色的陶瓷品，有大有小。几个顾客在精心挑选着。

何亦寻走到柜台前，说明了缘由，店员便带他们去取陶瓷杯。

"先生，小姐。这是我们经过处理后的杯子。"店员把杯子摆在木桌上。

简柠拿了其中一个略高的，是何亦寻做给她的，杯子光滑，是清淡的墨绿色，中间刻了一朵小花。而她做给何亦寻的，是个稍矮的，杯子的颜色是如天空的湛蓝色，杯底刻了一片小小的柠檬。虽然看过去不像是情侣杯，但都是对方送给自己的，也十分珍贵。

简柠一手拿一个，放在眼前细细看着，嘴角带着笑容。何亦寻看着她，目光柔和，站在她身旁，一只手圈住她，和她的身子微贴。

他问："喜欢吗？"

简柠把其中一个拿给他："我做的没你漂亮，但不能嫌弃。"

"我很喜欢，怎么会嫌弃。"

店员被他们甜到了，笑着说："先生，小姐，传说只要在我们店里一起做陶瓷杯的情侣，就一定能相伴一生。更何况两位如此恩爱。"

"谢谢。"

最后他们拎着东西出了店，穿过一条寂静无人的小巷时，简柠拉住了何亦寻的手，让他停下来。

"怎么了？"他问。

"你把头低下来点儿。"她命令道。

何亦寻压住扬起的嘴角弧度，慢慢把头低下来，就见简柠踮脚，将冰凉的唇印在他的嘴角上。

她看着他俊朗的模样，心中动容："亦寻，谢谢你。我感觉每天和你在一起都那么开心。"不知道为何心里翻涌着甜蜜的情愫，她忍不住就想和他诉说。

何亦寻搂住她的腰，将吻继续下去。

一吻结束，两人刚往前走了没几步，简柠的手机就振动了。她拿出来一看，是简好的电话

她心头一紧。

她接起，就听到简好问她："你现在在哪儿呢，大晚上的偷跑出去？"

"我就是出来散散步，现在在古街。"

"跑那么远？就你一个人？"

"嗯。"

"我正好从公司出来，现在去接你。刚才接到了妈的电话，说你不在家。"

"行。"

打完电话后，简柠垂头丧气地走回何亦寻身边："何大哥，我姐姐等会儿来接我，不能和你逛了。"

何亦寻安慰她："没事，我们明天也可以见。刚才是偷偷从家里跑出来的？"

"对。"

他猜着小姑娘应该还没有把谈恋爱的事情告诉家里人。他也能理解，毕竟在一起才不久，他要给她更多的爱才能让她完全信任。

"以后这么晚了，不能出来要和我讲一声，别让家里人担心。"他抚摸着她的长发。

最后何亦寻又说了几句话哄简柠开心，她心情也好多了。

知道姐姐已经到了，简柠便一个人去找她。

上了车，简妤看着简柠一阵打量："你今晚真是一个人来这里的？"

"怎么了？"简柠晃了晃手里的盒子，"前几天我在这里做陶瓷杯，今天恰巧接到电话，就过来拿了。"

车子开动后，简妤心里还是有一些疑惑，她问："你不会是和那个何大哥来这里的吧？"

"姐，你这人能不能整天别和盯着贼一样盯着我？更何况我有自己的隐私。"

简妤心里猜到了大概，她温柔地说："柠柠，你现在还是太过幼稚。你工作已经不稳定了，我们当然希望，你可以找一个门当户对的，真正疼你爱你的，还能给你'面包'的人。不至于说，将来结婚了要过苦日子。"

其实在简家人眼里，他们希望能找一个护着简柠的，将来替他们来保护她。简柠的工作使她与这个社会接触甚少，她还如温室里的花朵一般。如果能找到一个合适的，便能护她一生无忧，即使她工作不好，他也能养着她。

简柠自知无力反驳，只想着过段时间寻个好时机，将何大哥的事告诉家人。即使到时候大家都反对，她也要坚持到底。

过完年，第一个轮到的就是简柠的生日。

对于这个生日，简家人原本是打算办一场大型的生日宴会，但在简柠的极力劝阻之下，还是一家人简简单单地过。

何亦寻很早就从乔娴口中知道了简柠的生日，本打算生日那天带她出去。

不过因为家里的缘故，简柠拒绝了他。

生日前一天晚上，他把简柠送到楼下，见简柠有些不开心的样子。

"怎么了？"

"没有……就是感觉明天你不在我身边，好可惜。"

"没事，我后天给你过。别不开心了，嗯？"他双手握住她的双肩。

"好吧。"

第二天，简柠早上起来洗漱完毕后，耷拉着脑袋去厨房热了一袋牛奶。

她坐在餐桌旁，划开手机一看，发现进来了好几条信息。

何亦寻："生日快乐，柠柠。"

乔娴："我最爱的女人生日快乐！给你一个超大的么么哒。然后见面的时候再给你礼物，怎么样是不是很惊喜很意外！"

季宇珩："生日快乐，听阿姨说，你会回家，那可要早点回来。"

还有来自简父和简好的祝福。今天是她的公历生日，她农历向来记不住，于是家里人都为她过公历。

她伸了一个懒腰，感觉神清气爽、心情愉悦，毕竟回去就能吃好多好吃的。不过又感慨时间过得这么快，转眼间自己又"老"了一岁。

这时候，何亦寻的视频通话进来了。两人聊了一会儿，今天的他嘴巴特别甜，一直在说好听的话，简柠被他逗得一乐一乐的。

"何亦寻，我今晚争取早点从家里回来，然后给你打电话。"她眯了眯眼，弯起嘴角。

"好，要实在不行，明天过。"

于是吃完早饭后，简柠就跑回了家。家里的保姆都在厨房忙碌着，已经

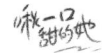

开始准备中午和晚上的食材。

她大喊了一声："爸妈，小寿星回来啦！"

楼上噌噌噌走下来一个人，是简父。他笑着说了句："宝贝女儿回来了，生日快乐！"

简柠连忙跑去抱住了他的胳膊撒娇。两人坐在沙发上，简柠问："妈和姐呢？"

"你妈在楼上换衣服呢，刚刚和保姆一起去商场买了东西回来，你姐早就去公司了。"

"哇，真是难得。"简母可是向来十指不沾阳春水的，出去买菜什么的更不会做。

简父点点她的鼻尖："你不知道你妈有多疼你，她是第一个记起你生日的，嘴上说着不管你了，心里装的都是你。"

简柠心里感动："谢谢爸妈。"

"你等会儿上去看看你妈妈，她前几天有些感冒。"

"啊？怎么都不和我说一声？"她担心。

"没什么大毛病，就没和你说。已经好了。"

简柠立马站起来："那我先去楼上找她。"

她跑上楼，发现爸妈房间的门是虚掩的。她轻轻推开门，就看到简母正坐在化妆台前。

"妈，我回来了。"她刺溜一下跑过去，从背后搂住她的脖子，笑得像小孩子一样。

"你这孩子，吓我一跳。"简母给了她一个白眼，却没甩开她的手。

"妈，你还没和我说生日快乐呢。"她开玩笑。

简母站起来："你生日，也不看看是谁生的你。"

简柠莞尔，看着母亲要出房间，她立马跑过去，在母亲脸上吧唧就是一口："妈妈辛苦啦。"

简母愣了一下，嗔了句"没正行"，就直接下楼了。简柠看着她，心里想，谁还不知道她是口是心非。

下午的时候，乔婳也来了。她一来就跑到简柠房间里，和简柠聊天。

乔婳先是把送给简柠的礼物拿了出来："喏，给你的。你最喜欢的这个牌子的鞋。"

"哇，你这是下了血本啊……"这双鞋是这家牌子刚上市的新款小皮靴，价格当然不菲，款式是乔婳亲自为简柠挑的，"好看，婳婳，你也太好了！"

简柠激动地抱住乔婳的脖子，乔婳假装嫌弃地推开她："这还不至于下血本好不好，一双鞋而已。"

简柠直接上脚试了试，乔婳点头："不愧是我挑的。"

两个人窝在沙发上聊了一会儿，眼看着快到吃饭时间了，就准备下楼。

谁知道，简柠却收到了鱼小丢的聊天信息。

"柠柠，快看我们的漫画交流圈！你被人挂了！"

第十一章
他永远都是她的避风港

简柠一头雾水,立马打开星艺漫画的 APP,就看到有人发了一个帖子。

"明目张胆借鉴和融梗的作品却上了最好的精品推荐板块?"

点进帖子,就看到主楼讲到某本漫画,跟芋心的《蜜制冒险》剧情雷同、人设相似,其中还有几个梗都撞了。

主楼说是匿名吐槽,但是上精品推荐板块的就那么几本书,按他这么一说,底下很快就有人解码是初柠的《暖心的你》。由于论坛是可以匿名的,因此很多难听的话就被扣到了初柠和漫画上面。再加之融梗行为乃人人痛恨,这条帖子成了热帖。

简柠感觉整个人天旋地转。

鱼小丢继续说:"还有你今天更新的漫画底下,在交流圈里骂你的很多,甚至有条评论被顶在了第三。"

评论是这样的:"就说这本怎么越看越熟悉,原来和《蜜制冒险》剧情雷同。融梗狗一个,再见了。"

这条评论点赞数高达一千,而且事态还蔓延到了简柠的微博底下。

乔姗抢过她的手机,看到了这些评论,忍不住爆了粗口:"这些人就是血口喷人！怎么能随便造谣！"她看了眼已经面无表情呆坐着的简柠，"柠柠，你没事吧？你别生气，我们要把造谣的人揪出来。"

简柠画漫画几年了，今天是第一天受到这样的攻击，对她的冲击实在太大。

简柠生气地说："我没有融梗，更没有看过芋心那本书！他们这是空口鉴抄！"

乔婳在旁边安抚她。鱼小丢发来一条语音消息，她说其实是前几天有个读者在微博上发了条长微博，艾特了芋心。这条长微博说简柠的书有融梗《蜜制冒险》的嫌疑，芋心看到了，就在简柠昨天的漫画更新底下含沙射影。然后有人气不过，直接挂在交流圈。

"原来是芋心推动了这件事。她不先私信我了解情况，反而在她漫画下煽风点火，让她的读者过来给我泼脏水！"简柠气得站起来。

乔婳也气急："这个作者什么鬼，那你要不要先找找她？"

"嗯，我只能先看看她的态度。"

简柠微博私信了芋心，然而对方的回复让人火大："我并没有在我漫画下面提到你书的名字，但是那么多人都知道了，除非剧情很雷同，否则怎么认出来是你？"

简柠："所有的作者都讨厌空口鉴抄，你也能感同身受吧？你一句博同情的话把我推到了众矢之的。"

然而对方却没有回复。鱼小丢看到她们的聊天记录也气死了："这个芋心，怎么这样啊？而且这件事热度一直在上升，但是你的读者也去芋心漫画底下评论了，说她没实锤别污蔑。"

乔婳摸了摸简柠的脑袋："柠柠，我们先吃饭吧，你妈妈催了。今天你生日，不要因为这些不开心的事生气。我们吃完饭再商量对策。只要我们没做亏心事，这个屎盆子就扣不到我们头上。"

简柠被乔婳拽下了楼，就看到一家人都在，季宇珩也在。

"宇珩哥也来了？"乔婳惊讶。

他走到简柠面前，笑了笑："柠柠，生日快乐，又长大一岁了。"

简母说："你宇珩哥是特地赶回来的。"

简柠心情不好，但还是扯出了一个笑容："谢谢。"

"好了吃饭吧。"他推她入席。

饭桌上，简柠一反常态，很安静，所以只好乔婳负责热场子。

简好察觉到了，心里有些不悦，毕竟爸妈操劳准备了一整天，最后简柠还一副不领情的样子。

简父把一碗菜转到简柠面前："宝贝女儿，尝尝这碗红鲟糯米饭。"

"好……"她夹了一口，点点头，"味道很好。"

简母看她一副敷衍的样子，终于忍不住质问出声："今天你怎么了这是，给你煮了这么多东西还甩脸色。"

乔婳忙帮简柠说话："没有阿姨，简柠就是太开心了，吃得蒙了……"

简好开口："柠柠，你怎么了？还是身体哪里不舒服？"

"没有……"简柠刚否认，就听到季宇珩点破真相："是不是因为漫画？"

"你怎么知道？"

"我看到你微博底下的评论了。"

简母一听到是漫画的事，脸就拉下来了："漫画，漫画，你脑子里只有漫画！我早就说过不要再做这个工作了！"

"妈，你知道我出了什么事了吗，你就这样说！"

乔婳连忙解释："阿姨，今天有人诬陷柠柠抄袭，很多人都来攻击她。"

简父皱眉："这是怎么回事？"

乔婳把事情大致讲了一番，但是简母听完丝毫没有安慰简柠的意思，反倒说："当漫画家有什么好的，一大堆的事。我们之前就把话放到你面前了，你自己不听。"

简好温柔劝道："柠柠，妈妈说得对。你知道现在舆论的力量有多大吗？咱们还是不要画漫画了。"

简柠心寒地摇头："妈，姐，我没想到……你们到这时候还这么固执。难道在你们心里漫画家这个职业就这么不好吗？我现在被人攻击，你们不但没有安慰我，反而还坚持自己的观点！"她本以为家人知道了，会安慰她几句。

季宇珩眼见着简母要生气了，忙劝简柠："柠柠，其实阿姨的话不是没有道理，女孩子更适合安静稳定的工作。"

简柠倏地站起来，红了眼眶，作势要走。

简妤叫住她："你现在还有脾气了？你谈恋爱我们管不了你，工作我们也管不了是吧？"

简父、简母："谈恋爱？"

简妤口不择言之后，顿时慌了。

简母冷声问："你说什么？柠柠谈恋爱了？"

简柠感觉似有大浪排山倒海而来，她怔在原地，全身僵硬，身体都在发抖。

饭桌陷入一片沉默，简母质问简妤："到底怎么回事？你帮着柠柠瞒着大家是吧？"

"我……"

"够了！"简柠转过来，声音清晰，"我是谈恋爱了。怎么了，这也不行吗？你们给我安排相亲，不就是希望我找到另一半吗？"

简父打圆场："这是好事啊，姐姐怎么瞒着？"

"男方条件怎么样？干什么工作的？"简母问。

简柠握紧拳头，说出实情。

简母的脸顿时就黑了："开餐馆的？简妤，你是不是早就知道了？难怪你们瞒着我，原来男方是这个条件啊。"

"爸妈，他虽然没有我们家有钱。但他是真心喜欢我，我和他在一起很快乐！"

"想得美！"简母用力放下筷子，"简柠，别以为我可以一次次纵容你。我就问你，他以后能养得起你这个千金小姐吗？我说过多少次了，你谈恋爱可以，但是要找门当户对的！"

简父："你妈妈的意思是，你还太年轻，需要找个有能力照顾你的人。婚姻是一辈子的事，不得不慎重。"

简柠何尝没预料到今天的场景。只是她没想到，父母竟然什么都没有问，就否定何亦寻的一切。

"柠柠，你以为一个人只要有爱情就够了吗？没有面包的爱情是不会一直甜下去的。"简妤说。

乔婳看到他们一人接一句，她心里很心疼简柠，可是她知道自己没有说话的份。她晃了晃简柠的手："柠柠，先坐下来吃饭吧？"

简柠无动于衷，她红了眼眶，抬头看着父母和姐姐，语气突然变得坚定："我长大了，不是小孩子，也不是你们的附属品。你们反对我的工作，反对我的恋爱，在你心里，我是不是就是一个木偶任人摆布？我难道没有自己的思想吗？你们为我安排好了一切，但是我告诉你们——我不喜欢！"

简母气急败坏："你要造反了啊！"

"是又怎样！漫画我要继续画，恋爱我要继续谈！"她声音哽咽，用手抹了把眼泪，"你们谁都别想控制我……"

她拿起包，夺门而出。

乔婳立马站起来："叔叔阿姨，我去追！"

"你看看，这就是你宠出来的好女儿！"简母把怒火发到简父身上。

另一边，简柠跑出去没两步，就被乔婳追上了。乔婳跟在她身边，一句话没说，先让她安静下来。

两人坐在长椅上，简柠吸了吸鼻子，没掉眼泪就听到乔婳的打趣："哟，没哭啊？我以为你要抱着我哭鼻子呢。"

"我有那么脆弱吗？"简柠反驳道。其实今天的场景，在她心里预演过好几次，这个情况……她能承受。

乔婳揽着简柠的肩膀，让简柠把头靠在她肩上："柠柠，不管怎么样，

189

我都支持你。"

"谢谢……"

"其实你要理解你爸妈的想法，如果你有天当了母亲，肯定不希望自己的孩子结婚后受苦。"

"我知道。可我生气的是他们都没有说要认识一下何亦寻，就否定他。难道工作比人品还重要吗？"

"嗯……可能是何亦寻硬件不行，他们哪里还会考虑软件。"

乔婳看得出来简柠现在特别难过，可是她没有办法真正安慰简柠。于是她拿出手机，悄悄给何亦寻发了个信息。

一分钟后，何亦寻的电话就打到了简柠手机上。

"柠柠，你饭吃好了吗？"他问。

"嗯……"

"那有没有空？分给我一点时间？"他顿了顿，声音柔情缱绻，"我很想你。"

简柠笑了："我有空的。"

于是，何亦寻和简柠约定了见面地点，他说立马来接她。

乔婳故作不知情地说："既然何亦寻来找你了，我就给阿姨打电话说你是到我家了，你们好好玩。"

"婳婳，今天关于我爸妈反对我和何亦寻的事，要是何亦寻问起了，你别说出去。这件事，我想自己处理。"

"好。"

简柠走出别墅群，到了约定的地方，就看到一辆熟悉的车开了过来，停在路边。

何亦寻下了车，朝她走来。她却小跑上去，主动抱住了他。

他扯起嘴角，把她抱得更紧，将身体的温热渡了过去。

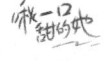

简柠把头埋在他胸膛，轻声说："何亦寻，我也好想你。"

"嗯，看出来了。"

简柠被他略带小得意的语气给逗笑了。她对自己说，今天是她生日，不要再为不开心的事而烦恼了，现在何亦寻陪在她身边，她不能让自己的情绪影响他。

她慢慢松手，何亦寻问："从家里偷跑出来的？你爸妈没说什么？"

简柠微愣，还是摇了摇头："家里太无聊了，还是来找你比较好玩。"

何亦寻顺了顺她柔软的发丝，走去车后，从后备厢拿了一大束红玫瑰，递到她怀里。

"这……"简柠眼睛亮了。长这么大还是第一次有人送她玫瑰，虽然说这个场景不是没在电视剧中出现过，但是真实发生了……还是感觉好浪漫啊。

而这则是来自何亦夕的献计——"哪个女孩子不喜欢浪漫？一大捧玫瑰绝对让简柠惊喜。"

简柠确实也被惊喜到了："谢谢。"

他看着她嘴角甜甜的笑容，心满意足："你喜欢就好。"

他启动车子后，简柠开心地问："何亦寻，你现在是在给我过生日吗？"

"嗯。"

其实今晚收到乔婳信息，他也很意外与惊喜。本来以为今天见不到简柠了，却没想到还有一点宝贵的时间能陪在她身边。

简柠听到他这么说，心里打算把难受的事情先放一放。

她看向车窗外的风景，眨了眨眼睛，慢慢笑了。

车子停在了最繁华的市中心。

下了车后，何亦寻牵着她走进了一个看上去毫不起眼的小巷子，最后两人停在了一家叫"昨夜"的酒吧前。

"你要带我来……酒吧？"她吃惊。从小到大她都很乖，这种地方她印象里是……社会人才会去的，她从不敢去。

何亦寻和她解释："放心，里面环境很好，是我一个朋友开的。"

简柠觉得有他陪在身边不仅很安心，而且还有点小激动，像是要探寻新大陆一样。

她点点头，和他一起进去。

酒吧空间不算很大，里头坐着七八桌客人。灯光有些昏暗，彩灯缤纷，以蓝色和粉红色光为主。

正中央有个小舞台，驻唱歌手正在唱着《梦伴》，曲调缓缓，很有格调。

这里没有简柠想象的那么嘈杂，反而像是一个别具一格的小天地，供朋友们畅谈。

两人找了一个视野比较明亮的地方，坐在沙发椅上，服务员把酒水单子拿了过来。

何亦寻一只手撑在她后方的椅子上，身子靠近她。即使在一起后，这种亲密的距离也会使她乱了心跳，脸上浮现薄薄的红晕。

她低头看着酒水单，但是上面各式各样的酒名她都不认得。她有些茫然，抬头对上他的眼睛："我都不知道什么好喝，要不然你帮我点吧？不过……我不能喝高度酒。"

何亦寻询问服务员："有没有适合女孩子喝的低度酒？"

"有的，像玛格丽特、红粉佳人和莫吉托这三款就不错，度数很低，女孩子喝起来不会感觉到烈。"

然后他用眼神询问简柠。简柠指了指其中一个："那就红粉佳人吧。"

何亦寻直接对服务员说："那就一杯红粉佳人和一杯莫吉托。"

"好的。"

服务员走后，简柠再次扫了一眼周围的环境，忍不住说："何亦寻，我觉得这里的氛围很好。你以前是不是经常来，然后喝个酩酊大醉再回去？"

他淡淡笑了："我喝酒很节制，你说的情况目前还没有发生过。"

"可是等会儿，喝完酒不能开车。"

"没事，我朋友会让人送我们回去。"

简柠抬头看他。他浓眉挺鼻，好看的眸子里反射着店里的灯光，薄唇一启一合，她一看就出了神。直到何亦寻注意到了她的目光，含笑问她："为什么一直盯着我看？"

她睫毛扑闪，唇瓣弯弯，轻声说："我发现你是我见过的长得最帅的男人。"

异性的爱慕之词他听过不少，但从喜欢的女孩子口里说出来，给他的感觉完全不同。他看着她说完话一副娇羞的模样，心里就更加痒了，直接低头在她脸上啄了一下，让她更羞涩了。

服务员把两杯鸡尾酒端了上来，简柠看着自己面前这杯粉粉的酒，确实还挺配自己。

她拿起杯子转了转，很期待地抿了一口，发现它的味道有些酸酸的，然后含有浓浓的石榴汁和柠檬汁的味道，没有辛辣味，就像果汁饮料一样。

"味道能接受吗？"他问。

"嗯，还不错。"她眯着眼又喝了一口，感觉完全能驾驭。

"慢点喝。"他还是担心她的酒量。

她放下酒杯，就看到何亦寻正在喝他的那杯莫吉托，酒的颜色是淡淡的黄色，杯口处夹着半片柠檬。

何亦寻注意到了她眼巴巴的小眼神，便逗她："是不是想尝尝我这杯？"

"嗯……"

于是，他把莫吉托递给她，她拿起酒杯，小小嘬了一口，果然是柠檬味为主，还夹杂着薄荷味，很清爽，但酒精味比她这杯浓。

"也很好喝。"

听着歌曲，喝着小酒，只有两个人独处，一切都那么惬意，简柠以为这是今晚最幸福的时刻了，却没想到还有惊喜在等着她。

何亦寻对她说："你坐在这儿等等我。"

"嗯？"

他起身，走去驻唱的舞台中间，对着歌手说了几句，然后歌手笑着下台了，就留他一个人在台上。

简柠期待地看着他，不明白他要做什么，而这时，有个服务员端着一个小蛋糕走了过来。

蛋糕是纯白色，上面点缀着水果。

简柠还没有反应过来，就听到何亦寻的声音通过话筒传了过来："今天，是我女朋友的生日。我在这里，唱一首歌送给她。"

他看着她，目光温柔专注。

顿时酒吧热闹了起来，一方面是因为何亦寻颜值太高，一方面是期待帅哥的歌喉会是什么样的。

而简柠呢，她感觉有星星点点的火花爆炸在脑海里，让她也是难言的激动。

何亦寻的声音本来就偏低，又很富有磁性，唱歌的时候把声音的特质更好地表现出来。

简柠感觉耳朵都要怀孕了，怎么能这么好听。

一首曲罢，周围响起鼓掌的声音。何亦寻看向她，说了最后一句话："生日快乐，柠柠。"

她感觉心弦不断被拨动，有一只鼓在重重敲打她的心。她看着何亦寻走下来，坐到她身边，众人的目光也都移了过来。

何亦寻淡定如常，简柠却害羞了："我没想到你唱歌这么好听。"

他唇畔慢慢浮现出笑意，他点亮了蜡烛，把蛋糕推到她面前，说道："许愿吧。"

她笑着闭上眼睛，然后睁眼，把蜡烛吹灭。

他揽住她的肩膀，贴近她的耳边："其实还有句话没说。"

"什么？"

她转过头，看向他盛着光影的黑眸。

他认真地看着她——

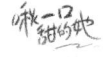

"我爱你。"

他的话戳到她内心最柔软的地方，她心里甜蜜，虽然没有回答，却主动将自己柔软的唇瓣送了上去。

浅浅的一个吻，却是情思百转。

然后，她开心地尝了一口蛋糕，对何亦寻笑道："今晚真的惊喜到我了。"

他揉揉她的脑袋。

这时候，一个男人走了过来，边笑边拍掌："恭喜啊，真是一对佳偶啊！"

何亦寻对她解释："这位就是酒吧的老板，你叫他张哥就好。"

"张哥。"简柠微微颔首。

张哥坐在他们对面："何亦寻，原来你说来我这里玩，我还以为你是和几个朋友，没想到是女朋友啊。果然是你的眼光，女朋友很漂亮啊。"

简柠被他调侃得都不好意思了，而何亦寻显然很喜欢这样的称赞。

张哥对简柠说："这可是何亦寻第一次带女生来这里，以后可以经常和他过来玩。"

"嗯，谢谢。"

何亦寻和张哥聊了一会儿，简柠在一旁拿出手机，就看到了一条更令人震惊的消息。

芋心发的微博：

【前段时间有个粉丝告诉我，《暖心的你》和我的《蜜制冒险》有点雷同。刚开始我以为只是错觉，但是陆陆续续有人给我同样的反映。今天这件事彻底爆发后，也有许多人骂我空口鉴抄，下面就是我和小伙伴整理了好几天的调色盘，这就是实锤，不服来撕。】

于是，底下评论骂声一片，许多人要简柠立马道歉，给出一个交代。

简柠气得点开了调色盘，越看越气，因为这里面的东西都被芋心说得很牵强。或许读者认为很真实，但是从作者角度来看，这份调色盘难以服众，是在强行泼脏水。可这样的东西甩出来，却迷惑了一大片人的心，甚至有几个画手也转发了。

简柠还收到了几个漫画朋友的信息。

【夏落：你还好吗？我看过你和芋心的漫画，有些地方是有些类似，但是都是大众梗了，称不上融梗。】

【玫玫：初柠，那个调色盘是来搞笑的吗？说得那么勉强，简直够了。】

【鱼小丢：芋心真的搞了一个假调色盘出来，我看我们要做反调色盘了。】

简柠还是忍不住点开了微博，就看到最新一条关于讲到漫画剧情的微博下，骂声一片。也有理智的忠实粉，希望简柠勇敢反击。但是她的微博私信……大家都是来骂她的，甚至问候了她父母。

她敛了敛睫，极力控制住情绪，还是把手机收了起来，垂眸想着心事。

何亦寻一转头就看到她心事重重的样子。

"柠柠，怎么了？"

"没事……"她抬头，扯起嘴角。

何亦寻也没再多问。后来张哥走了，两人又聊了一会儿天，就准备离开了。

张哥派了人开车，把简柠送到云之阁小区，何亦寻却让人把车停好，他送她上去。

"何亦寻，我没事，你直接回去就好了。"

"没事，我让那个开车的先回去了。"

"啊？那你……"

"傻瓜，你就不用考虑我了。"

两人走到简柠家门口，他跟着她一起进来。

有他在，简柠其实是感到安心的。现在漫画上的那些事让她恐惧，她害怕自己一个人待着会胡思乱想，甚至会很焦虑。

突然，她的手被他握住，他牵着她让她在沙发上坐下，他则蹲在她面前。

简柠面色茫然，就听到他声音温柔地询问："柠柠，今天是不是发生什么事了？"

啾一口
甜甜的她

"你……"

他一看到她的反应，就知道自己猜对了。

"今晚我能感觉得到你有心事，是吗？柠柠，我是你的男朋友，无论你遇到什么事，你都可以和我说。"

简柠眼眶热热的，她抬头看着他，声音微颤，委屈地说："抱抱……"

她微微展开双臂，他就站起来，坐在她旁边，把她搂在怀里。

简柠把头埋在他的胸膛，热泪终于夺眶而出。她手指拽住他的衣服，安静地哭着。而何亦寻能感觉到胸口热热的，他见她这样，心疼不已，但是只能先让她发泄一下情绪。

他轻轻拍着她的背，用更强有力的臂弯抱住她。她在他面前不是第一次掉眼泪了，可是每次都让他感觉心都要碎了。

后来，他把她抱到腿上，让自己能看清她的脸。他伸手抹去她的眼泪，她慢慢平复了情绪，把头靠在他身上。

"别哭了，嗯？再哭明天眼睛就要肿了。有什么事和我说说好不好？"

简柠慢慢点头，嘴唇一启一合，轻声嗫嚅："我……我的第四本漫画被人诬陷了。他们说我和别的漫画很像，可我没有……我从来没有做过这样的事。何亦寻……你相信我吗？"

何亦寻揉着她的后颈，点头："我相信你，只要你说你没有，我就相信。"

简柠又落泪了。

他叹了口气，心疼地问："他们对你做什么了？完整地和我说一遍？"

于是，她把今天发生的事讲了一遍。

何亦寻拿出他的手机，点开星艺的APP。

简柠惊讶，她看到他只收藏了她的漫画，而且前三本的阅读进度是100%。

"你今天更新的我还没有看。"他点开她最新一话的评论。

底下难听的评论一大片，他变了脸色，整张脸越看越阴沉。

简柠捂住了手机屏幕："别看……"她不想他因他们生气。

何亦寻把手机丢在一边，抱紧她，在她额头吻了一下，声音微微沙哑："我宝贝受委屈了。"

简柠眼角滑落下一滴泪珠，她抬头吻了他的下巴，竟然笑了。

"怎么了？"

"你竟然去看了我的漫画。"

她以为他对她的工作不怎么关心，却不知道，他都回去认真看了她的作品，每一句话看完还会评论……

何亦寻难得见她笑了，他称赞道："我看下去，不是单单因为你是我女朋友，而是真的画得好。我女朋友是这么棒的漫画家，我感到骄傲。"

她听到他说的，心里感动又羞涩。他握住她的手："没有一个人的工作是一帆风顺的，但是我会陪着你度过每一次危机。我们要反击，不能退缩。"

她点头："我还以为你会和我家里人一样，劝我放弃。"她难过的是自己遇到了大困难，家里却不是她坚强的避风港。

"为什么要放弃？漫画是你所喜爱的，既然你喜欢，我们就一直走下去。"以他的经济实力，完全可以护她一生安稳。即使她是不以营利为目的画画，也没有关系。

她突然感觉像找到依靠了一样，心里不再惧怕。她坚定地说："嗯，我会一直走下去。"

"今天是你生日，小寿星可不能再哭鼻子了。"他点点她的鼻尖。

"好。"

"现在，去洗漱，上床休息，漫画的事情不要再想了，明天起来再说，嗯？"

"好……那你呢？"

何亦寻笑了，试探她："要不要我晚上留下来陪你？"

她眼睛微眯，心脏扑通扑通直跳："你什么意思……"

他只是单纯想留下来陪她，怕她一个人又要胡思乱想，但是看到小姑娘

小脸红了，他就忍不住又逗她。他含住她的耳垂，低沉地说："就是你理解的意思。"

简柠耳朵酥酥麻麻的，她的手抵着他的胸膛，低头吞吞吐吐道："嗯……我觉得，会不会……"

他低笑出声，啄了一下她的软唇："逗你的，傻瓜。你要让我留下来，我就在这沙发上休息。"

简柠站起来，跑去卧室。一分钟后，她拿着洗漱用品出来："除了衣服，其他的都有。"

何亦寻靠在沙发上，挑眉看她："看来我是非留下不可了。"

"……"简柠红着脸溜走了。

简柠穿着毛绒睡衣，从浴室出来后，对沙发上的某人说："你可以去洗了。"

"好。"

她回到房间，给今晚发信息的朋友都回了信息，鱼小丢又回了过来："总算等到你信息了。你没事就好。明天早点起，我们商量一下对策，看看怎么解决。"

"好哒，谢谢。你也早点休息，晚安！"

简柠突然庆幸，在这种时刻，依然有朋友相信她，愿意帮助她。

她想了想，又给简好发了个信息："我到家了。"

今天的事情一闹，估计简父简母肯定不会来管她，让她闹个够，觉着她总有一天要回去认错。

至于父母反对她谈恋爱的事，简柠先不打算告诉何亦寻，先把漫画的事儿处理完再说。

三十分钟后，她听到敲门声，开了门就看到何亦寻，他黑发滴着水，面目清俊，薄唇微勾。

"何亦寻，进来吹吹头发吧？"

她让他坐在床上，一定要给他吹头发。

何亦寻心里也很喜欢这种甜蜜的小举动。

她素白的手指插进他柔软的发丝里拨弄着。

她想起了什么，对他说："何亦寻，你看看，第一次见面，你头发湿了，我给你毛巾你不要。现在呢，竟然是我给你吹头发。"

他笑了："是我不识好人心。"第一次见面，谁都不知道，彼此是要走进对方生命里的人。

吹好后，房间安静了许多，简柠跪在床上，拍拍他的肩膀："可以了。"

他转过身，用有力的臂膀搂住她的细腰，抬头看她。

"怎么了？"她问。

"柠柠，我想亲你。"他声带有些哑，眼底漆黑一片，但深处好像点起了火。

简柠听他恳求的声音，就跟小孩子一样。她软了心，坐在床上，钩住他的脖子，主动送上自己的唇。

他搂着她腰的手一收紧，身体一用力，就把她放倒在床上。

他的身子压了上去。

他没有往常的温柔，动作强硬，就像一团火燃烧着她。

他的手在她的腰间流连，想要往上抚摸那柔软的美好，最后他强压着自己的欲望。他结了吻，紧紧抱着她。

现在还不是时候，不能这么着急，不能吓到她。他说好今晚只是单纯陪着她。

他慢慢平息欲火，然后看向她："你该睡觉了。"

他一副隐忍的模样，让简柠在心里偷笑。

她躺进被子里，何亦寻最后亲了她一下："晚安。"

"晚安，何亦寻。"

她看着他走出去，笑着闭上了眼睛。

第十二章
我永远不会辜负她

第二天早上七点，简柠就自然醒了。她一睁开眼，就想到漫画的事，脑壳很疼。但是想想身边还有人支持她，她就必须振作起来。

她换好衣服，下了床。

"咦？"她看到自己的床头柜竟然放了一个黑色的小箱子，上头有一张卡片，上面写着：

柠柠，生日快乐。这是一份昨晚忘记给你的生日礼物。

何亦寻

她打开一看，里面是一盒费列罗的巧克力和一个首饰盒。

小首饰盒里躺着的是一对纯银耳钉。耳钉的样子是六芒星，上面镶嵌着细密的手工水晶，在灯光下闪闪发亮。耳钉下面还坠着两根细线，线上同样吊坠着不同的两个小图形，做工精致。

简柠立刻把它戴好，她把头发别在耳后，照了照镜子，很漂亮。

目光又移向那一大盒巧克力，她笑得眯上眼睛，何亦寻很了解她的口味，巧克力当然也是她的最爱。

她出了房间，没看到何亦寻。

她先去洗漱，弄好后何亦寻恰巧提着早餐回来了。

她跑到他身边，笑嘻嘻地说："我看到床头的礼物了。"

"嗯。"他眉梢微扬，心里就等着表扬呢。

简柠却故意撇撇嘴，装作一副不开心的样子："可是，送这些，也太寻常了吧？"

何亦寻脸色一变，有些慌乱地解释："抱歉，我不太懂该送女孩子什么礼物。你要是不太喜欢，我……"

她脸色绷不住了，抱住他的腰笑得开心："骗你的，我超级喜欢。"

何亦寻掐了她的腰一把，她痒得躲开了，最后他牵着她去了餐厅吃早餐。

坐在饭桌上，简柠说："何亦寻，你今天去工作吧，我在家里和朋友商量一下对策。先把反调色盘做出来，其他的再说。"

"需要我帮什么忙吗？"

"嗯……不用啦。"从小到大，父母包办一切，什么都不用她操心，可是现在她必须学会长大。

"好，中午我回来给你做饭。"

"嗯！"

何亦寻离开后，简柠去找鱼小丢和编辑。商量后的对策是，她不能坐以待毙，任由自己被唾沫淹死。她打算先发一条微博，表明态度，让那些支持她的人安心，然后开始做反调色盘。虽然芋心已经把《暖心的你》举报抄袭借鉴了，但是星艺没有给出反应。编辑在这件事上，也是比较支持她，给她提供了一些做反调色盘的内容。

简柠发了微博：

【《暖心》从脑洞到大纲，都是我辛辛苦苦自己琢磨出来的，却被泼上这样的污水。我没有看过芋心的《蜜制冒险》，更不知道竟然有许多所谓的"撞梗"。清者自清，我没借鉴就是没有借鉴，反调色盘已经在制作当中，相关证据也会拿出来。感谢那些坚定支持我的柠檬，我不会辜负你们对于我和《暖

202

心》的喜爱。】

发完后，底下的评论也是好坏参半。

【男人都是大猪蹄子：相信傻柠。我看过了《蜜制》，并不觉得两本文像。永远支持《暖心》！】

【Svis：看到这条微博，我就先不站队了，等反调色盘。毕竟芋心的调色盘有点……】

【欢喜一：融梗了还嘴硬，别等会儿拿出来的反调色盘让人笑话。到时候啪啪啪打脸 [微笑]】

然而这时候，漫画行业里，简柠认识的几个大佬朋友都站出来为她说话。她们的评论转发使得柠檬们更加坚定地支持简柠。流言暂时平缓了一些。

鱼小丢这个时候又来找简柠："我有个表妹，说要帮你一起做反调色盘。"

"？"

"她很喜欢你，把你当女神呢。看到你微博，第一时间就来找我了。她是专业做调色盘的，还有人品啥的我可以担保啦。她问你需不需要。"

"好。我也怕我一个人没经验，那你把她 QQ 给我吧。"简柠觉得，既然对方是鱼小丢的亲人，应该没有问题。

简柠加了对方之后，对方发过来信息："是初柠大大吗？好激动，我是鱼小丢的表妹，你叫我小琪就好。大大，我真的超喜欢你！你的每本漫画我都有买。"

简柠都不好意思了，也感觉小琪很可爱。

"嗨，谢谢你的垂爱，我就是个小画手啦。"

"嘿嘿，别谦虚。不耽误你时间，我们商量一下怎么做调色盘吧？我之前帮一些作者做过，质量应该还行。"

于是，简柠和她商讨了几个方面。

第一个是人设，这个是对方说得最牵强的地方，北极熊的高冷人设和小白兔的萌萌人设不是独有的，人设万变不离其宗，怎么能说撞。就因为都是写熊，都是比较高冷的，芋心就说这个是借鉴。

第二个是剧情，《暖心》是讲北极熊机缘巧合穿越到森林，而《蜜制》是指熊被人抓到一个城市里。都是男主来到女主身边，但这个不能算借鉴。还有《暖心》的核心梗和《蜜制》是完全不同的，故事后续发展一定也是不一样的。关于芋心调色盘中所提到的某些情节的相撞，简柠都能拿出自己的证据来，有些情节的发展是自然而然的。

在初步讨论过后，小琪说调色盘最多只要花三天时间可以出炉，简柠现在要做的，就是看一遍《蜜制冒险》。

时间回到当天早上，何亦寻坐在办公室，助理走了进来，把一杯咖啡放到他桌上："何总，看您有些疲惫的样子，给您冲了咖啡。"

"谢谢。"何亦寻揉了揉眉心，抬头对她说，"帮我查一个人。"

"您说。"

"有个星艺的漫画家，叫芋心。你去查查她的作品还有发展经历。还有，你去星艺的官方网站查一个帖子，等会儿我把具体的帖子名称发给你。"

助理一愣，是因为最近在和星艺合作才要查这些吗？

她还是应下了："那何总，你说的那个人……三次元信息要查吗？"

"能查多少就多少。要快，今天要给我信息。"

助理点头："好的……对了，和 FC 的视频会议半个小时后开始，下午星艺的张总会过来做进一步洽谈。"

"行，没事了你就出去吧。"

简柠在做调色盘时，突然又收到一个晴天霹雳。

原来是星艺官方中途取消了简柠所在的"精品推荐"的广告位，她的位置被人顶替。

简柠瞬间慌了，立马联系了编辑。

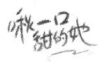

编辑那边的消息是，不是她撤的广告位，她会马上询问上级，看看是什么原因。

然而，这一件事又被"交流圈"给挂了出来，大家都说官方这是间接认为《暖心的你》存在借鉴行为，否则又怎么会中途撤榜。

简柠气得都快哭了，她生气地对鱼小丢说："直接撤掉了我的位置，还不提前通知我一声。举报中心还没通过，他们这样是不符合规定的！"

鱼小丢："摸摸，别生气。你编辑一定会据理力争，先得到理由再说。"

简柠知道着急也没有用，反正现在舆论肯定都偏向芋心一方。

过了半个小时，她收到了编辑的回复，说迫于舆论压力，很多作者和读者对公司产生不满，所以只好先撤了她的广告位。

对于这个理由，简柠当然是不满意的，编辑安慰她："如果最后官方判定你不存在抄袭行为，那这个榜我会帮你要回来，放心。"

她也自知无权阻止撤榜，反正在她没有把反调色盘做出来之前，都是"哑巴吃黄连"。

她垂头丧气地走出书房，就看到围着围裙的何亦寻把一盘番茄色的大虾端到餐桌上。

他看到她："先别弄了，过来吃饭？已经做好了。"

"好。"她觉得还好有他陪伴，否则她都不知道要掉几回眼泪了。

她夹了一只虾尝了尝："超好吃。何亦寻，你也吃呀。"她给他碗里夹了一只虾。

吃了一会儿，何亦寻看简柠不怎么爱说话，状态好像有点差，他忍不住问："是不是又遇到什么困难了？"

简柠笑笑，叹了一口气："我被公司捅了一刀。"

"什么意思？"

简柠咂嘴："我的漫画被撤广告位了，关键是官方还没有判定我抄袭呢，就着急撤我位置，不就是明摆着我有问题吗？"

何亦寻皱眉："官方这么做，确实过分了。"

"可是我有什么办法，我还能上诉吗？"

他握住她的手："柠柠，别着急，会有处理的办法的。到时候真相出来，他们会还你一个公道。"

"嗯，希望吧。"她笑着让他赶快吃饭，别担心。

他看着她坚强的样子，很心疼也很敬佩，她好像经过这件事反而成长了。

何亦寻脑子在回转撤榜这件事，心里逐渐有了想法。

何亦寻让简柠去睡午觉后，自己回了公司。

他一进办公室，助理就进来通知他："何总，星艺的张总已经到会议室了。沈总和谢总先过去了，正在谈判。"

"好。"

何亦寻整理下衣装，走去会议室。

张总见到何亦寻，忙站起身，伸出手，笑得眼睛眯成了一条缝："这就是何总吧？久闻大名，果然是年轻有为啊。鄙人姓张，是星艺的副总裁。"

何亦寻嘴角微扯，和他握了手："抱歉，久等了。"

"不会不会。"

张总入座后，何亦寻坐在沈寒旁边，沈寒把星艺的估值方案放到他面前。

沈寒小声问："是你来谈还是……"

"你们吧，有问题我会说。"

张总听到这话，脸上笑笑，心想这个何总果然是名副其实的惜字如金，虽然年轻，却气宇不凡，气场很足。

然后张总就开始阐述星艺的情况，沈寒和谢舟提出相关问题，他也一一解答。沈寒时不时用眼神示意何亦寻，他觉得没问题再继续。

张总心想，何亦寻不愧是投资公司领军人物，虽未发一言，但是掌握全局。

随着最后一个问题的结束，沈寒点头："星艺公司的情况我们已经基本了解了，后续我们也会展开自己的调查。"

张总说：“好的，我们很希望能和贵公司合作，要是有什么需要的可以直接联系我助理。”

沈寒笑了，看向何亦寻：“何总，你还有什么要问的吗？”

何亦寻合上估值方案，把它往桌子上一扔。他转了转腕表，突然问了一句："想了解一下贵公司对待你们签约画者的待遇。"

"哦……哦。"张总以为是什么问题，没想到是这个，"签约画者在我们公司都是有福利的。除了固定的工资之外，还有读者的打赏机制和我们的奖励机制。对于漫画的推广，我们有设置不同的推荐位。还有就是和相应的出版社和影视公司联系，包括和某文学网站合作，文章画成漫画……"

张总详细谈了许多，却没见何亦寻清冷的脸色有所好转。沈寒和谢舟就纳闷了，这个不是在之前的文字材料中就写到了吗？

张总说完后，何亦寻突然就笑了，只是那笑容带着凉薄。张总心里"咯噔"一下，问："何总，这是有什么问题吗？我们这个不是吹嘘，都是事实啊。"

何亦寻看向他，反问："那我还有些疑问，张总帮我解答一下？"

"没问题。"

"你们的广告位是按什么排的？"

"这个是按漫画热度，看评价和点击量综合考虑。"

何亦寻点头："不瞒张总，其实我平时也会看漫画，我也下载了星艺的APP。"

沈寒、谢舟：这是什么时候培养的嗜好？

张总顿时有种"受宠若惊"的感觉："原来如此，感谢何总的支持……"

他没有说完，何亦寻突然语气一转："我有个很喜欢的漫画家，叫'初柠'。最近在精品推荐的广告位上，可是中午的时候，我却发现她的位置被人顶替了？"

张总一愣，随即难为情地解释："何总还不知道这个漫画家最近被人告借鉴了吧，事情闹得沸沸扬扬的。"

何亦寻拧眉，反问他："可这件事不是没有最后定论吗？这样中途撤榜，会损害漫画家的名誉。"

"我们也是迫于压力，最后结果出来，再道歉也是一样的。我们公司必须先堵住悠悠之口，拿出个态度出来。"然而张总只是搪塞了一个理由。真正的原因是芋心最近正在走一个影视合同，她的上本漫画正准备出网剧。最近这件事闹出来后，她向她的编辑讨要一个说法，公司为了讨好这个金主，只能先主动拿出态度。

而旁边的沈寒和谢舟越来越搞不懂何亦寻在做什么了。

何亦寻面色骤冷，一字一句道："我以为贵公司会维护签约画者的名誉和利益。现在看来，你们没有你说的这么好。按你这个理由，中途撤榜完全不合理的，会对初柠本人造成严重的伤害。你们公司面对这样的舆论风波，不是想着冷静处理，反而是火上浇油，扩大事态。这件事一出……"他冷笑一声，"我倒是怀疑贵公司之前所说的是否存在造假行为。"

张总面部表情僵硬，谢舟却不懂何亦寻为何要为了一个漫画家甚至暗示要推翻这次合作。

"何总，这件事我们公司会商量出更好的解决方法。希望不会影响到WTG对星艺的信任，我们真心希望公司能顺利发展。"张总觉得无论如何，得先动动嘴皮子让何亦寻安心下来。

"好的，我很期待。"何亦寻点头。

张总松了一口气，站起来，和对面三人握手，何亦寻却说要亲自送客。

两人走往电梯处。

张总笑得满面春风："何总客气了，怎能劳烦您亲自送客。"

何亦寻勾唇："其实还有件事忘了和张总说了。"

"什么？"

何亦寻按了电梯门，看向他："初柠不仅是我很喜欢的漫画家，还是我的——女朋友。"

张总瞬间石化在原地，嘴唇动了动却什么都说不出口。

电梯开了，何亦寻和他握手："张总，我就送到这儿了。对了，我也会一直关注我女朋友的这件事。很期待你说的——解决方案。"

"好的，何总，那就再会了。"

张总走进电梯，就看到何亦寻站在外头看着他，面带微笑，却让他毛骨悚然。

出了电梯之后，张总怒气冲冲地拨了一个电话，对电话那头的人吼道："赶快吩咐下去，把初柠重新放回精品推荐！"

"啊？张总你这是什么意思？"

"还什么意思？是我们差点得罪大金主的意思了！还有赶快在官博向初柠致歉，就说是……系统出故障了！赶快去处理，不要耽误！"

"可是芋心那边闹得很厉害……"

"让她闹去！到时候她影视卖到好价钱了，但星艺却倒了！和 WTG 的合作要是因为这件事搅黄了，你们都吃不了兜着走！"

"好的，我立马就去处理。"

张总叹了一口气，加紧步伐往停车场走去。

三十分钟后，何亦寻正在办公室看材料，谢舟走了进来："今晚一起吃饭啊，沈寒说请客。"

"没空。"

"干吗，陪简妹妹啊？"谢舟笑了。

"知道了还问？"

谢舟不爽："没事啊，你带简柠一起来呗，刚好一起吃个饭。不对啊，何亦寻你脱单了，应该你请客啊！不行，我得立马和沈寒说。"

何亦寻拒绝："今晚不行，她最近有点事。"至少也得等漫画的问题处理完，她彻底有心情出来吃饭的时候。

"行吧。"谢舟撇撇嘴。

何亦寻看向振动的手机，对谢舟说："你先出去，我接个电话。"

"行行行，估计又是简妹妹来查岗喽……"

何亦寻没搭理他，接起了简柠的电话。

电话里，她很激动："何亦寻，告诉你个好消息！"

他猜到了她说的好消息指的是什么。他扬起嘴角，却还是装作普通的语气问："怎么了？"

"星艺把我的广告位还给我了。他们还在官方声明道歉了，说是因为系统出故障了，才会把我的广告位弄没了。不过谁信啊，他们肯定是故意的。"简柠下午在家做反调色盘的时候，收到了这个消息。

官方的这一举动总算扳回一些局面，大家再也不会拿"官方默认借鉴"来做文章。

何亦寻："那就说明他们还有一点自知之明。"

简柠"扑哧"一下笑了："不过我也好奇怪，他们怎么突然改变了态度，早上还和我说要平息众怒呢，这变脸也变得太快了。"

"因为他们无缘无故撤榜就是不对的……可能意识到错误了。"

简柠莞尔："何亦寻，晚上早点回来……我又开始想你了。"

何亦寻无声地笑了，答应了她。

晚上吃完饭，何亦寻在厨房给简柠做水果沙拉。

他把水果端出来，看到简柠一个人站在阳台上，好像在打电话。

他擦了擦手上的水，走过去。然而才刚靠近她，他就听到她强硬而愤怒的语气："姐，我劝你趁早死心吧，我们不可能因为你们的反对就分开的……何亦寻不是你说的那种人……他这工作怎么了，我又不嫌弃他穷……他哪里是觊觎我的钱……"

何亦寻愣住。

他是个聪明的人，听了这几句，就知道简柠和家里人已经说了他的事了。

难怪她生日那天晚上哭得那样伤心，应该还有家里人反对他们感情的原因在。

可是……他突然感觉哪里有些不对。

他看着那盘水果沙拉，目光逐渐失焦。

一分钟后，他突然明白了什么。

他抬头看了一眼阳台上的简柠，然后拿出手机，拨通了乔婳的微信电话。

"喂，何亦寻？"

"乔小姐，我想知道简柠的身份，或者说她的家庭条件。"

乔婳心里"咯噔"一下："你为什么突然要问这个……"估计这事简柠还瞒着他吧？

"我没有其他意思。拜托了，乔小姐。"

乔婳还在考虑，何亦寻接着说："就算不通过你，我也可以问其他人。"

"好吧……简柠其实是……是简氏公司的二小姐。"乔婳在心里哀号，简柠可不要打她啊！

他眼睛微眯，确实被震惊到了。

简氏公司，安城的龙头企业之一。

乔婳心里后悔没替简柠瞒着，急忙解释："简柠不告诉你，是有她自己的考虑的，她不是担心你看上她家的财产，而是不想给你那么大的压力！"

"我知道柠柠不是这样想的，所以生日那天……"

"生日那天，她父母知道了你们在一起，但听到你是开饭店的，她父母很反对。简柠始终坚持要和你在一起，现在和家里人闹矛盾呢。"

他的眸子逐渐幽深，如暴风雨即将到来的大海，翻滚着情绪。

"何亦寻？"

"我问你的这件事先替我保密，拜托了乔小姐。"

"好。不过你不会因为这个……就不喜欢简柠了吧？她真的很喜欢你！"

何亦寻抑了抑发热的眼眶，沉声说："不会，我永远不会辜负她。"

挂断电话，何亦寻在原地站了好久，然后就看着简柠走了进来。她眼睛还有些红红的，却在看到他的时候笑了。

"你站着干吗呀，水果沙拉做好了？"她问。

何亦寻迈步向前，走到她面前，把她用力抱进怀里。

简柠被他猝不及防的动作给吓到了，还以为他只是单纯想抱她。她弯着眉眼，伸手揽住他的腰。

他不能抑制地落下一滴泪，摸着她柔软的头发，一遍一遍地说："对不起。"是他自以为是的筹算，让她受到了伤害。如果他没有隐瞒身份，小姑娘也不至于夹在中间如此为难。

简柠听着他沙哑的声音都蒙了："你干吗说对不起啊？"

她拍拍他的后背，打趣说："你自己老实交代是不是做了什么对不起我的事了？"过了一会儿，她扭了扭身子，"喂，你抱得太紧了啦。"

何亦寻稍稍松了力气，他和她对视，抚摸着她的脸蛋，说道："简柠，我不会再让你受委屈了。"

简柠握住他的手："你什么时候让我受委屈了，你怎么这么傻。"

第二天早上，何亦寻再次拨通了乔嬿的电话。

乔嬿给了何亦寻一个电话号码，何亦寻拨了过去。

"您好，简伯父。"

"你好。你是？"简父此刻在办公室办公。

"冒昧打扰了，我是简柠的男朋友，何亦寻。"

简父倏地站起来，眉头紧皱，冷哼一声："原来是你。"

然后，何亦寻就约简父简母中午见面，一起吃顿午饭。

他言辞恳切，简父听了也有些动容，就答应了。

他把这件事告诉简母和简妤后，两个女人都说一定要见一面，至少要看

看是个什么样的男人能把简柠迷得"神魂颠倒"。

中午，何亦寻最先到了方圆会馆。

方圆会馆是安城最高档的会馆之一，何亦寻想着这是和简柠父母第一次也是最重要的一次见面，自然在各方面都要做到最优。

"简女士，请。"服务员把门打开，简妤走了进来。

包厢内一个男人站起来，朝她走过来。

男人穿着笔挺的黑色手工西装，稍作打理的发型下是精致的面容，长眉下一双乌黑的眼眸熠熠生辉。

何亦寻面带微笑，朝她伸出了手："简女士您好，我是何亦寻。"

简妤心里即使有万般想法，都不好一下子表现出来。她皮笑肉不笑地握住他的手："我是简柠的姐姐，简妤。"

他微微颔首："经常听简柠提起。请坐吧。"

服务员进来添了茶，就安静离开了。

"我爸妈等会儿才会到，可能要让何先生多等一会儿。"简妤笑笑。

"无妨，做晚辈的等等长辈是理所应当。"

简妤看着他，突然明白了简柠喜欢他的原因。首先是皮相好，简柠对待帅哥从来没有"抵御"能力；其次是他确实谈吐得体，比简柠成熟许多，估计在一起时都是他照顾简柠。

可是……仅凭这两点，她不会放心把妹妹交给他。

"简女士，您可以先尝尝这里的藕粉桂花糖糕。"他把转盘慢慢转到她面前，"这里的糖糕做得很正宗。"

简妤面不改色，没动筷子："何先生，你也不必做什么表面功夫，有时间对我说这些，不如想想等会儿怎么过我父母那一关。柠柠从小到大没谈过恋爱，对感情方面一窍不通，别以为我不知道你是怎样博取她的好感的。"

何亦寻十指交叠放在桌面上，微微一笑，饶有兴趣地听她继续讲下去："你比柠柠大了几岁，比她成熟很多，能体贴她的心意，能哄着她，宠着她，她自然是无法抵挡你的魅力。"

然而，她话锋一转："可是那又怎样？你又怎么能保证一辈子全心全意待她，或许你只是把她当成你一个普通的女朋友，可是简柠……她特别重感情，她为了你还和家里人吵了一架。"

何亦寻摇头："简女士，我想您误会了，我是想跟柠柠过一辈子的。我从来没有不认真对待这段感情，我也希望可以得到您和伯父伯母的认可。"

"一辈子？你拿什么要我妹妹的一辈子？凭你的工作，还是你所说的对她的爱？何先生，我不是现实，而是有些东西很重要，而你的能力根本不够给她一辈子的幸福。"

简父简母走进方圆会馆。

简母冷着一张脸，简父安抚她："夫人，你等会儿可别和人家吵起来。瞧你这张脸，就跟去和人打架一样。"

"至于吗？"简母脸色缓和了些，"等会儿你进去也不能给他好脸色，让他以为我们好对付。"

其实简父心里哪里会比简母轻松好受，女儿是父亲的贴心小棉袄，对于小棉袄另一半的选择，他要求不一定比简母低。

"嗯，今天要好好了解一下他。"

简母："我告诉你啊，到时候要是不满意，直接就让他离柠柠远远的，不要再过来骚扰。"

"……"这是硬生生拆散啊？

简父突然一笑，调侃道："夫人，你真以为咱们女儿对男朋友要求很低啊？我告诉你，最挑三拣四的人就是她了，她选中的男朋友一定有过人之处。"

简母睨他："你懂什么？你就从来没为她的感情操心过，我给他介绍了那么多优质男士，她偏偏喜欢一个开餐馆的，你说她这叫要求不低？"

简父点点头，识相地缄了口，不敢再说什么话刺激她了。

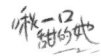

简母似即将爆发的火山一样，准备把对女儿这几天不回家的气都撒到姓何的那小子身上。

然而，进包厢后，简父简母看到何亦寻的瞬间，黑沉沉的脸色都转为了震惊。简父瞪大眼睛，扫了何亦寻好几眼："你是……"

这、这……这不是青阳企业的公子、WTG 的何总裁吗？

何亦寻看到他们的惊讶，依旧面色如常。他和简父握手，自我介绍道："伯父、伯母好，我是何亦寻。"

一听到名字，简父简母这才确定了。青阳企业千金何亦夕的生日宴上，他们曾见过何亦寻，当时他们看到他儒雅得体、一表人才，又知道他事业有成后，心里满意得不行，第二天就想介绍给简柠，奈何简柠一票否决了。

简好走过来，看着爸妈突变的脸色，摸不着头脑："爸妈，你们认识他？"

"我跟你讲过没？他是青阳企业的何董事长的儿子，WTG 的总裁。"简母声音有些颤抖。

"什么？"简好也难以置信。

简父缓了缓情绪："原来是何总……"

何亦寻忙说："伯父伯母，你们叫我小何就好。我们先坐下来吧？"

点完菜后，何亦寻起身给简父简母斟茶。

简母突然皱眉，问道："何先生，你应该不是柠柠的男朋友吧？她可告诉我们，她的男朋友是开餐馆的，她不会是派你来假扮她男朋友的吧？"

何亦寻无奈一笑，解释："抱歉，这里可能存在一些误会。我真的是柠柠的男朋友……我想我平时也应该没有时间来假扮别人的男朋友。"他顿了顿，"但我确实告诉她，我是开餐馆的。"

"什么意思？"

于是，何亦寻就把当初机缘巧合认识简柠的过程告诉了他们。

众人恍然大悟。

简好质问："可是为什么选择瞒到现在？是担心我们柠柠看上你们家的

215

钱吗？"

"怎么会，我是昨天才知道柠柠的家世的，原先害怕她会因为我的身份有压力，就想把关系稳定下来再告诉她。"

简母基本看出了何亦寻对简柠的心意。那天在何亦夕的生日宴上，她能察觉出他是一个矜贵清冷有地位的男人，可是他竟然为了简柠……选择用当外卖员的方式追求她。

何亦寻又说："这件事也怪我，没有早一点告诉她。害她和伯父伯母闹了矛盾，我马上会找个时间向她交代一切。"

简父叹了口气："小何啊，柠柠可是很喜欢你啊。若你要真是开餐馆的，她也不嫌弃的，我这女儿傻得很。"

"所以希望伯父伯母能给我一个机会，让我好好照顾她。我比她大，会体贴她、包容她，不管她是怎样的性格。至于经济方面，你们不用担心。"

"那你父母那边呢？他们知道这件事吗？"

"我过段时间就会带简柠去见我父母。最近她在处理漫画上的事，估计也没有其他的心思。而且我爸妈一定会很喜欢她，我不会让她受一丝委屈。"

何亦寻也向简好赔罪："简女士，刚才不是故意没有说出自己的真实身份，也是想让你把心里的气撒完，抱歉。"

如此，简家三人心里的气消了大半。

这时候菜上齐了，大家动起筷子。

简父简母没有给出最后的答案，何亦寻也不着急。

他介绍着这里的特色菜，又讲着自己的生活和家庭情况，简家人对他有了更深入的了解。本来简父简母就喜欢男孩子事业有成的，更何况何亦寻不是依靠家里的能力，而是自己创办了公司。

简母听着听着，脸上慢慢有了笑容。简父见此暗自唏嘘，果然是丈母娘见女婿啊……

接着，他们又聊到了简柠。简好问："这几天……柠柠怎么样了？"其

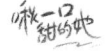

实他们打过电话，但还是争执不断，关心也没说出口。

何亦寻把这次简柠遭受诬陷的事完整讲了一遍："伯父伯母，其实柠柠经过这件事已经成长不少。她很勇敢、坚强，其实她难过的不是别人的诬陷，而是家人没有支持她，反而劝她放弃。"

简母抿了一口果汁，说不出话来，简父则面色沉重。

何亦寻把带来的两本漫画放到他们面前："这是简柠画的，伯父伯母有空可以看看。简柠从来不是把漫画当成一个好玩的事，这是她的事业，她为此付出了很多。我知道的是，她经常为了赶稿熬夜，经常一画就是四五个小时，颈椎已经有了点问题。她因为成绩好，经常受到网络上的莫名攻击，她第三本漫画火的时候，有人说她是有后台，编造了很难听的话。"

他越讲越心疼，婉言劝说："如果她这辈子按照你们所安排的道路来走，会顺心很多。但她之所以一个人熬着，就是因为喜欢。伯父伯母，如果得到你们的支持，她心里会好受很多。而且我可以给她一辈子无忧无虑的生活，你们不用担心她的生活条件。"

简母眼圈有点红了，无奈地说："我这女儿，脾气就是倔，认定的事就是改变不了。"

简父握住简母的手："该放手了，这样她才会长大。"

半晌，简母终于点头。

简家三人心里虽是对何亦寻越来越满意，但面上没表现出太多。

简母最后撂下的话是："小何啊，我们也对你有了一定了解，但感情这种事还是要慢慢来。"他们心里还是舍不得女儿，而且还要看看何亦寻对她到底如何，能不能经得住考验。认可得太快，到时候不珍惜柠柠怎么办。

何亦寻点头，心知肚明："伯父伯母的顾虑我明白，我也会用实际行动让你们放心。"

第十三章

不会减少一分爱他

下午，WTG总裁办公室。

助理拿着一份文件走了进来："何总，抱歉今天才给你，这是你让我查的关于芋心的资料。"因为技术有限，她第二天才拿出结果。

何亦寻没抬头："你就说说有价值的发现。"

助理点头："我派人查了那个说'初柠借鉴'帖子的IP地址，又去查了下芋心平时发微博的IP，经过比对发现他们IP地址前三位的数字相同，说明他们在同一个区域网内，一般来说可以证明他们至少是连的同一个WIFI或者宽带，但是这个不一定准确，IP地址时常不准。"

何亦寻笑了："所以说帖子里说只是单纯看不惯的网友，搞不好是作者本人。"

"有这个可能。还有，最近正在和芋心谈判的影视公司是华典影业。"

"华典？"他微拧眉。

"对，就是去年我们投资成功的。现在公司已经步入正轨，发展势头很好。"

何亦寻转了转手里的笔，问道："我们下周一有一场和华典的会议，对吧？"

"是。"

何亦寻点头，眼底的笑意一闪而过："好了，你出去吧，文件放下来我自己看就好。"

晚上下班，何亦寻依旧是去了简柠家。

他刚进门，就闻到了一股玉米排骨汤的香味。

简柠听到开门的声音，跑了出来。

她围着粉色的小围裙，头发扎成小丸子，浅棕色的眸子水亮亮的。何亦寻走过去就揽住了她的腰。

她笑着说："我煮了汤，马上就好了。我等会儿再把菜炒了，就可以了。"

"好乖。"他今天一天都没看到她，此刻抱着她腰的手就不想松开了。

"你工作很忙，我要是回来再让你做饭……有点于心不忍。"她抱住他，把头靠在他的肩上。

"是啊，很累。你得安慰一下我。"

"怎么安慰啊？"她仰头看他。

"你说呢？"

简柠心里柔软，她踮脚吻上了他的唇畔，他俯身把她横抱了起来，放到沙发上。

一个法式热吻让空气都变甜了。

最后两人去了厨房。

他要把剩下来的菜炒了，简柠就悠闲地喝汤，边喝边说："何亦寻，我今天已经把反调色盘做好了。这次甩调色盘出去，那些人要统统闭嘴，哼。"

何亦寻点头："是要好好打那些人的脸了。"

"嘿嘿。"她满足地喝了一口汤。

吃完饭，简柠窝在书房里整理最后的材料，何亦寻在客厅把她叫了出来。

"怎么啦？"她走出来。

他朝她招招手，手里拿着几张纸。

她听话地坐在沙发上，被他圈在怀里。

"看看这个东西。"他把纸递了过去。

简柠看了一遍，吃惊地说："这……它的意思是，那个帖子有可能是芋心自己发的？"

"可能性很大。"

简柠很生气："这个芋心，我跟她有什么仇啊？是不是有病！"

"她就是嫉妒你，想要把你搞垮。"他摸摸她的脑袋。

"喊，就她有这个能耐吗？"简柠噘了噘小嘴，"不过何亦寻，这是哪儿来的？"

"我找一个朋友帮忙查的。"

简柠抱住他的胳膊："谢谢你，这个证据太重要了。"

她刚说完，手机就振动了一下，是鱼小丢的信息："简柠，枳芝想要加你。"

枳芝也是星艺一个蛮出名的漫画家，不过据说她和芋心是玩在一起的。

枳芝为什么突然要加她？

鱼小丢解释："她也是辗转问了好几个人，说是有事要和你说，你看看要不要加，这是她的 QQ 号……"

"何亦寻，你说我要加吗？"

"加吧，说不定……是好事。如果她和芋心是一个圈子的，那她加你想要讲什么呢？骂你吗？还是套你的话？我想她应该也没有那么傻。"

"好。"

简柠加了她之后，对方自我介绍后，简柠问她有什么事。

枳芝："想要给你一个东西，我想你需要。"

然后对方就甩了几张聊天记录过来。

这是枳芝和芋心的聊天记录——

枳芝："这次初柠的事情闹得还挺大的，我看她评论区很乱。"

220

芋心："当然要闹大一点啦，因为我雇了水军。"

枳芝："为啥啊？"

芋心："我最近不是在和华典影业谈合同吗？公司这边让我闹大一点，可以把价格抬高一点。"

枳芝："天哪……"

芋心："我就告诉你一个人啊，别说出去 [嘘]。"

简柠看完聊天记录都惊呆了，但心里还是有怀疑。

她问："我怎么知道你给我的聊天记录是真的？到时候是假的，你们反告我一个诬陷？"

枳芝："这个我保证是真的，你大不了可以把我们的聊天记录截图。"

"可是为什么你要把这个给我？芋心和你关系很好吧？"

"她？我跟她根本不是朋友。"

两人聊了一会儿后，简柠对何亦寻说："这就是出来混总是要还的。芋心平时在圈子里得罪太多人了。"枳芝是想借简柠的手搞掉芋心。

何亦寻安慰她："这个人会受到应有的惩罚。"他不会这么轻易放过她。

简柠深吸一口气，打开微博，最后还是勇敢点开了私信。

果不其然，骂她的人依旧很多。

【平时不是还宣扬什么正能量、反对抄袭吗？是不是贼喊捉贼啊？】

【抄袭狗不打算换个笔名吗？不过换个笔名还是要在微博上通知一声哈，我们绕路。】

【这年头大神也抄袭新人啊？果然是走到穷途末路了吗？抄袭可耻，取关谢谢。亏我以前还很喜欢你，现在回头看你的漫画，真恶心。】

简柠其实已经做好心理建设了，但是看到这些信息还是火冒三丈。她生气地向何亦寻抱怨："你看看这群人说的，有本事别看啊！"

何亦寻把她的手机拿走："乖，别看这些糟心的了。"

简柠抢过手机，大声说："我不管，我现在就要发微博。我要他们看看，

221

我不是那么好欺负的！"

她不能当缩头乌龟，身边有这么多人支持，她必须勇敢站出来。

简柠当机立断去编辑微博：

【下面是反调色盘，以及我和我朋友@鱼小丢，还有我三次元朋友聊到《暖心》这个梗的聊天记录，上面的时间比芋心发表《蜜制》的时间早。调色盘里解释了所有的问题。希望不要有人再造谣生事，否则我将采取法律手段维护我的权益。

【这几天因为碰瓷的事，心情很糟糕。我是一个还算好脾气的人，也就是通常所说的"佛系"，人不犯我我不犯人。可是这次这么大的脏水泼上来，我慌了，焦头烂额了，刚开始不知道该怎么办了。

【我知道如果我不拿出证据来，我所爱的"初柠"这个笔名就毁了，我之前所做的一切都会被人否定。所以我必须咬牙坚持住，即使哭得很惨也要抹掉眼泪继续站起来。我从不标榜我是什么大神，我只是一个爱画画的小画手，但这并不代表我好欺负、遇到诬陷就等着流言平息，却什么都不做。

【感谢那些爱我支持我的人，我要继续用这个笔名。堂堂正正继续画《暖心的你》，然后给你们带来更好的作品。】

简柠把微博编辑完，就差按一个"发送"了。她在心里给自己打气加油，即使发出反调色盘，或许还会有杠精找麻烦，但是她有啥好怕的，还有什么能让她害怕呢。

何亦寻看着她明明还有些紧张，表面上却表现得像壮士断腕一样，更加萌了。他忍不住笑了，对她说："发吧。没事的。"

"好！"她勇敢按了"发送"。

而这次，反调色盘一出，流言风向开始转变，许多人站出来支持初柠，许多漫画大V点赞评论。有理智的人一分析，就知道这个反调色盘做得有理有据。

【初柠家的小琪：从第一本漫画《不让你受委屈》开始，我就喜欢上这

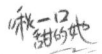

222

个可爱活泼，又能带给我们正能量的傻柠。如果你看过她的漫画，就知道她永远不是画一些风花雪月、虚无缥缈的东西，她所传递的，是她在这个年纪她所认知的积极向上的东西。我关注她的微博三年了，她低调不张扬，平日里晒晒风景和美食，我们作为粉丝常能和她闹成一团。这一次遇到碰瓷，我能理解她内心的焦虑和无助，换作任何一个人都不一定像她这么冷静理智。感谢柠檬们的坚守和陪伴，愿我们能继续陪你度过今后每个朝阳和落日，爱你。】

【爱喵喵叫：傻柠受委屈了，抱抱，我家傻柠是最棒的！】

【Svis：果然初柠的调色盘更说服人一些。】

【我不听：我想知道芋心的反应，她不说几句吗？还是不敢了？芋心会不会拿出更大的证据，搞不好有反转。】

【梦想翅膀：你们看到星艺官方判定吗？《暖心》借鉴没有被判定！】

简柠这才去看了举报中心，大松了一口气，果然官方还是比较公正的。

何亦寻对她说："是时候找芋心了。"

"对。"

她私信了芋心："我的反调色盘出了，希望你尽快表态，和你的粉丝解释清楚。"

芋心生气她自信的态度，但还是不承认："你那个调色盘根本不具有说服力。"

"没事，我再给你看两个东西。"于是简柠把 IP 地址和聊天记录发过去，"如果你不表态，这个东西我立马发到网上。你觉得到时候你的粉丝还会相信你吗？我可以直接告你诽谤。"

芋心惊慌失措："这个聊天记录你哪儿来的，这是伪造！"

"那我发到网上你再辩解吧。"

芋心终于意识到是枳芝背叛了她，她想去找枳芝，却发现枳芝删了她。

芋心到底还是胆怯了，毕竟聊天记录发到网上，会牵扯到星艺，到时候公司被她拖累了，她还怎么混？至于枳芝，她知道自己有很多把柄在对方那儿，如果闹僵了吃亏的还是她，她也只能憋着。

于是一个小时后，芋心发了微博：

【经过官方判定，《暖心的你》并没有涉嫌借鉴，我向 @ 初柠道歉。也希望没有人再造谣生事。】

这样一条微博发出，底下的嘲讽当然不少，大家就说她引导了这场流言攻击，最后一句"道歉"就把所有对初柠的攻击磨灭了。很多人也站出来吐槽《蜜制》的剧情，反正当初的攻击都回到她身上。

简柠关掉微博，何亦寻把她抱到怀里。

他安抚她："没事了，这件事过去了。以后没有人再能伤害你了。"

她吸了吸鼻子："嗯。谢谢你，何亦寻，要不是你，我都不知道一个人要怎么撑过去。"

何亦寻低头吻她，给予她全部的温柔。

最后，他又抱了她一会儿，却发现她竟然睡着了。估计是这几天太累了，此刻她闭着眼，白瓷小脸上黑眼圈有点明显。

他轻柔地拨开她脸上的碎发，把她抱去卧室。

他照顾完她后，就走出房间，把漫画已经处理好的事告诉了简父简母，他们也彻底放了心。

第二天是周末，简柠睡了一个特别舒服的懒觉。她迷糊地坐起来，突然疑惑昨晚自己怎么莫名其妙就到床上了……

等到意识逐渐清醒，才隐隐约约记起来昨晚应该是何亦寻把她抱进来的，她竟然睡着了。

她伸手去摸床头柜的手机，就看到何亦寻的信息："柠柠，我买了早餐，八点会到你家，你醒了吗？"

现在才七点一刻，她还有时间洗个澡，她回了过去："我醒了，你来吧。"

她洗漱完，何亦寻果然准点到了。

"哇，这是……"她看着他手里的袋子，"是生煎吗？"

"嗯，不知道你爱不爱吃。"

简柠开心得就要转圈圈了："我最爱吃这个。"

他笑着推她进去："昨晚睡得怎么样？"

"很好，我再次满血复活了。"她嘿嘿笑。

何亦寻也看出她今天心情是真的好。

两个人吃完早餐后，简柠就说要去画稿子了，何亦寻则在客厅。

他处理完公事之后，就拿出手机，订了一家很好的西餐厅。今晚他打算向简柠交代一切。

他心里有着隐隐的担忧，知道简柠到时候会生气，所以他要做好一切准备。这种事情他不敢草率，必须要让她看到自己的愧疚和歉意……

他整个脑子都在设想今晚简柠的反应，于是他又打开百度，输入了几串中文——"女朋友生气了该怎么哄""怎样哄女朋友开心"。

他浏览了大概，滑到了最底，刚好看到一条帖子——在结婚前夜，我才知道男朋友根本不是富家子弟！他的欺骗令我悲痛欲绝！

何亦寻鬼使神差地点进去，就看到这个发帖人是一个二十五岁的女生，遇到了一个三十岁的男人，对方故意装成高富帅追她，最后到了谈婚论嫁的地步，才知道对方根本不是什么公司老总，而是一个公司普通职员。她最后生气地提了分手。

底下有人评论：

【男人果然都是大猪蹄子，感情中欺骗是第一大忌，更何况是这么大的事。】

【这种人趁早看清他的真面目就好，女孩子真的太傻了。】

【其实我觉得楼主是真的喜欢那男人，才不在乎他的工作，真正气的是男人欺骗了她。】

……

何亦寻看完，搓了搓手心里的汗。

他一抬头，就听到简柠在叫他："何亦寻，帮我拿杯养乐多好不好？"

他起身去拿，然后镇定自若地走到她面前。他手搭在她的肩上，她抱住他的腰，笑得甜甜的："何亦寻，你看我这个画得怎么样？"

然而，她问了两遍，他才回答："嗯……很可爱。"

简柠抬头看他，感觉有些奇怪："你怎么啦？刚才在想什么？"

"没什么。"他俯身把一个吻落在她的眉心。

简柠脸色有些红，羞涩地把他推了出去，怕他在这里影响她创作。

何亦寻看了她一眼，转身走去客厅。

下午，简柠睡完午觉来到客厅，何亦寻正好在看科教频道，她挪到他身边，两人卿卿我我了一会儿，然后她老实地和他一起看电视。

傍晚，简柠还在考虑晚上吃什么，就听到何亦寻说："今晚带你出去吃饭。"

"啊？去哪儿啊？"她问。

他却始终保持神秘。

她知道他是一个懂浪漫的人，也不多问，就回房间换衣服。

两人收拾好了下了楼，简柠开心地说："这几天都闷在家里，好无聊，终于可以出去放松一下了。"

何亦寻看着她笑，自己也勾了嘴角。

他驾车到了西餐厅。

这里是安城高档餐厅之一，简柠曾和乔姮来过，消费不低。

餐厅是在海边一个私家花园内，落地窗折射出外面的落日，顶部是豪华的吊灯，大理石的地面纹理细致。

简柠没想到，服务员把他们领到了一个单独的房间，这里只有她和何亦寻两个人。

落座后，何亦寻使了一个眼色给服务员，一分钟后，服务员捧着一大束娇艳欲滴的红玫瑰走到简柠身边。

　　"简女士，这是何先生给您的花。"

　　简柠惊讶地抱了个满怀，越过玫瑰花，就看到对面的某人眼里盛着星星点点的笑意看着她。

　　她真是要被何亦寻的用心给惊喜到了。

　　她打趣地问："何亦寻，今天是什么重大日子啊？"

　　"不是什么重大日子……就是单纯想讨你开心。"

　　简柠弯弯眉眼："我很开心。"

　　餐桌上，何亦寻帮她切了牛排，又剥了虾，知道她怕鱼刺，就点了龙利鱼和三文鱼。

　　简柠大快朵颐，只感觉今天实在是太开心了，美食美景还有身边心爱的人陪伴，一切都很完美。

　　吃完后，天色已经黑了，简柠看了眼外面，对他说："何亦寻，我想出去散散步。"

　　他揽着她出去，外面的公园已经亮起了灯，别有一番风味。

　　到了一个无人的地方，两人坐在长椅上。

　　"今晚这里怎么都没人？"简柠四处看看，发现好像周围只有他们两个人。她不知道的是，何亦寻已经把这里包下了，今晚不会有任何人过来打扰。

　　他握住简柠的手："柠柠，我想和你说一件事。"

　　"什么？"

　　何亦寻半蹲在她面前，攥住了她的手。他看着她清澈的眸子，心里紧张。

　　简柠感觉奇怪，笑着让他坐起来，然而他却没听。

　　何亦寻缓缓开了口："柠柠，对不起，我欺骗了你一件事。"

　　她微瞪眼，看着他，心里脑补了各种剧情。她听到他接着说："其实我不是开餐馆的，我当外卖员单纯只是为了接近你。"

227

"你说什么……"

"抱歉，我不是故意瞒着你。"

"那你告诉我，你到底是谁？"她盯着他。

"你知道有个投资公司叫 WTG 吗？我是 WTG 的……总裁。"

简柠呆住了。

难怪他之前说，他和朋友做投资，可谁知道是这个投资啊！她感觉脑子里一片糨糊，一片混乱。

"你……你怎么会……"

何亦寻向她解释："我第一次给你送外卖，是应了和亦夕的赌约。'饭逅'是她一个人开的，我答应给她当两个月外卖员。遇见你之后，我很快喜欢上了你，所以想用这个身份来接近你，和你成为朋友。"

简柠感觉心跳得飞快，她质问他："那你为什么瞒我到现在？你是不是觉得，我会贪你们家……"

"不是，不是。"他摇头，第一次感到心慌，"是因为我不知道你是简氏公司的千金，以为你是普通家庭的女孩，我怕你因为我的身份而感到压力，所以就想等关系稳定了再告诉你。我从没那样想过你。"

简柠理解他的想法，但还是很震惊："可是不管怎么样，你还是骗了我。我以为我们之间的感情是互相信任的，你竟然瞒着我这样大的事！"

她挣脱开他的手，站了起来。

何亦寻忙从背后抱住她："对不起，对不起……"

简柠想起前段时间和父母之间为了何亦寻吵架，她难过地低下头："我不是故意瞒着你不说我的身份。因为我知道男孩子都是很有自尊的，如果我说了，我怕你会觉得我是富家小姐，就不喜欢我。我姐姐就是这样……她的前男友就是觉得高攀不起她，所以和她分手了。所以我才没说。我想等到我父母能接受你了，我再和你说。即使我父母不答应，我都不会和你分开的。可是你呢……"简柠抹了抹眼泪，声音带上了哭腔，"何亦寻，你就是个大骗子！"

他心疼地扳过她的身子："乖，别哭了好不好。"

他捧着她的脸颊，抹去她的眼泪。

早知道有今天，他绝对不会做当初那个愚蠢的决定了。

简柠想要推开他的手，瞪他一眼，故意说着气话："我不要喜欢你了。"

他哪里接受得了这样的话，更用力地把她抱在怀里。

他说："柠柠，你怎样惩罚我都可以。我都接受，只要你不要不喜欢我，好不好？我以后再也不会瞒着你这样的事了。"

简柠听到他这么说，心又有点软了。她很喜欢他，但她不能轻易原谅他——女孩子最不能接受的就是欺骗，如果这次不给他一点儿颜色瞧瞧，以后他不得造反了？

她故意用力掐了他腰一把，他吃痛地吸了一口气，她借机逃离他的怀抱，跑开了。

何亦寻长这么大，做了多少份考卷试题，却发现从来没有一个题目比"女朋友生气了怎么办"这道题更棘手。

他忙跟在她旁边。

夜里有点冷，他把外套脱了下来给她披上，她不想要，他却很坚持："衣服要穿，不能感冒了。"

她只好站在原地，面无表情。谁知他帮她披好衣服后，就顺势想去握她的手。

简柠机智地把手拿开，不让他牵着。

于是何亦寻只能眼巴巴地跟在她旁边。

他总是想借机牵她，奈何她根本不给这样的机会，自己十指交叠着。

简柠用余光看着他，突然觉得他像自己漫画里的那只北极熊，惹小兔子不开心了，就耷拉着脑袋，天天跟在小兔子旁边求原谅。

简柠傲娇地继续不理他，往前走，就到了海边。

她发现这里竟然有个海边小店，小店用小灯串成的细线点缀着，店门口摆着几把椅子，应该是供往行人在此休息。

她小跑过去，才发现这里是一个酒吧。

此刻这里除了有一名调酒师，再没有其他人。

调酒师是一个很年轻的男孩子，个子不算太高，但五官很精致，颜值很高。

他看到简柠和何亦寻，打了招呼："哈喽两位，要来杯酒吗？"

简柠很喜欢这里的氛围，就坐在了调酒师所在的吧台前。

她手肘撑着脑袋，巧笑倩兮地看着调酒师："小帅哥，有没有推荐啊？"

"不知道小姐姐喜不喜欢含有奶制品的，比如亚历山大和绿色蚱蜢，这两款口味比较顺滑。还有就是椰林飘香，椰香味比较浓。或者是新加坡司令，这是款由石榴汁为主料调配的。"

简柠看了眼实图，还是喜欢颜色好看的。

"那就新加坡司令吧。"

调酒师问何亦寻："这位男士呢？"

何亦寻淡淡瞥了他一眼："不用。"

调酒师一边调酒，一边主动挑起话题活跃气氛。

简柠见他挺开朗健谈的，两人就聊了起来。

何亦寻坐在旁边，看着两人，心里的醋坛子不知道打翻几个了。他虽然心里吃味，可是也不能表现出来。

酒上来之后，简柠抿了一口，点头赞道："哇，好喝，而且很有层次感。"

"对，这里面有菠萝汁、柠檬汁、苏打水等等。"

简柠连喝了好几口。

何亦寻见状，长眉皱着，叮咛她："柠柠，慢点喝。"

简柠没搭理他，却改成了小口啜着。

调酒师看着简柠，笑道："小姐姐是我见过长得最漂亮的女生了，声音还很好听。"

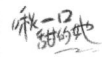

他话音刚落，就感觉小姐姐身边的那个男人抬头冷冷地看了他一眼，面色如霜，眼里仿佛要射出刀子。

他连忙又补充了一句："你男朋友也很帅……你们很配。"

简柠和调酒师聊着其他话题，聊生活，聊工作。

她这才知道，他今年刚上大一，因为家里贫穷，周末跑过来兼职。

简柠觉得他很辛苦，就说以后会带着朋友过来照顾他生意。

出了酒吧，两人原路返回。

简柠转头看了一眼身边的某人，发现他整个人如"行走的雕塑"一样，一动不动还沉着脸。她当然了解他，知道他吃醋了。

要是换作两人没吵架时，他刚才肯定是要宣示主权的，怎么可能看着她和其他男生聊天默默不语，即使对方是个小男生。可是她正生气着，他什么都不敢做。

她压了压嘴角，摸了摸有些烫烫的脸颊。

何亦寻注意到她的姿势，问道："感觉怎么样？头晕不晕？"

她嘟囔了一声："我才没有那么容易醉。"

何亦寻见着她和自己讲话了，心里别提多开心了，感觉这是一次里程碑式的跨越。他想去摸她的脸，她却立马走开了，没让他得逞。

何亦寻按了按眉心，感觉有点头疼。

两人回到餐厅，服务员就上前询问是否要结账离开了。

简柠点头，何亦寻去结账，她就安静站在旁边。

服务员悄悄瞥了两人一眼，隐隐感觉气氛有些不对，两个人来的时候还如胶似漆的啊，怎么现在都不说话了……

这时候有个服务员走过来，她手里抱着玫瑰，问简柠："女士，这是您的玫瑰花，忘记拿了。"

空气突然安静了两秒，何亦寻转头看简柠，眼底压抑着情绪。

简柠能感受到周围炽热的目光，她抿了抿唇，还是把玫瑰接了过来："我忘了。"

服务员会心一笑。

结完账，简柠和何亦寻走去停车场。

周围已经没人了，她把玫瑰塞进他怀里："给你。"

他怔了一下，眼神黯淡下来，整个人仿佛被乌云笼罩了。

简柠见着，又有点心疼了，她扯了个借口："上次生日你送我的，我家里还有。这个……放你家里吧。"

"嗯。"

上了车，简柠装作假寐，何亦寻想和她讲话都没有办法，他脑袋里一团糟，心一直悬着。

到了云之阁，简柠解开安全带："我上去了。"

她下了车，何亦寻立马下车拦住了她。

简柠想自己确实应该给他一个说法："我还是生你的气，即使是听到你解释之后……你不能指望我当作什么事情都没有发生。我虽然脾气好，但也不是那么好对付的。我最信任你，你却……这几天你别来找我了，你让我一个人待着，消消气。"

何亦寻叹了口气，伸手抱住了她。她娇小柔软的身躯被他搂抱着，整个人温暖了许多。

简柠没有回应他，但也没有推开他。

他声音低沉悦耳，带着诚恳："柠柠，我不求你现在就原谅我。我给你足够的时间，我尊重你。但是……就算让我不来找你，我给你发信息你偶尔也要回我一下，好不好？不然我会担心你。"

她抿紧唇，没有拒绝。

最后何亦寻坚持要送她到家门口。

他离开后，她先是去洗了个澡，出来后就把笔记本电脑拿到沙发上。

她百度了"WTG"，就跳出来一段简介。上面何亦寻的照片不多，只有几张几年前的，他被人称为最为低调的年轻总裁。

简柠大致了解了 WTG 公司的发展历程，何亦寻果然是年轻有为，他和他的创业伙伴带领投资行业新兴起来。

而这样一个人却为了她……故意说自己只是一个餐饮店的合作者，甚至要通过送外卖来认识她。

难以置信。

难怪他的衣品和举止，以及所透露出来的思想和气质都和一般人不同。

她合上电脑，靠在沙发上，回想起当初和何亦寻认识的过程。如果以他是总裁身份来回顾，这简直是太荒唐奇妙了。亏甜还要指定他送，可是他竟然答应了……是不是说明，他在很早之前就喜欢自己了？

她心里涌现一股感动，她用枕头盖住了脸，不让自己想下去了。

第二天，临近中午的时候，简柠收到了乔婳的信息，说中午过来吃饭。

简柠放下铅笔，揉了揉有些酸痛的胳膊，站起身把房间整理了一下。

她把茶几擦了擦，就看到上面摆着的一个陶瓷杯，是跨年夜那晚在"一生陶店"拿回来的何亦寻做的杯子。

她的手指轻轻摩挲着杯身，心里对他的想念来得更加强烈了。今早他会在干吗呢？

她回过神，继续忙碌着手上的事。

三十分钟后，乔婳到了。

简柠看到她手里提着的几个餐盒，有些呆愣："你这是打包了饭过来啊？"

乔婳把东西递给她："对啊，猜着你还没有吃，就给你带一点，反正也省得麻烦再去煮了。"

简柠把午餐摆好，看着色香味俱全的饭菜，眉开眼笑："好香啊，我们先吃饭吧？"

"嗯。"

乔婳意味深长地看了她一眼，然后坐在她对面。

简柠早上其实没怎么吃，此刻已经饥肠辘辘，她把菜都品尝过一遍之后，连连点头："你这哪里买的？把店名告诉我，味道太好了。"

"你真想知道？"

"对啊。"

"店名我倒是忘了，但是主厨你应该认识。"

"啊？谁啊？"

"你男朋友啊。"

简柠拿着筷子的手突然僵在半空中，她错愕震惊地看向乔婳，嘴里的肉都忘记嚼了。

"何亦寻做的？"就说味道怎么这么合她的胃口！

乔婳翻了个白眼，才开始说明情况："今天早上，何亦寻给我打电话说中午送点吃的给我，让我送过去给你。我拿到这餐盒还以为他给你点的外卖呢，后来他才说是他准备了一个上午，都是你爱吃的。我就想点个外卖至于经过我的手吗，麻烦不麻烦。"

简柠晃晃她的手："然后呢，他还说什么了？"

"我问他为什么不自己送，他说你最近生他的气不理他，但是他又担心你不好好吃饭，又不接受他送来的，所以只好通过我。他还不让我告诉你，这有啥不能说的，对你好还偷偷摸摸的。"

简柠盯着饭菜，眼圈都开始红了，乔婳连忙拦住她："你虽然感动，可别哭啊，我可不负责哄你。"

简柠横了乔婳一眼，憋回了眼泪。

"你生他气了，那这饭还吃不吃？不吃我就倒了，带你出去吃。"

简柠皱眉凶她："你敢！谁说我不吃了……我都快饿死了！"她大口吃饭。

乔婳见了，偷偷笑了。

　　午休时间，乔婳和简柠躺在一张床上，乔婳转头问她："你能告诉我你和何亦寻之间到底怎么了吗？他到底做了什么让你生气了？"

　　简柠抬头看向天花板："婳婳，如果一个男人有钱装没钱来追你，你会接受吗？"

　　"不懂这个骚操作。"

　　"……"

　　"你能别卖关子了吗？"乔婳说。

　　"就是何亦寻根本不是开餐馆的，他其实是一个投资公司的总裁。"

　　"你说什么？我没听错吧？公司总裁？"乔婳感觉简柠在和她讲故事呢。

　　于是简柠把昨天发生的事完整讲了一遍，乔婳听完缓了好一会儿才能正常思考。

　　"我的天，你们的感情竟然这么富有戏剧性……"她感慨之后，开始帮简柠理性分析一番，"其实我觉得何亦寻应该没骗你。他瞒你确实有苦衷，但也不是非瞒不可。他为你考虑太多，却不知道他考虑的事是徒然的，反而害你生气。"

　　简柠点头："我知道他的心意，可我还是有些生气。"

　　乔婳摸摸她的脑袋："我懂，换作任何一个女人都会不开心的。这和没钱装有钱是一个性质，钱不是重点，重点是隐瞒。可是柠柠，我觉得他是很喜欢你才会这么做，你要看到他的初心。"

　　"嗯……"

　　"那你会和他分手吗？我可告诉你，多少女生争着想要他呢。你和他分手了，他依旧吃香。"乔婳估计在激她。

　　"我才不会！"她从来不会减少一分爱他。

　　"不会就好……"

第二天是周一，简柠以为何亦寻应该很忙，却没想到他再次说要送早餐过来。这次，她也不忍心再拒绝了。

听到门铃声，她走去开门，就看到何亦寻穿着黑色西装，外头披着一件大衣，神采奕奕。

看到简柠，他眸中带笑，心里的欣喜和思念已经翻腾了。

"柠柠，早上好。"他声音轻快。

简柠被他看得都有些不好意思了，她摸摸脑袋，接过了他递来的早餐："谢谢。还有昨天中午那顿饭……我都知道了。"

何亦寻淡淡笑了，走上前，虽未把她抱进怀里，却和她靠得很近。

他柔声问："昨晚睡得好吗？有没有熬夜？"

简柠摇了摇头。

"那就好。中午我就不能给你做饭了，今天公司比较忙，但是你答应我要好好吃饭，不能把零食当午饭。"

"知道了……"她绞着手指，还是尽力装出一副高冷的样子。

"还不打算原谅我吗？"何亦寻把她拉进怀中，"如果还不原谅，我就继续努力，求你原谅。"

简柠脸红，轻声道："我不生气了……"

"真的吗？"

"嗯，我想通了，我爱的是你，你爱的也是我，本质上都是为了对方，所以我也不应该再闹脾气。"

他笑着揉揉她："没事，只要我们好好的就好。"

第十四章
"今晚你得好好补偿我。"

这几天，有公司来找简柠，说要把她的第三本漫画做成广播剧，又有出版社找她再版前两本书。因为碰瓷事件，《暖心的你》人气更旺了，她的微博也涨了很多粉，这是因祸得福。相反，芋心的人气却开始走低，很多粉转路了。

乔妯和简柠打电话聊起这些事，乔妯也很替她开心。

不过聊了几句，乔妯又突然转变话题："柠柠，你爸妈那边怎么样了？何亦寻的事你还没讲吗？"

"这几天给忙忘了……其实我对他们还是有点生气。"

"因为漫画的事？"

"嗯。"

"唉，可能长辈心里一时也转不过来。不过何亦寻这件事你打算怎么处理？"

"我会尽快安排他们见面。"与其让她爸妈在那里瞎怀疑，不如直接见一面。

"也行，那你也要事先和何亦寻通个气，别到时候搞得他措手不及。如果一个男人真的愿意去见女方的父母，说明他是想和女方走得更长远的。"

"嗯……我相信何亦寻会是这样的人。"

晚上，何亦寻回来接简柠出去吃饭。

今晚是沈寒和谢舟非要让何亦寻请客，说要见见简柠。何亦寻征询她的意见，她也很乐意。

在车上的时候，简柠问他："何亦寻，你……愿不愿意……见一下我的父母？"

何亦寻转过头看她。

她解释："其实我父母还不知道你的真实工作，我在想如果你愿意和我父母见见面，让他们放心一下就好……但是如果你还愿意也没事，我也能理解你不想这么快……"

何亦寻眉梢挑起，捏了捏她的脸："宝贝，你可能还不知道一件事。"

"什么？"

"我已经见过伯父伯母了，他们对我很满意，你不用担心。"

她惊讶地看着他："你怎么……"

"当时怕你为难，就私下里见了他们，让他们彻底认识我。"

简柠没想到何亦寻比她考虑得长远多了，不禁感动，心里也彻底放松下来。

"亦寻，你真好。"

"那过几天，我们再和你父母正式吃一顿饭？"

"好呀。"

周末，简柠知道有一家新开的西餐厅，专门做法国菜。于是她就约了爸妈，两人同意了。

到了餐厅，何亦寻看到简父简母，微笑道："伯父伯母你们好。"

"哎，你好你好。"

简柠看到父母脸上的笑，心里感慨，果然男朋友出马就是不一样。

他们入座点菜，简柠指了指菜单："我要这个巧克力芝士冰奶。"

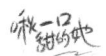

何亦寻皱了皱眉："不行，你这几天不能吃冰的。"

"噢……"

"换成黑糖鲜奶怎么样？这个可以做成热的。"

"那好吧。"

简母见有人能管着女儿，倒是放心不少。

服务员又推荐了一番："像这个烤卡芒贝尔奶酪，我们店里做得也是很正宗的。"

何亦寻："伯母好像不太喜欢奶酪味，还有其他的推荐吗？"

简母一愣，才记起来这是上次见面时她说过的，他倒是记住了。

简母一笑："没事，你们点吧。"

一顿饭下来，简父简母对何亦寻有了更深刻的了解，简柠见他能和自己父母很好地交流，逐渐安心。

她就知道，何亦寻这么有魅力，父母一定喜欢。

饭后，四人走出店里。

何亦寻对简柠说："今晚回你家睡吧，你好像好久都没回家了。"何况简父简母肯定也希望能和简柠多待一会儿。

简柠握住了他的手："嗯呀，那你不要太想我哦。"

何亦寻扫了眼走在前头的简家父母，趁他们没看到，低头吻了简柠一下："怎么这么可爱……"

简柠红着脸笑了。

走到地下停车场，何亦寻和他们告别："伯父伯母，我就先走了，改天再登门拜访，今天太匆忙了。"

简母点点头："那我们就先走了。"

"何亦寻，拜拜。"简柠也挥了挥手。

简柠上了车，脑袋还往外看了一眼何亦寻，简母取笑道："至于这么不舍吗？"

简柠不好意思地低下头："哪有……"

简父简母今天算是看出来女儿是动了真情，还好男方也不是玩玩而已。

在车上，简柠问："爸妈，你们今天……感觉怎么样啊？"

"怎么，我们不满意你就分手啊？"

简柠心里"咯噔"一下："爸、妈……"

简母看着她，叹了一口气："你这孩子……小何年龄比你大，比你懂事不知道多少。"

简柠嘟了嘟嘴，表面装作不开心，其实心里乐开了花："妈，你这么快就开始嫌弃我了。"她给何亦寻说好话，"不过，平时确实都是他照顾我。"

车子驶入别墅群，到家后，简柠先去洗了个澡，出来的时候，就听到简父简母在客厅，叫她下楼。

她踩着毛绒拖鞋"嗒嗒嗒"跑下楼，就看到父母都坐在沙发上。

这是有事要和她说？

简柠坐在他们对面："怎么了……"气氛还搞得怪严肃的。

简父："柠柠啊，你妈妈要和你说件事。"

"啊？"简柠感觉精神都紧绷成一条线了。

简母终于开口："柠柠，妈妈不再反对你画漫画了。"

简柠愣了下，感觉脑子里在放烟花。她激动地看向简父，想确认自己有没有听错。简父说："你妈妈没和你开玩笑。"

"天哪！"她扑过去抱住了简母，皱了皱鼻子，抑住快要溢出的泪水，"妈妈，你太好了……"

她都没想到会有这一天，妈妈能够支持她的事业。她感觉自己一直以来的坚持没有白费。

简母面容渐渐温和，她拍了拍简柠的背："妈妈之前不懂你，还把你当小孩子，但你也是二十几岁的大姑娘了，也管不了你一辈子。你既然这么喜欢漫画，妈妈也支持你。小何能照顾你，我也就放心了。"

母亲的一番话令她感动："我也会对自己负责。"

简父："前段时间你漫画上的事情一出，我和你妈都在网上看到了那些人对你的攻击和你的反击。我们的乖女儿真的比我们想象的要坚强。"

"爸……"她也同样抱住了父亲。

"好了，事情都处理完了。你以后好好画，有人再找你麻烦，我们简家也不是好惹的。"简父拍拍她的肩膀。

"嗯！"

简柠回到房间，打通了何亦寻的电话。

"何亦寻，我爸妈答应我画漫画了，也同意我们在一起了！我好开心啊！"她倒在床上翻了几个滚，感觉整个人都要飘起来了。

何亦寻合上了书，眉梢扬起："柠柠开心了就好。"

"嘻嘻……"

"对了柠柠，我后天要出差两天，去 H 市。你要乖乖的，别让我担心。"

"好，那明天要一起吃饭。"

"嗯。"

何亦寻去 H 市的第二天下午，安城市中心的文化馆举办了一场别具特色的个人摄影展。

这次的摄影展展出的是著名摄影师"何心"近些年的摄影作品。

何心是二三十年前火的，当时在中国掀起了很大的摄影浪潮，后来她有了家庭，便开始慢慢淡出摄影圈，但还是坚持摄影。听说今年这个摄影展是她的丈夫为了庆贺她的生日特地举办的，展出的主要是她近几年的作品和早些年的代表之作。

这是这几年的唯一一次，有幸来的人可算是有眼福了。

何心也邀请了好几个圈内的好友和近些年摄影界的新星和有些名气的摄影爱好者，所来的人都是有一定水平的。所以与其说是一次个人摄影展，不如说是一次交流会。

简柠，也是被邀请中的一个。

对此，简柠是很疑惑的，她好像并不认识何心。但是能有幸来欣赏偶像的作品，而且还有可能看到偶像本人，她无论如何是不能错过的。

下午，她在家梳妆打扮之后，出了门。

到了文化馆，她出示了邀请卡，走了进去。

展馆里头像是一个圆状的环形设计，中间有个台子，下面摆放着椅子，估计到时候会有人上台发言。展馆内的装修低调却又奢华，气派又大方。

她今天来得比较早，人还不算多。

她今天穿着一件白杏色的圆领宽松毛衣，搭配着灰色的格纹长裙。

刚好路过一个镜子面前，她对着镜子小小调整了一下贝雷帽，把滑到侧脸的一绺头发拨到耳后。

她确认衣着得体后，才安心观展。

她看了看何心近几年的作品，其风格已经有了变化，但依旧有自己的特色。她反观一下自己的作品，虽是学习了偶像早年的风格，但也只是学个皮毛……

人渐渐多了起来，简柠走到一幅何心在 2003 年拍摄的作品《初晨·朦胧》面前停住欣赏。

这幅作品拍摄于坝上草原的早晨，初晨天色微蓝，云雾弥漫，小树黄绿相间，生长在草原上，远处有一个小道，驶出来几辆小车。

简柠突然听到旁边有个男人的声音："这作品要是放到现在，根本就是不合格的作品，光影效果处理得太差了。"

她转过头，看到一个中年男人和一个女人在评论这幅作品，中年男人言之凿凿，满脸不屑，一副自视甚高的样子。

简柠打心眼里讨厌这样的人，开口反驳："先生，我想您没看懂这幅作品。其实在这里何心女士是故意没有处理光影效果，为的就是还原最本质的模样。这幅作品的构图很美，上部较为稀疏朦胧，下部显得紧密清晰，其实色彩的

对比已经可以达到一目了然，如果强行处理，反而会显得不够自然。"

男人顿时面露尴尬，又恢复不屑的样子："但是这样一幅作品放到现在，确实毫无特色。"

"如果我没记错的话，这幅作品当年获得了花影经典奖。而您的作品放到过去……"她莞尔一笑，"可不一定。"

男人自知面子挂不住，就气愤地带着女伴走了。简柠抿唇一笑，然后听到身后传来一个女人的声音："小姑娘，看来你还挺了解这幅作品的。"

简柠倏地转头，看到一名女士站在她身后。对方身着浅棕色的大衣，面带微笑，容光焕发，眼角虽然带着皱纹，但很有气质。

简柠感觉很眼熟，但一时间记不起来。

女士看清她后，也是一怔。

简柠笑了笑，解释道："我只是看过何心女士前段时间出版的日志罢了。"

女士略显惊讶："没想到你会买这个。"

"嗯……很喜欢她的作品，也想多了解她一些。"

女士看了几眼简柠，终于问出了口："小姑娘，我觉着你很眼熟，是不是我们曾经见过？"过了几秒，她突然记了起来，"跨年夜那晚，在'福和'糕点店门口，我被人碰瓷了，是你出来帮我说话的，对吗？"

简柠脑海中瞬间浮现出一幕画面，她激动地点点头："阿姨，原来是你啊。我也觉得很眼熟。"

女士笑得更加慈祥："看来我还不算太老，记性还是可以的。"

这时候，有个穿着工作服的人走了过来，对女士耳语了几句。女士对简柠说："小姑娘，我这边有点事，我们有空再聊。"

"好。"简柠点头。

女士边走边对身边的助理说："小琴，帮我去查一查刚才和我说话的女生的名字。"

"好的。"

过了一会儿，有工作人员来通知所有嘉宾可以入座了。简柠坐在第二排，环视了身边，看到刚才那位女士，对方坐在了第一排。

主持人走上了台，底下逐渐安静了。

主持人说道："女士们、先生们，大家好，很高兴各位能百忙之中抽空来到何心女士的摄影展……下面，我们有请何心女士上台和我们说几句话。"

简柠就看到，那位女士站了起来，和身后的人打了招呼，走上了台！

她就是何心？

简柠完全没有想到，简直是难以置信！

女士向大家鞠了一个躬，对着话筒说道："大家好，我是何心。大家能来看我的摄影展，我深感荣幸。其实很久以来，我因为现实生活的原因，很少摄影，产出的作品也不多。但是今年刚好有这个契机，我就想邀请大家。我们可以一起交流、沟通……"

何心说完话后，台下响起了热烈的掌声。

简柠听完她分享自己的摄影经历，也不禁动容。

大家起身，有的继续看展，有的则去找何心交流。

简柠看着何心身边的人太多了，就不好意思凑上前，继续去看作品了。

然而她却没想到，何心主动来找她了。

"小姑娘，我们可以聊聊吗？"何心走到她面前，温柔地说道。

简柠抑制不住内心的喜悦，欣然答应。她跟着何心走到了一个无人的地方，这里有个黑色的沙发椅，是何心刚才休息的地方。

助理给简柠倒完水，走了出去，只留下两人。

"阿姨……不，何心女士，没想到竟然是您……"

何心笑道："你叫我阿姨就好，这样显得亲切。其实刚才听到你和别人在评论我的作品，谢谢你为我的作品说话。"

"其实没什么啦，不瞒您说，我一直都很喜欢您。"

"小姑娘……你就是'初木之宁'吧？"

简柠惊奇："阿姨怎么知道的……"

得到确认后，何心抑制住内心的激动，说："我看过你的作品，很不错，容我说句可能不太合理的话——很有我当年的风格。"

原来偶像竟然认识她？

简柠答道："其实我正是有意地在学习您。走上这条路，也正是因为看过您的作品。"

何心轻轻握住她的手："看来我们很有缘分，我也听说过你。对了，我的儿子还很喜欢你的作品。"

"您的儿子？"

"对。"何心面露慈祥，"因为我的缘故，他从小就喜欢摄影作品，爱看却不爱拍。他多次在我面前提起你，对你那是喜欢得不行，他办公室里还挂着你的作品。"

简柠被何心的话惊到了，她确实有几幅作品开发了商业价值。

她听着都觉得有些不好意思了："我其实就是一个业余爱好者，技术不咋地……"

"谦虚了，我看过，真的不错。"

两人又聊了一会儿对于摄影的见解，交谈甚欢。这时候助理走进来叫何心出去一趟，何心就让简柠在这儿等等她。

何心出去处理完事情，心里想到什么，就拨通了何亦寻的电话。

何亦寻此刻在回安城的路上，他接起电话："妈，怎么了？"

"回安城了吗？"

"快了，大概还有半小时。今天摄影展办得如何？"本来他也是会来的，但是此次出差事关重大，所以何亦寻没办法到场。

"很好，我还见到了一个摄影师。"

"嗯？"

"你最喜欢的。"

何亦寻瞬间坐直身子，眼睛都亮了："初木之宁？"

"没想到吧？"

"妈，你什么时候竟然邀请她来了？现在她还在吗？"

"我正和她聊天呢，你绝对想不到，人家才二十几岁，很年轻漂亮呢。"

何亦寻在乎的不是这个："妈，您能不能帮我留留她，我想和她见见面，交谈几句就好。我一下车就赶过去。"

何心就知道他会很激动："行，我看情况。"

挂断电话，何心走到简柠面前，说道："小姑娘，不知道你今晚有没有空？可以一起吃顿饭吗？来的人还有我儿子，他知道你在这儿，非要见见你。"

简柠点头："好，没问题。"她觉得这是应该给何心的尊重，而且她也很喜欢何心，自然是愿意的。

何心给何亦寻发了消息，何亦寻就给简柠发了消息："柠柠，我今晚有点事，你就不用来接我了，我晚上忙完了去找你。"

简柠倒觉着凑巧，她本来也打算说今晚有点事，不能去接他。她回道："好，那你回来注意安全。"

展馆这边的事都忙完之后，简柠上了何心的车，两人坐在后排。

何心问："姑娘，我该怎么叫你？"

"您叫我'简柠'就好，简单的简，柠檬的柠，这是我的真名。您也可以叫我柠柠，长辈都这么叫我。"

到了餐厅，何母和简柠走了进去。

这是一家中餐厅，古风古韵，有人在弹古琴，乐音绕转于耳。

走过屏风，服务员领他们到一个很安静的地方。两人坐到木椅上，何心还泡了一杯茶给简柠。

"抱歉啊，我儿子正在赶过来的路上，可能还要等一会儿。"

"没事。他平日里工作挺忙的吧？"

"是啊，他是做投资的。跟他爸一个样，总是忙工作。"

246

简柠听到"投资"，一下子就想到何亦寻。她面色柔和："做投资的很厉害呢。"

"我儿子是很年轻有为，就是快三十了，还找不到女朋友。"

简柠笑了："不急，总会有好女孩的。"

过了一会儿，包厢的门被推开，简柠听到门口传来声音——

"何先生，里面请。"

当简柠看到走进来的男人的模样时，震惊得不自觉地站了起来。

何亦寻提着公文包，戴着墨镜，手里挽着大衣，身上的黑色高领毛衣显得他身材更加修长。

什么，怎么会是何亦寻？

简柠微瞪杏眼，说不出话来。

原来何心竟然就是何亦寻的妈妈！

何心站了起来，忙走到何亦寻面前，把他拉了过来，热情地介绍："你心心念念最仰慕的'初木之宁'小姐，就是这位。柠柠，这个就是我儿子，何亦寻。"

简柠一脸蒙。

完了完了，被抓包了，她在他面前装了这么久还是被发现了。

见何亦寻迟迟没说话，何心打圆场："儿子，你干吗呢，看到美女都呆住了？"

简柠脸上红扑扑的，她胆怯地伸出手来，软着声音说："何……何先生，你……你好。"

何亦寻摘下墨镜，眼底含着若有似无的笑意。他眸子黑漆漆的，握住了她的手："你好，初木之宁小姐。"

简柠第一次听到他这么叫自己，特别是"初木之宁"四个字，他念的时候还加重了语气，她被搞得很紧张，手心都出了汗。

他竟然没有拆穿她？

何心见两人之间气氛有点怪怪的，说："我们先坐下来吧？"

入座后，何心说："我这儿子，和女孩子待在一块儿就比较紧张。但是知道是你，说什么都要见一面呢。"

简柠不好意思地笑笑，抬头就看到何亦寻看着她，饶有兴趣。

她吓得又立马低下头来，何亦寻开口道："确实仰慕初木小姐很久了。很喜欢你的作品，总希望有天能见到你，和你交谈，是我的荣幸。"

"何先生客气了……"简柠紧张地抿了一口茶。

"没想到初木小姐如此年轻漂亮，看你的作品风格很成熟。"

何心附和："对啊，这么年轻就能拍出那样的照片，很有天赋。不过……"她看着简柠，觉得简柠长得眉清目秀，温婉可爱，突然之间心里动了一个念头，"你这么年轻，有男朋友了吗？"

"啊？"

"没事……阿姨就是问问，好奇一下。"

简柠抬头和何亦寻四目相对，她咳了几声，慢慢点头："我已经有男朋友了……"

"这样啊……"何心突然感到一丝可惜，这要是单身的话，说不定可以和儿子尝试着交往一下，可惜了可惜了……

何心招呼服务员点菜。

简柠被推着点了几道菜，就把菜单推给何亦寻："何先生你看吧……"

何亦寻笑笑："初木小姐点的，我都爱吃。"

简柠脸色渐渐泛红，何亦寻那么说肯定是故意的。

何心倒是纳闷了，儿子今晚好像很会说话，完全不像他平时的样子。不过也是，毕竟对方是他一直很仰慕的人。

点完菜，三人就开始聊天，不知不觉聊到了何亦寻身上。

何心开玩笑吐槽："我这儿子眼光刁得很，很多女孩子他都不喜欢，至今为止都没谈过恋爱呢，都不知道他喜欢什么样的。"

何亦寻目光移向简柠，声音低沉含笑："我当然有喜欢的标准。比如像……初木小姐这样可爱活泼，又喜欢摄影的。"

何心见简柠都被说得红脸了，她心里在想儿子今天嘴巴怎么这么甜，女孩子被他弄害羞了都不知道。她忙说："原来如此啊。可惜人家有男朋友了。不过柠柠，你倒是可以给他介绍几个类似的。"

简柠只能点头："那我改天看看……"

过了一会儿，简柠就说要去趟洗手间。她走出去没多久，何亦寻也站起来了："妈，我也出去一趟。"

"好。"

简柠从洗手间走出来，就看到长长的走廊上，只站着何亦寻一个人。他倚在墙上，转头看她，眼里只盛着她一个人。

她心里有些忐忑，挪着小步子，踩在柔软的地毯上，慢慢走到他身边。

"何……何亦寻……"她刚叫完他名字，腰就被人搂住了。

何亦寻一个转身，就把她紧紧压在墙边，动作强势。

她的背后是坚硬的墙壁，身前是他温热的胸膛，他的手也搭在她盈盈细腰上。

简柠心跳加快，抬头对上他深不见底的眸子，心一颤一颤的。

他慢慢勾唇，口里吐出热气，说："没想到初木小姐，竟然瞒了我这么久。"

她软着声音求饶："何亦寻，我……我这是不好意思告诉你嘛，你别生气……好不好？"

她红唇水润，声音宛如小猫一样，就跟个小妖精一样死死缠住他的心，他哪里还能生气，只能更紧地搂住她的腰。

"现在知道我有多喜欢你了？无论你是简柠，还是初木之宁。"

简柠笑得妖娆："知道啊，何亦寻可是经常在我面前夸初木之宁呢。怎么样，知道我是她，是不是很开心？"

何亦寻知道小姑娘还有一丝得意，他笑了笑，在她耳边说道："不是说要给我介绍女朋友吗？"

他口中的热气使她痒得扭了扭身子，她抬头看着把她禁锢在怀里的人，语气轻俏："何先生不是说就喜欢我这种活泼可爱的吗？"她双手钩住他的脖子，身子前倾，"你可以……考虑考虑我。"

她的主动让他紧绷的理智瞬间崩塌，他低头狠狠吻上了她的唇，小舌轻而易举地打开齿关，和她玩着捕捉和逃跑的游戏。

原来简柠就是他心中在摄影方面的"女神"，他的小姑娘原来是这么美好，他这么想着，内心更加火热。

简柠被他吻得面色如桃花般粉红，她低下头小口喘气，何亦寻看着她娇羞的模样，忍不住低头再次亲了她的脸颊。

蓦地，旁边传来一个女人的声音："儿子，你这是在干吗？"

两人一转头，就看到何心站在包厢门口，她看着他们，下巴都快惊得掉下来了。

何亦寻紧紧攥住了简柠的手，简柠在心里哀号，亲热被男朋友母亲撞上太尴尬了……

何心走过来，看着简柠脸色红成那样，而何亦寻却那么淡定，还有刚才那个画面……她严厉斥责说："亦寻，你松开人家的手！你这像什么样子？"

儿子把人家女孩子逼到墙角，明显就是强迫啊！

"妈……"

他刚要解释，却被何心打断了："儿子，妈没想到你是这样的人……我看出来你很喜欢柠柠，但是你要分得清摄影作品和人，何况人家都有男朋友了，你刚才这是干什么？还不赶紧松手！"

何亦寻一脸黑线，简柠听慌了，忙解释："阿姨，不是你想的那样……"

"柠柠，阿姨跟你道歉，是我儿子不懂事了。亦寻，你赶快和人家道歉。"何心都感觉丢死人了。

简柠欲哭无泪："阿姨，其实我的男朋友就是何亦寻……"

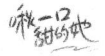

"什么？"

何亦寻说："妈，忘记介绍了，简柠是我的女朋友。"

何心感觉脑子一下子都不够用了："那……那你们刚才？"刚才怎么还装得像不认识呢？

"妈，这件事有点复杂，我会跟你慢慢解释。"

何心一时间难以平复心绪。

何亦寻对简柠说："柠柠，你先进包厢，我和妈单独说几句话。"

"好……"

简柠离开后，何心问："你没骗我吧？你什么时候有女朋友了？"

于是何亦寻粗略解释了一下事情经过，也把关于摄影师这个身份解释了一下，何心大体明白了。

"妈，我已经见过柠柠父母了，他们好不容易才放心把女儿交给我，您对简柠……"他其实也有点担心母亲能不能接受简柠。

"哟，都见岳父岳母啦？你真是够着急的啊，你就没想着赶快把简柠领回来让我们看看？"

"……"

"说句实话，认真的啊？"

"不能再认真了，我是真的很爱简柠，她和其他女孩不一样。"

何心捂嘴笑了，她真是从来没见过儿子会说这样的话，想当初安排了多少次相亲，一点动静都没有，谁知道突然之间就蹦出一个准儿媳妇来了。

何心拍拍他的肩膀："妈相信你的眼光，但是妈也得了解了解。我们先进去吃饭，别让女孩子在里面等着。"

另一边，简柠在包厢里，什么东西都吃不下，就担心何心不会接受她。提前见男方家长，她真的什么都没准备啊……

这时，何亦寻和何心回来了。何心面带笑容地走到她身边："柠柠啊，你和亦寻真是给了我一个惊喜啊。"

"抱歉阿姨，我不该有意隐瞒的，我也不知道您是何亦寻的妈妈。"她垂下脑袋。

"没事的，乖孩子，坐下来吃饭吧。"

何亦寻坐在简柠旁边，偷偷握住了她的手，让她别紧张。

"柠柠啊，阿姨想了解你，你能不能和阿姨讲讲你的情况？"

"嗯……"简柠讲了讲自己和家里的基本情况。

何心本来就喜欢简柠，人美心善，当时在跨年夜帮过她。这么棒的姑娘又是和儿子真心相爱，她是一百个满意。

何亦寻看得出来何心的态度，也逐渐放心了。

一顿饭，三人吃得很愉悦。

离开的时候，何心就说："柠柠啊，这个周末到家里来吃个饭。"

"好。"简柠笑着点头。

何心对何亦寻说："行了，我自己回去，你带着简柠回去吧。"

告别后，何亦寻开车载着简柠离开。

"何亦寻，阿姨对我……"她心里还是有点紧张。

"放心吧，我妈很喜欢你，她回去肯定要在我爸面前夸你一番。何况亦夕也那么喜欢你。"

简柠点点头，弯了眉眼："那就好。"

她看着车窗外的风景，疑惑道："你不是把我送回家吗？"

何亦寻渐渐笑了："今晚去我公寓。"

"啊……"

他看向她："我出差两天，有多想你，知不知道？今晚你要拿出点实际行动安慰我。"

简柠被他说得脸色涨红。她转头看向窗外，就想起他出差前那晚，他缠着她，让她帮忙解决某个问题的事。她发现，何亦寻是越来越流氓了！

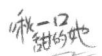

第十五章
他想用一生去守护她

到了公寓，两人轮流去洗澡。简柠不是没在他家住过，所以这里都有她的衣物，也很方便。

他洗完澡出来，就看到简柠趴在床上翻看他放在床头的书。

他上床抱住了她，她刚开始还推却，说别吵她看书。谁知没过多久她就扔掉书，和他缠绵在一起了。

小别胜新欢，这个词用来形容此刻再合适不过。

两人温存了一会儿，何亦寻就抱着她，倚在床头聊天。

"柠柠，你和星艺的合同什么时候到期？"

"我们是按漫画签约的。《暖心的你》和星艺签了合同。"

"下一本打算继续合作吗？"

简柠点点头："星艺毕竟是最好的漫画平台，我没办法离开。"

"那如果……我能帮你呢？"

简柠抬头，有些疑惑："你什么意思？"

何亦寻捏捏她的脸："离开星艺，单独开一间工作室。做你自己的事业，不需要给别人打工。"

简柠被他的话给惊到了，她从来没有想过这样的事。

"可是我没有这个能力。"

"资金方面你不需要担心，我会帮你，甚至你完全不懂，我可以手把手带你做。"他叹了一口气，"前段时间污蔑你的那件事一发生，我就有这个计划了。芋心是星艺的人，她是有后台的，我能帮你也是因为 WTG 和星艺有合作。我不想看你受气，也不允许再发生这种事，那最好的解决方法，就是离开星艺。

"而且，你既然这么喜欢漫画，我们可以成立一个工作室，让更多优质的画手加入你，这就是一项真正的事业。"

简柠感觉有一张宏伟蓝图摆在她面前。

她抱住他，激动地说："如果真的按你这么说，我愿意去尝试，只是我什么都不会，你得教我。"

他揉揉她的头："放心，我会陪着你。"他会是她最坚实的后盾。

周末要去何家这件事，在简柠和简母聊天的时候被简母知道了，简母告诉了她一些注意事项，然后让她放轻松，可能只是正常的吃饭而已，不必过于紧张。

其实目前简柠和何亦寻还不到谈婚论嫁的地步，但是两个人都打心眼里想要一直走下去，所以双方父母也更加重视些。他们觉得等到时机成熟了双方再见面也不迟，先别给孩子那么大的压力。

于是周六早晨，何亦寻就带着简柠回去。

此刻何亦夕正在店里，就何父何母在家，蒋安安也来了。

蒋安安今天过来就是单纯找何心聊聊天，一走进来，她就看到何心穿得很有精气神，又面带笑容。

"阿姨，今天怎么了，看您很高兴的样子。"

何心看到她："安安来了？快过来，阿姨和你说件高兴的事。"

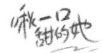

蒋安安也被何心的开心感染到了，在何心旁边坐下："怎么了？"

"我告诉你啊，今天中午，亦寻要带着女朋友回来！"

蒋安安脸上的笑容瞬间就跟按了暂停键一样，她声音微颤："女朋友？"

"对啊，你说惊喜不惊喜？我天天在家担心呢，他倒好，一句话不说，直接就给我蹦出个女朋友来。"

"阿姨，那你知道他女朋友叫什么名字吗？是不是叫……简柠？"

"哎，你怎么知道的？你认识啊？"

"真的是她啊……"蒋安安笑笑，"没什么，我刚好也认识。不过阿姨，您了解这个姑娘吗？"

"你什么意思？"

蒋安安握住何心的手，语重心长："阿姨，您也知道，有些女孩子会高攀何家，您心里也有数，她的家世和人品您都了解吗？亦寻的感情，他一时糊涂可以，您可不能糊涂啊。"

何心突然笑起来："安安啊，你这是多虑了。人家姑娘是简氏公司的千金，还高攀我们家啊？你不知道，简氏在安城的经济实力也是数一数二的，这话要是被简家人听到了反而要说我们自视甚高。"

蒋安安惊得快要从沙发上蹦起来了："简柠是简氏公司的千金？这是假的吧？"

何心摸不着头脑了："什么假的，这个还能作假啊？更何况我们家又不是很注重女孩子的家世，门当户对那都是老一辈人的思想了。"

蒋安安回想起自己之前所想的一切，瞬间就像手里的武器被人夺去了一样败下阵来。

她曾经所有反对这段恋情的理由，都瞬间化为泡影。他们很相爱，很般配，一切都是她傻罢了。

"安安，你怎么了？"

蒋安安摇摇头，脸色发白。

何心又说："我还告诉你个特别巧的事，你知道亦寻有个很喜欢的摄影师叫'初木之宁'吧，那个人就是简柠！"

冲击一波接着一波，蒋安安即使瞪大眼睛不说话，也一时间难以缓过来。

这时候，门铃声响了。

保姆走去开门，就看到何亦寻牵着简柠站在门口。

"妈，我带着简柠回来了。"

"哎呀，来啦？"何心欢喜地上前迎接。

简柠和何亦寻看到客厅的蒋安安，都是一愣。但是何心在场，他们不能表现出异样。

何亦寻搂住简柠，说："妈，你看这是柠柠这几天给你挑的礼物。知道你喜欢刺绣，就给你买了这件手工旗袍。"

"阿姨，您看看，我不怎么会挑的……"

何母看到旗袍，频频点头："好看好看，阿姨喜欢。你能过来吃饭就好，还买什么礼物。"

蒋安安看着他们，就觉得自己像个外人一样。她忍着泪说："阿姨，那我先回去了，刚才公司通知我有点事情。"

"那好，改天过来吃饭。"

蒋安安抬头意味深长地看了一眼简柠，和她擦肩而过。

蒋安安走出门，眼泪就掉了下来。

她输了，彻底输给简柠了。

何亦寻带着简柠去他房间逛逛。简柠趁着没人，拽住他的衣服，有些担忧地问："何亦寻，刚才安安姐会不会和阿姨说了什么……"

何亦寻搂住她的腰，安抚她："她没有这个能耐。我妈也是一个分辨是非的人，要是真的有什么，她会私下向我确认，别担心。"

简柠的心思早就被他的动作给带偏了，她推了推他，嗔道："你注意点，

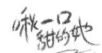

256

这在家里呢。"

"怕什么，这是我的房间，没人敢进来。"

于是，简柠又被他欺负了好一会儿，直到楼下有人叫他们。

两人下了楼，就看到了何亦夕。

何亦夕看到简柠，激动地冲过来，抱住了她。

两个女孩子都很开心，因为好久不见。

何心惊讶："你们认识啊？"

"当然认识。妈，我告诉你，我还是他们的媒人呢。"何亦夕把两人认识的经过和何心说了一遍，惹得何心笑得前仰后合，她真是没想到儿子竟然是这么追女生的。

何亦寻看着她们，脸色都黑了，转头就看到简柠也在抿嘴笑，他也不能说什么了。

何亦夕悄悄问简柠："你是不是知道了我哥的身份了？"

"你怎么知道？"

"我哥告诉我了，你不知道当初帮他瞒着有多辛苦。简柠，还好你最后还是原谅他了。"

"嗯。"简柠笑笑，握住了何亦寻的手。

中午的时候，何父也回来了，一家人一起吃了一顿愉快的饭。何父这几天没少听何母提过简柠，今天一见，果然不错。

最后简柠走的时候，还迫不得已收了一个何父何母包的大红包，他们还说了，过段时间就去拜访简柠父母。

回去的路上，简柠松了一大口气："何亦寻，还好你父母喜欢我。"

"傻瓜，我喜欢的，他们一定会喜欢。"这点他早就知道。

年末忙碌的时间总是过得那样快，马上就到了除夕。

考虑到现在双方都见过家长了，于是除夕中午是在何家吃饭，晚上则去

257

简家吃饭。等到两顿饭都吃完，时间就真正留给他们两个了。

何亦寻带着简柠回到他的公寓，简柠把买来的零食都摆好，又去拿果汁，然后两人就窝在沙发上看春晚。

"何亦寻，帮我拿点瓜子。"

"何亦寻，帮我拿个豆干。"

"何亦寻，把那包薯片递给我。"

简柠的嘴基本上就没停下来过，何亦寻平日里一直教育她少吃点上火的东西，可是今天是除夕，他也就放纵她了。

看她小嘴一动一动，就跟只仓鼠似的，他无奈地用手抹了抹她嘴角的碎屑，笑了。

快到十二点的时候，外头烟花爆竹的声音越来越响，他们都听不清电视的声音了，于是两人到阳台看烟花。

看小姑娘睫毛扑闪扑闪，眼睛里倒映着光亮，他问："喜欢放烟花？"

"嗯嗯。"

"那我明天买两桶回来，到时候我们去天台放。"

"好啊！"她开心地搂住他的腰。

零点的时候，简柠抬头看他，笑得比烟花还璀璨："何亦寻，新年快乐呀！"

他捧着她的脸，也笑了："宝贝，新年快乐。"

他低头吻了下去，漫天的烟花璀璨，将整个世界点亮。

三月份，简柠的第四本书已经确认出版，而在这期间，她的第二本书在广州举办了一次签售会。她的事业蒸蒸日上，成为星艺的当红漫画家。

三月底，星艺在北京举办了一场大型的粉丝交流会。交流会上会邀请星艺旗下相对有名气的签约画手来到现场。能来到这里的，都是流量画手，粉丝基础好。简柠当然也受邀出席，何亦寻陪她一同前去。

粉丝交流会当晚在一个很大的宴会厅举办，能容纳几千人。此时正在最

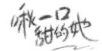

后的准备阶段，工作人员都在忙碌着。

简柠走了进去，先是和几位领导握了手。大家知道她是初柠，莫名显得更殷勤了。

晚上，粉丝交流会开始后，被邀出席的嘉宾陆陆续续走红毯进场。简柠穿着一条单肩的黑色蕾丝抹胸长裙。裙摆设计精美，走路时可以显出她白皙的长腿，摇曳生姿，特别性感。

她从未尝试过这种风格，但是搭配着今天的妆容，鱼小丢看到的时候都惊呆了。

粉丝区的粉丝高呼着，手里的灯牌挥得更激烈了。

她走过去的时候闪光灯的频率更快了，因为今晚的很大一个焦点是初柠。她的照片立刻被发到网上，评论区很热闹。

【这就是我家傻柠吗？天哪，美炸了！嗷呜！为啥我不在现场！】

【傻柠的长相可以收拾收拾C位出道了！抱住舔屏！】

【这脸估计是整的吧？现在哪有什么纯天然美女。】

【整什么？我看一些人见不得别人比她好看吧。】

【有一说一，这个脸美得很自然！我爱了啊。】

简柠凭着照片，竟上了热搜。

她在位置上坐下，身边有人和她打招呼，她就微笑应对，其实手心已经出了好多汗，毕竟现在是网络直播。

手机突然振动了一下，她拿出来一看，是何亦寻的信息："我发现好多男人都在看你，我吃醋了。"

她弯唇一笑，他这么快就看到网上照片了？瞧这傲娇的语气，她心里柔软一片，回道："没想到你还有这么可爱的一面哈哈哈。"

过了一分钟，何亦寻的信息才进来，她看完脸色就暗了。

"继续笑，今晚别哭就好。"

她听明白了他的暗示性话语。她本以为他是个冷静自持甚至是有点禁欲的家伙，没想到完全相反。他是个马上三十岁的男人，年轻健壮，某些方面的需求也是很强的，很多晚上都是软磨硬泡到她浑身发软。而她脾气软，每每被他攻城略地，步步后退，他得到越多，索求就越多，只是尊重她，一直没有到最后一步。

对此，她既羞赧，又甜蜜。她时常想，没人会拒绝这样一个有魅力的男人吧，何况他那么爱自己。

简柠关掉手机，抿唇一笑，脸上的腮红盖住了薄薄的红晕。

好像不管现实生活有多不如意，只要他还在身边，一切都不会那么糟。

嘉宾陆陆续续进场，芋心出来的时候也是全场热议的焦点，当然，吐槽她的人也不少，大部分是吐槽她平时在微博上的照片 P 图太过，三次元中不过如此。

鱼小丢坐在简柠的左侧，她的右侧则是一个空位，上面……并没有贴上名字。

简柠有些疑惑。

粉丝交流会正式开始，先是由星艺公司高层代表上台发言，他总结了星艺最近一年来的成就，也感谢大家的陪伴。

高层发表完演讲，主持人走上台，说道："感谢张志兵副总裁的精彩发言。接下去，我们要请上台的就是最近刚与星艺达成投资合作的 WTG 公司的何总——何亦寻先生，大家掌声有请！"

刹那间，简柠以为自己是幻听了，直到她真真切切看见那个熟悉的身影徐徐走上台。

何亦寻穿着定制的高级西装，皮鞋擦拭得锃亮，身姿挺拔，气宇轩昂。他的发型稍作设计，眉宇间带着冷峻，眼眸深邃。

这样一个仿佛从画中走出来的男人，吸引了全场的目光。闪光灯聚焦在他身上，就连鱼小丢叫了简柠好几声，她都没听见。

"初柠初柠，这不就是你男朋友吗？"

简柠完全被震惊了，没想到他竟然会出现在现场。

何亦寻站定在话筒面前，他精准地对上简柠错愕的目光。他见她这副模样，眼底的笑意闪过，却又深情款款。

简柠终于明白了，他提到她的礼服，是因为他就在现场啊！她看着他这么帅地站着，心里的自豪感油然而生，好想告诉所有人这就是她的男朋友啊！

何亦寻微微一鞠躬，开口道："大家好，我是 WTG 的总裁何亦寻，很高兴受邀来参加这次粉丝交流会。"

他的声音如大提琴一般低沉优雅，更加俘获现场单身女孩的芳心。

他顿了顿，继续说道："其实我以前对漫画了解甚少，但是自从认识了一个女孩之后，开始走进漫画的世界。她笔下的人物像是有魔力一样，吸引着我。她就是我的——女朋友。"

大家精确地捕捉到两个点，一个是何亦寻有女朋友了，另一个是他女朋友是画漫画的！

众人的八卦因子立刻活跃起来。

简柠闻言，心跳得很快，他不会是要……

"我今天来到这儿，就是为了她。她最近受到很大的舆论攻击，我必须站出来保护她。"何亦寻看着简柠，语气温柔，"柠柠，我在你身边。"

众人哗然。

即使周围开始喧闹，简柠的眼睛里也只看得到他，只听到他的声音，她感动得眼眶湿润。

何亦寻走了下来，把外套脱下来，给她披上。

"何亦寻，你……"她语气还有些颤抖。

他淡然一笑："别感冒了。"

"你……你怎么都不和我事先说一声……"

他眸色渐深，在她额上落下一个吻："我说过了，我不会让你受委屈。"

所以他会在这么重大的场合宣布他们的关系，堵住流言。

他在她旁边的空位坐下，紧紧握住她的手。

这一高调宣示主权的举动被传到网上，热度达到高峰。大家都被这波高端喂狗粮的行为给震慑了。

【原来初柠的男朋友是他！两个人之间的额头吻也太甜蜜了吧。】

【大家觉不觉得眼熟，这个男的好像是在傻柠微博里出现过！原来两个人早就在一起了！】

而现场的画手同行们有的一脸羡慕，有的则开始嫉妒。

芊心看到这一幕，终于明白当初初柠的广告位为何会被重新放回来，这难道不是后台吗？

现场的流程继续下去，过了一会儿，就轮到画手发言了，简柠是第五个上台发言的画手。

主持人念到她的名字，粉丝群就响起了欢呼，何亦寻松开了她的手。

她开始发言前，同样看了一眼何亦寻，他安定而专注的眼神落在她身上，她的心也逐渐安定了。

"大家晚上好，我是星艺的签约画手，初柠。想想加入星艺已经有四年多了，从第一本的《如你所愿》到现在的《暖心的你》。

"其实我不是科班出身，对于画画我纯粹是热爱，在这当中也受到了很多人的阻拦，他们刚开始不喜欢我从事这个职业。但是现在，经历过这么多事情，我慢慢坚定了自己的目标，也得到了大家的支持。

"感谢我的粉丝们陪伴了我一年又一年。也感谢星艺给我提供了这么好的平台，也认识了好多画手朋友。最后要感谢的就是我的……"简柠目光转向何亦寻，"我的男朋友，庆幸上天让我遇见了他，我真的非常，爱他。"

随着她的一鞠躬，全场爆发出热烈的掌声。

简柠坐回位置，手被身边的人紧紧握住，十指相扣。

何亦寻从没想过她也会当着这么多人的面表达对他的爱意，他感觉有股热浪在朝他涌来，把他包裹，从心底发出滚烫的情愫，占据了心头。

262

简柠眨眨眼，弯了弯嘴角。

"是不是被我感动到了？"她小声打趣。

"嗯。"他大方承认。

交流会结束以后，简柠回去换了自己的衣服，穿这身礼服不太方便。她收拾好出来，何亦寻带着她离开。

两人说笑着，前方走来一个女生。

芋心踩着高跟鞋，裙摆摇曳，浓妆艳抹。她看到那两人，笑了笑说："初柠小姐，原来你男朋友这么厉害，难怪了，借鉴不会被判，还倒打我一耙。"

"芋心，你别太过分了。是谁泼脏水，你心里一清二楚。你靠着星艺的支持搞炒作，你还要脸吗？"

芋心狠狠瞪她："你骂谁不要脸呢？你最不要脸！"

何亦寻嘴角扬起弧度，他看着芋心，声音清冽："芋心小姐，看来你觉得这样还不够。"

"你什么意思……"

他没回答，直接带着简柠离开。

简柠也问："你刚才是什么意思？"

何亦寻揉揉她的头："没什么，走吧。"

两人回到酒店，刚进门，简柠就被何亦寻压在门上狠狠亲了好一会儿。

直到她头脑空白，快喘不过气了，他才松开她。

她在他怀里嘤咛着，拳头抵着他坚硬的胸膛："何亦寻，你别太过分了啊……"

他宠溺地看着她，大手包住了她的手："说好今晚回来要收拾你的。"

她在他怀里扭动着腰肢，不想被他压着，却听到头顶传来了沙哑的声音："真正的惩罚还在后面。"

"你……你什么意思啊……"

她语气吞吞吐吐又带着娇羞，他内心密密麻麻的欲望就跟小虫子一样吞噬着她的心。他低头又咬住了她的下唇。

最后，他凭着一丝理智放开了她。

简柠如蒙大赦，才松了一口气，却没想到何亦寻开口叫她："柠柠。"

"嗯？"她抬头。

他眼底的火似乎还没熄灭，他微滚喉结，低沉着嗓音，语气带着蛊惑的意味："今晚，把你彻底交给我……好不好？"

他的眼神是那么真挚，使她的心重重沉了一下。她面色绯红，说不出话来，而他则安静等待着她的回答。

半分钟后，她嘴唇动了动才嗫嚅着开口："那……那我要先去……洗澡……"

他笑得灿烂："好。"

她被他松开，拿着衣物溜进了浴室。随着水声哗哗响起，他感觉身体越来越热了。

简柠在浴室里，整个人还是蒙蒙的，她控制自己不去想等会儿会发生的事，但脑子里都是何亦寻。

她洗好，换上了一件冰丝绸的白色睡裙，走出来就看到何亦寻坐着。

"我洗好了……"

他点头，站起来去浴室，走过她身边的时候还捏了下她的脸。

她瞪了他一眼，爬上了床，就去拿床头的吹风机，然而，她却看到了一盒东西。

她顿时变了脸色，别过脸不看它。可恶，他是不是早就密谋好了！

她看了眼浴室，悄咪咪拿起盒子看了一眼，越看脸越红了。

一会儿，何亦寻终于出来了。

他上半身没穿衣服，腰部围着一条围巾，腹肌上还滚落着水珠。

简柠盖着被子，她转过身子，却感到床的另一半塌陷下去，腰间突然出

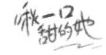

现了一只精壮有力的手臂，把她转了过来。

她红着脸，表情凶巴巴的："何亦寻，你是不是早就计划好了？"

"嗯？"

"我看到那盒……"她停住不说了。

他把头埋在她香颈上，低低笑了："嗯，早就计划好了。"

"你……"

她还没说完，声音就淹没在他的吻里。

迷糊间，她的睡裙被褪去，床头微弱的灯光映照着她美好的身体。他的手指引起她全身触电般的战栗，他的唇往下，光滑一片，丰盈又美好。

何亦寻的额头冒出汗来，滚落在她身上。她时而皱眉时而低吟，嘴里的声音破碎成一片。

她眉头紧紧一皱，他的唇就覆了上来。

他算是感受到了什么叫销魂滋味，额头冒出的汗更多了。

"柠柠……"他一声声叫她。

床帘紧紧合上，窗外的世界静谧，星光闪闪。

两人安静地吻着。她的手圈住他的脖颈，他也在她耳边低喃说爱她。

他哄着她，看她沉沉睡去。

夜色已经极深，四月的微风习习吹着，夹着淡淡的凉意。

第二天早上，简柠醒来的时候，他也醒了。

她环住他的腰："早上好，何亦寻。"

"早上好，柠柠。"

他又缠了她一会儿，她笑着推开他："我要去洗洗。"身上都是黏黏的。

他跟她一起进去刷牙洗脸，都弄好后，她羞涩地推开他："好啦，你出去。"

谁知道他长臂一捞，把她抱到了洗手台，锁住了她的唇。

他确实只是想单纯亲亲她，可他还是低估了男人早晨的自制力。吻到后面，他开始有了其他的动作。

简柠刚开始拒绝得很干脆，可是后来……完全缴械投降了。

"何亦寻，你坏蛋……"刚才的画面……太羞耻了。

他神清气爽，唇畔勾起弧度："嗯，就是这么坏，你要习惯。"

飞回安城后，晚上简柠和何亦寻躺在床上，简柠收到了鱼小丢的信息："告诉你一个惊天大消息！我听我朋友说，芋心上本漫画影视合同，黄了！"

简柠："啊？"

"千真万确，你去看她微博，前段时间明里暗里吹嘘卖影视的微博都删了，这件事还是从她几个朋友那里传出来的，听说一直在闹。要是真的定下来了，昨晚在粉丝交流会上怎么会不公布？"

"这好端端的就黄了？"

"听说是华典那边不干的，芋心一再降低价格示好，华典就是不签了，具体原因我也不知道。我只知道芋心快气死了，哈哈哈……"

简柠对何亦寻说起这件事，然而他的反应却很淡然："影视公司签约也要看多方面因素。"

"可是前段时间芋心在微博说起，说明把握挺大的啊，怎么突然就……"

何亦寻摸摸她的头："乖，别管她。"

"何亦寻，这件事不会和你有关吧？"她不是不知道他的能力。

"你是把我想得多厉害？我也只是个投资人而已。这是华典的事。"

想想也是……简柠点点头，脸被他啄了一下，她看着他，也没心思管芋心的事了。

时间向前行进，慢慢拉开了六月份的帷幕，气温开始渐渐升高。

傍晚的一场雷阵雨赶走了多日堆积的燥热，点点的水珠点缀在透明玻璃上。

"何亦寻，你的衣服我来帮你整理吧，反正也没有几件。"简柠打开他

房间的衣柜。

何亦寻坐在床边，看着明天要去母校演讲的稿子，他淡淡一笑："辛苦柠柠了，你的东西都放进来没有？"

"嗯。"

两人明天要去何亦寻的大学参加校庆。何亦寻是作为特邀嘉宾过去分享创业历程，而简柠……就是想去他学校看看。

他的大学是邻省的 T 大。T 市临海，何亦寻也想着带小姑娘过去玩玩，他还提早订好了一所海边的别墅。

简柠把行李收拾好后，就去洗了澡，出来的时候看到何亦寻还在看材料，她就蹦跶到他身边。

第二天，简柠、何亦寻和沈寒、谢舟一起出发。他们俩作为优秀毕业生及何亦寻的合伙人，当然也要到场。

早上七点半，他们就到了动车站。一路上，谢舟叽叽喳喳的，简柠倒是喜欢和谢舟说话，惹得何亦寻时常给谢舟"冷眼"。

一个小时后，到达 T 市。

来接他们的是金融学院大二的一名女生和男生，女生看到何亦寻牵着的人，一下子就认出来了："你是初柠小姐吧？我在网上看到过你！真人比网上还好看呢。"

简柠羞涩莞尔，打了声招呼。

"你好啊，学妹，我是谢舟。"

谢舟笑嘻嘻地走在女生旁边，和她聊了起来。

简柠和何亦寻、沈寒和那男生走在后头。

"这小子，看到小学妹就一脸献殷勤的样子。"沈寒摇摇头。

"谢大哥确实蛮活泼的。"

何亦寻揽着他的小姑娘："他这是单身太久。"

六人上了面包车，大家直接去学校。

一路上，简柠看着车窗外流逝的景色，心里带着隐隐的期待，马上就要到何亦寻待了四年的地方了。

　　车子拐进一片绿地，就到了 T 大的西门。

　　六人下了车，小学妹问："你们今晚是留在这里还是直接回去？需要我们帮忙预订房间吗？"

　　何亦寻答："我们已经订了房间了。"

　　简柠下了车，就感觉到强烈的校园气息。来来往往的人面庞稚嫩，充满朝气。

　　她虽是对这里感到陌生，却想起了一年前的这时候，自己临近毕业。从前美好的大学生活又浮现在眼前。

　　何亦寻看着她，嘴角扬起："怎么都看呆了？"

　　"突然回想起大学时光，唉，可惜我都毕业了。"

　　何亦寻逗她："没事，你背上书包，看过去就像大一的学妹。"

　　她"喊"了一声，脸就被他轻捏了一下。

　　下午两点，何亦寻等人的演讲在金融大楼的一层展览厅举行。这里可以容纳五百人，据说这次演讲的座位还是用抢票形式，许多人都想来。

　　简柠吃完饭就跟何亦寻来到现场，后来领导们陆陆续续来了，他就带她去打了个招呼。

　　何亦寻曾经的一个男老师看到简柠，微笑着点点头："当初大家都在说，金融系的大才子将来要找一个什么样的姑娘，现在一看这姑娘和你很配啊。大老远就看到你牵着她了，都舍不得放开啊哈哈哈……"

　　何亦寻闻言，扬起嘴角，把简柠的手牵得更紧了。

　　简柠跟着打招呼打了一圈最后回到位置上，他拨开她脸上的碎发，语气温柔："困不困，昨晚那么晚睡？"

　　"都怪你。"她装出一副生气的样子。

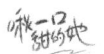

268

"那今晚早点睡。"

"你可别忘了这句话啊。"

他笑笑。

学生们慢慢进场了，当他们注意到前排坐着的两人时，有人认出了他们。

简柠的视线转了一圈，发现好多人都在一脸八卦地看着他们，顿时脸就红了。

"何亦寻，好多人都在看我们……"

"紧张什么，别管他们就好。"

这时候工作人员过来叫何亦寻，他就先去忙了。简柠在位置上看着手机，旁边突然传来一个声音："你好，你是初柠吗？"

她抬头一看，说话的是个短发女生，身边还跟着几个女生。

简柠笑笑，点了点头。她们说要签名，还拿出了简柠的漫画书。

"你们……竟然还准备书了。"她惊讶。

"对啊，听说何学长要来，我们就猜着搞不好你也会到。我们很喜欢你的漫画，也希望你和何学长好好的啊。"

"谢谢。"她牵起唇畔。

两点整，演讲正式开始。先是沈寒上台发言，后是谢舟，分享了创办WTG 的心路历程。

最后轮到何亦寻发言的时候，现场的掌声更加热烈了。

简柠看着他，眉目含笑。

他信步走上台，用低沉的嗓音讲述着 WTG 的故事。很多人拿出手机来拍照录像，就连简柠都忍不住拍了几张。

等他讲完，底下就有好几排起哄的，在喊"初柠"，顿时气氛更加热烈，简柠羞得想把脸埋起来。

何亦寻看着她，渐渐笑了，他开口道："大家别起哄了，体谅下我女朋友，

269

她会害羞。"

"哦——"

全场人似乎更加激动了。

他走下台，坐在她旁边。

简柠的脸红扑扑的，看着他："你这人，干吗那样说……"

"难道不是吗？"

哼！

结束之后，何亦寻和老师交谈了几句，就带着简柠离开了。

晚上，几个同学约在一起吃了一顿饭。

等到都忙完了，已经八点多了，何亦寻婉拒了唱歌的邀请，带简柠去了海边别墅。

"哇，好漂亮啊！"简柠走进去，就发出一声惊叹。

房间偌大，都是纯白色的装饰。

她突然惊呼一声，跑了过去，指了指落地窗的外头："这外面就是海！"

这栋别墅设计在海边，走出去就到沙滩，然后就是一望无际的大海。这周围都没什么人，是完美的二人世界。

别墅是何亦寻辗转找人租到的。他就知道小姑娘喜欢这些。

"喜欢吗？"他问。

她明媚一笑："喜欢，只要和你在一起，都喜欢。"

第二天早上八点多，简柠就醒来了。她看到床头的便条，才知道何亦寻出去买早点了。

简柠看了眼湛蓝的大海，心里痒痒的，赶快爬起来去洗漱，然后换上了一条吊带长裙。

她走了出去，光着脚踩在细软的沙子上。她又去踩踩水，感到有些冰凉正玩着，就听到有人在叫她。

是何亦寻买完早点回来了。

他走到她面前，说道："水很凉，当心感冒了。"

"不会的。"

她刚说完，何亦寻就把她横抱了起来，走去别墅。她晃着脚，笑容比日光还明媚。

他带着她冲了个脚，然后两人去吃了早餐。

"何亦寻，我等会儿还要出去玩，你也一起来。"

"行，都听你的。"

她吃完饭，何亦寻就让她先出去，他马上就来。

简柠走出去，面朝大海，闻到淡淡的海腥味，迎面而来的风吹起了她柔软的发丝。

"柠柠。"她听到何亦寻的声音，转过头，这次却愣住了。

他手里捧着玫瑰，徐徐朝她走来。

她的心突然怦怦跳了起来。

她的手被他握住，他满目深情地凝视着她，声音沉静有力："柠柠，我要和你说件事。"

"什么……"

他从口袋里掏出一个首饰盒，打开，里面的钻戒在阳光的照耀下璀璨夺目。

"何亦寻……"

他看她的表情，就知道自己的求婚让她猝不及防。

他单膝跪地，看着她澄明的眼眸，语气郑重："柠柠，嫁给我好吗？把你的一生，交付与我。"

她嘴角慢慢咧开，觉得满心幸福。

她点点头："何亦寻，我答应你。"

闻言，他立刻把戒指套进了她的无名指，然后起身抱住了她。

"柠柠，我爱你。"这一生，再也没有什么比她来得更美好，让他可以用往后所有的时光去守护了。

　　这辈子，有她就够了。

番外一

金风玉露一相逢，便胜却人间无数

从 T 大回来的那个周末，何亦寻就把成功求婚的事告诉了何父何母。他们就想着赶快到简柠家提亲，把婚事定下来。

简柠也把这件事和父母提了，他们心里也挺高兴的，后来又听说何家人要过来，也是很欢迎。

某个早晨，何亦寻带着父母拜访了简家。

两家人坐在客厅里，简父亲自泡茶，气氛十分融洽。

何亦寻始终牵着简柠的手，两人挨坐在一起。何亦寻小声问："昨晚是不是没睡好，看你又有点黑眼圈了。"

"我……我又看了一部电视剧。"

他揉揉她的头，对她咬耳朵："看来晚上还是要我管着你。"

简柠脸色泛红，却也只是娇嗔地瞪了他一眼，不当着这么多人的面和他拌嘴。

何母看到这一幕，笑得开心："你看柠柠和亦寻，两人在一起多般配啊。我儿子平时不爱笑的，和柠柠在一块就爱笑。"

几个长辈都笑了，也都在感慨两家人缘分之深。

"那次我女儿的生日宴，我就想带着我儿子和柠柠认识认识，谁知道凑巧柠柠没来……后来我儿子机缘巧合之下认识了柠柠，好家伙，这过程真是曲折。"何心说道。

何亦寻说："爸妈，其实那晚我临时走开，说我一个朋友路上出了点事，那朋友就是柠柠。"

"啊？"

简柠笑了："对，那晚我刚好车子坏了。"

简父道："原来你们这是没经过我们安排下见了面，还自己就处起来了啊哈哈哈……"

何心拉着简柠的手，对简父简母说道："我啊，很喜欢柠柠。等到亦寻娶了她，我一定把她当亲生女儿看待。你们不知道，这孩子和我还挺有缘分的。"于是她就讲了跨年夜和摄影的事。

简母看着亲家对简柠很满意，心里也松了一大口气。

中午何家人留下来，大家一起吃了一顿饭。婚事也敲定了，定于今年的九月份。

吃完饭，何家人回去，何亦寻就带着简柠回了自己的公寓。

在车上，简柠伸出手，看了看钻戒，眼眸里映着午后的阳光："亦寻，你这戒指什么时候准备的？"去 T 市的时候，她都没有发现。

何亦寻勾唇浅笑，没有回答。

因为对她，他蓄谋已久。

两人婚礼那天晚上，沈寒、谢舟等人来到他们新房闹腾了一番，好在最后大家都知趣，没打扰两人洞房。

别墅里终于重归平静，何亦寻送走他们，回到客厅。

简柠坐在沙发上，何亦寻就蹲在她面前，帮她脱去了高跟鞋，揉着她的

脚丫子。

"柠柠今天辛苦了。"

简柠摸了摸他的脑袋,调皮地说:"还好。你帮我多揉揉就好。"

"行,不过我也有个条件……"他抬头看她,笑得好看,"叫声'老公'听听。"

她面色如桃花泛着绯红,语气低软,小声叫了句"老公"。

他勾唇:"老婆很乖。"

揉了一会儿,他起身抱她去了房间,她轻轻笑着,搂紧他的脖子。

两人都喝了酒,意更乱,情更迷。

窗外的凉风徐徐吹拂,淡淡的月光溜了进来。

金风玉露一相逢,便胜却人间无数。

番外二
两情若是久长时，又岂在朝朝暮暮

简柠画完第四本漫画已是第二年夏天，为了能尽快离开星艺，她加紧了更新步伐。等到她离开星艺的消息一传到网上，又掀起一阵热议。

随后简柠又宣布，她开创了自己的工作室，还对外招募画手。鱼小丢一早知道了这件事，加入了她的工作室。

简柠对能有今天这样的成就感到很满意了，其中当然有何亦寻很大的帮忙。

某天早上，何亦寻先醒来后，准备好了早餐，就走回房间叫醒她。是她昨天嘱咐说今天要把她叫醒，她要找乔婳去逛街。

他把她从床铺上捞起来，让她靠在自己身上。

"傻瓜，起床了。"他捏捏她的脸，声音轻轻的。

简柠嘟囔了几声，微侧身搂住他的脖子，叫了声"老公"，眼睛又眯上了。

何亦寻无奈勾唇："来得及吗？实在困就再睡会儿？"

她摇摇头，心里其实就是舍不得他。

"早餐已经准备好了，等会儿出门之前要吃完。"

"好。"

他低头给她一个早安吻。

简柠对他说："你去吧，我也要起床啦。"

"行。"

何亦寻离开后，简柠去洗漱，然而走到洗手间的时候，突然反胃，她难受地干呕了一会儿，感觉有些怪怪的。

她出来，收到乔婳的信息。

乔婳说今天因为美术机构临时有事，不能去逛街了。

简柠撇撇嘴，对乔婳放鸽子的行为进行了强烈谴责。

她吃了早餐，也睡不着了，干脆就去看书。反正最近漫画刚完结，也不着急开新的。

她看了一会儿，反胃的感觉又上来了，她跑去洗手间。

这样的反应在早晨就出现了四五次，她整个人也变得有气无力。

估计是着凉了，或是吃坏肚子了，简柠烦躁地挠挠头。

此时也没有了看书的心情，她打开电视，打算看点好玩的，刚好就按到了一台养生的节目。

"孕妇在孕早期的时候，会出现疲劳、嗜睡、食欲不振、恶心和干呕等症状，这都是正常的，这个时候啊，孕妇更加需要锻炼，来保持身体健康……"

简柠本来平时对这种节目就是一下子按过去的，然而今天看到，突然心里就"咣当"一下。

嗜睡……恶心……这怎么好像在自己身上出现了啊？

这个月的例假已经延迟一周没来了，至于避孕措施……她和何亦寻也停了三个月了。

不会这么幸运吧？这么快就怀孕了？

她不自觉地摸了摸肚子，脑子感觉热热的。

她打开手机，给何亦寻打电话。

突然转念一想，这要是她误会了怎么办，到时候让她和何亦寻空欢喜一场怎么办。

算了，她正打算挂，没想到何亦寻竟然接了。

"柠柠，怎么了？"他的声音传了过来。

简柠干笑了两声："啊……没什么，我就是打错了。"

"嗯？"何亦寻示意让助理出去，微笑着，"你确定是打错了而不是有事要和我说吗？"

简柠扶额，果然是她老公，就是了解她。

"其实真没事啦……"

"柠柠，有事别瞒着我。"他哪里听不出来她的语气异样。

"老公，我就是有个发现……我今天看了一档节目，说女人怀孕早期的反应，我发觉我还挺符合的……我今早起来干呕了好几次。但也可能是我误会了。"

电话那头安静了一瞬，然后传来何亦寻紧张又兴奋的声音："柠柠，你的意思是，你有可能怀孕了？"

"我……"

何亦寻立刻走出办公室，步履生风，员工们看得一头雾水。

他边走边对简柠说："柠柠，我马上就回去。你乖乖地在家，听到没？我马上带你去医院。"

"哎，别啊，你先买验孕棒回来吧……"这要是假的，杀去医院多尴尬。

"行，那你也要等我，别担心，嗯？"

"嗯，我没事。"

何亦寻火急火燎坐电梯下去，沈寒的电话进来了，他说家里出了点事。

他买好东西回到家，就看到简柠一个人坐在沙发上，整个人呆呆的。

他忙跑过去，把她抱到怀里安抚她。

看她脸色白白的，他很是心疼。

简柠把头靠在他肩上，说道："老公，你这样赶回来，公司没事吧？其

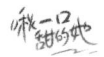

实我自己去药店也没关系的。"

"傻瓜，刚开始还骗我说打错电话了。"他叹了一口气。

简柠笑笑，把那盒东西拿了过来："我去测一测。"

她走入洗手间。

过了一会儿，简柠走了出来，把显示着两条杠的验孕棒拿出来。

"好像是真的！"

男人紧紧抱住了她，笑了。

简柠眨着如清潭般的眼睛："老公，我好开心啊。但是这个不一定准，还是要去医院看看。"

"好，我们这就去医院。"他走进屋里把她的包拿了出来，牵着她走，还小心翼翼的。

到了医院一检查，果然是怀孕了。

一家人尤其是简柠和何亦寻特别开心，简柠也成为家里的重点照顾对象，大家都把她捧在手心里。

在简柠怀孕五个月的时候，宝宝的情况已经稳定，她的早孕反应也过去了。

这天晚上，简柠洗完澡先躺到床上，不小心先睡着了。

等到何亦寻上床时，她蒙蒙眬眬地睁开眼，身子微动。

何亦寻伸手轻轻环住她的腰，她就转过身来，整个人缩在他怀里。

他问她："身子是不是不舒服了？"

"没有……"她就是单纯地想离他更近一点。

她抬头主动吻他，勾着他的脖子，把身子贴了上去。

女孩身躯娇软，他刚开始很冷静自持，后来也受不了她的诱惑，反守为攻，让她在他身下。

简柠眼神逐渐迷离，她紧紧抓住他的衣裳，嘴里吐出嘤咛……

结束后，两人都是心满意足。

他擦拭着她脸上的汗珠，搂住她，关心着她和宝宝的情况。

简柠突然小声问他："何亦寻，你是不是觉得我没什么魅力了……"

他笑："傻瓜，我什么时候这么觉得了，为什么这么说？"

"我感觉我最近越来越胖了。"她一脸委屈。

何亦寻看她的模样，心都疼了："怎么了，你以前是真的太瘦了，现在这样很好看，我怎么会因为这个不喜欢你。"

他咬住她的唇，语气沙哑："而且，你要是不相信，我们可以再来一次，看我卖不卖力。"

"你……"她面色酡红，却听见他低声笑了。

第二天，简柠难得和何亦寻一起起来，因为今天沈寒、谢舟还有何亦夕要过来玩。

还是何亦寻准备早餐，非常丰盛有营养，都是他在书上学的。

两人吃完早餐，把房间收拾了一下，那三个人就来了。

"柠柠！"何亦夕看到她，就牵住了她的手，"哇，感觉肚子又大了点啊。"

"是吧，我自己倒是看不太出来。"简柠笑笑。

谢舟也格外热情："简妹妹，你最近可是越来越好看了啊！"

简柠眨眨眼睛，有点不太好意思："真的吗？"

"是啊。"何亦夕点头，"现在脸上有点肉了，显得更可爱了。"她戳戳简柠的脸蛋。

简柠点点头，突然心情好了许多。

何亦夕给何亦寻挑了一下眉，何亦寻轻轻点了点头。

原来今天来之前，三人就接到命令，千万不能提起简柠变胖的事情，反而还要说她更好看了。

何亦夕今天一见，也没觉得简柠胖到哪里去啊，孕妇果然是比较敏感的。

两个女生坐在沙发上，沈寒和谢舟就把今天买来的烧烤食材放到厨房，

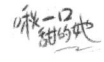

今天他们在何亦寻的别墅庭院里 BBQ。

简柠问何亦夕："最近和你那个男朋友怎么样了啊？"

何亦夕交了一个男朋友，听说是前段时间来"饭逅"吃饭遇见的，两人一见钟情。

"他？凶死了，整天命令我这不能吃那不能做的。前几天我生病了，他连一根冰激凌也不让我吃。"

简柠笑："这是关心你啊。"

何亦夕努努嘴："哪里啊……他是大男子主义。"

"那实在不喜欢，就分了呗。"

"哎……话也不能这么说啊。"

简柠看出来她的口是心非了。

简柠觉得，有个男孩子能管着何亦夕，平时多照顾她一点，也是好事。

后来大家开始串肉，简柠就在旁边看着。

她看得嘴都馋了，把何亦寻拉了过来："老公，等会儿我也想吃……"

他揉揉她的头："这个最好还是别吃。"

简柠不开心地往客厅走去，何亦寻拉住她："怎么了？"

她打了他一下，拳头却被他的大手给包住了。她垂着脑袋，可怜巴巴："你们不让我吃，还在我家弄。"

何亦寻就知道她会不开心，把她抱到沙发上哄着："好了，等会儿给你吃一点。"

她眼睛一亮："真的吗？"

男人不禁笑了，自家宝贝果然好哄。

几个月后，在两家人精心的照顾和何亦寻的宠爱之下，简柠平安生下一个小千金，取名"何若安"。

何若安，人如其名，很宁静可爱的一个小女孩，性子像极了小时候的何亦寻。

每天乖乖的，不爱闹腾。

简柠画画的时候，她就坐在旁边偶尔发呆偶尔看着简柠，何亦寻办公的时候，她就坐在旁边，安安静静地陪着他。

何亦寻每次都忍不住要把她抱到怀里。

没办法，小公主太可爱了。

一个周末早晨，简柠和何亦寻一起坐在沙发上陪小安安玩。她呆呆萌萌的，经常被两人骗得团团转。

简柠一脸感慨："不愧是我的女儿，这么可爱，随我。"

何亦寻柔淡的脸上泛起笑意，他长臂一捞，把她抱到怀里："让我看看柠柠是不是也这么可爱。"

简柠瞪了他一眼，他就在她脸上啄了一下。

家里有两个如此可爱的宝贝，何亦寻真是感觉生活太完美了。

简柠提议："老公，今年过年的时候，咱们带着小安安一起出去旅游，怎么样？"

"行，你想去哪里就去哪里。"

她笑嘻嘻地把小安安抱了起来，何亦寻就圈着她们俩。

她们，就是他的世界。

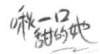